I0573508

IL RISCATTO DI BAILEY

Ace Security, Libro 3

SUSAN STOKER

Copyright © 2021 di Susan Stoker
Titolo originale: *Claiming Bailey*
Traduzione dall'inglese: Emanuele Mazzola per Well Read Translations
Prodotto negli Stati Uniti
Versione inglese già pubblicata da Amazon Publishing

Salvare Bryn
Salvare Casey
Salvare Sadie
Salvare Wendy
Salvare Mary
Salvare Macie
Salvare Annie (Feb 2022)

Armi e Amori

Proteggere Caroline
Proteggere Alabama
Proteggere Fiona
Il Matrimonio di Caroline
Proteggere Summer
Proteggere Cheyenne
Proteggere Jessyka
Proteggere Julie
Proteggere Melody
Proteggere il Futuro
Proteggere Kiera
Proteggere i figli di Alabama
Proteggere Dakota

CAPITOLO UNO

Nᴀᴛʜᴀɴ Aɴᴅᴇʀsᴏɴ scosse la testa con sdegno e fissò il volante della sua Ford Focus. I suoi fratelli, Logan e Blake, gli avevano detto più e più volte che un giorno lo spirito di quell'auto se ne sarebbe andato, ma lui li aveva ignorati. La sua Marilyn, chiamata così in onore dell'iconica star del cinema, era vecchia, ma era la prima cosa che aveva comprato quando se n'era andato di casa dopo il diploma, e non riusciva a sopportare l'idea di separarsi da lei. La vernice nera aveva iniziato a scrostarsi, era arrugginita in alcuni punti e il baule rimaneva chiuso solo perché Nathan aveva messo una corda.

Dopo diverse mattine in cui Marilyn si avviava a malapena, quando Nathan cercò di farla partire, sembrava che la macchina finalmente ne avesse avuto abbastanza. Purtroppo, proprio con il baule pieno di spesa, nel parcheggio di un supermercato.

Nathan tirò fuori il telefono e cercò il numero di Logan. Partì la segreteria telefonica. Non preoccupandosi di lasciare un messaggio, Nathan provò a chiamare Blake; mise via il telefono in preda alla frustrazione quando anche l'altro fratello non era raggiungibile. Pensò di provare a contattare

Grace o Alexis, ma probabilmente erano con i suoi fratelli, dato che raramente si allontanavano da loro.

Anche i suoi amici Felicity e Cole non erano reperibili. Felicity sarebbe dovuta tornare solo quella sera da una sorta di misterioso viaggio a Chicago di cui non aveva voluto dire nulla, Cole era a Denver a raccogliere idee di marketing per la palestra di cui lui e Felicity erano comproprietari.

Nathan sospirò e tamburellò sul volante con l'indice, cercando di capire chi altro potesse chiamare.

Non era un uomo che si faceva amici con facilità, si sentiva più a suo agio con il computer e con i numeri, che con le persone. Nel corso degli anni aveva scoperto che la maggior parte delle persone non gli piaceva. Mentivano, erano maleducati e se ne fregavano di tutti tranne che di loro stessi. E questo andava bene per quasi tutte le situazioni... in fila al negozio, in strada e negli affari. Quasi sempre, mettevano i loro desideri e le loro esigenze al primo posto. Alexis aveva provato a dirgli che non aveva frequentato le persone giuste, lui supponeva che fosse vero, ma questo non lo aveva reso meno selettivo nelle sue scelte.

Alexis e Grace erano delle eccezioni. Nathan ricordava vagamente Grace, quando erano entrambi più giovani e frequentavano lo stesso liceo. Solo dopo che lui e i suoi fratelli erano tornati a casa a Castle Rock per iniziare la loro attività di sicurezza, lui l'aveva conosciuta meglio. L'avevano salvata dai suoi orribili genitori, che l'avevano maltrattata emotivamente per anni, lei e Logan si erano sposati e aspettavano dei gemelli, letteralmente da un giorno all'altro.

Anche la famiglia di Alexis era stata vittima dei genitori di Grace, all'inizio Nathan era stato infastidito dal fatto che Blake avesse invitato Alexis a lavorare con loro alla Ace Security. Ma col tempo aveva scoperto che lei non era come la maggior parte delle donne che aveva conosciuto. Era tranquilla e disinvolta, non aveva paura di dire quello che pensava.

Potevano stare seduti insieme per ore, in ufficio, senza che lei gli dicesse una parola. Gli piaceva molto quell'aspetto di lei.

Ma dove fossero i suoi fratelli non aveva molta importanza in quel momento. Ciò che importava era far ripartire Marilyn e portare a casa la spesa.

Nathan saltò fuori dalla sua macchinina di soli due metri e mezzo e aprì il cofano. Lo fissò con l'astina, poi osservò il motore. Fissava quel groviglio di metallo come se sapesse cosa stava facendo, sperando di vedere magicamente cosa c'era di sbagliato. Non sapeva nulla di automobili, solo che quando girava la chiave, il motore si avviava... di solito.

Stava ancora fissando il motore di Marilyn quando un leggero colpo di tosse, dietro di lui, lo fece sobbalzare; si maledisse per essere stato colto alla sprovvista. Sapeva bene che non doveva mai lasciarsi sorprendere, soprattutto perché gli Inca Boyz avevano tentato di uccidere Alexis e giurato vendetta contro di lei e la sua famiglia.

Gli Inca Boyz erano una banda di Denver, si erano messi in affari offrendosi come teppisti online. I fratelli Anderson li avevano quasi messi fuori gioco, dopo aver collaborato con la polizia per annientarli. Il capo della banda, Donovan, era uscito da poco di prigione, tutti e tre i fratelli erano in massima allerta, non sapendo cosa avrebbe fatto quell'uomo, che forse avrebbe cercato di vendicarsi di loro per aver fatto fuori la sua banda.

Nathan guardò in stato di shock la donna in piedi davanti a lui. La prima cosa che notò fu la sua altezza. Doveva essere una trentina di centimetri più bassa di lui, la testa di lei gli arrivava alla spalla. Aveva tanti tatuaggi su entrambe le braccia, le sue labbra erano sollevate in con sorriso compiaciuto e i suoi occhi danzavano con umorismo. I suoi capelli neri sventolavano al soffio della brezza della sera, le ciocche sembravano godere di vita propria mentre le volteggiavano intorno. Aveva zigomi alti, un naso piccolo e labbra piene, che Nathan vide subito avvolte intorno al suo uccello.

Rimase scioccato dall'immagine che gli esplose nel cervello, come se fosse un ricordo e non una fantasia. Quella donna in ginocchio davanti a lui, i suoi tatuaggi luminosi sulla pelle chiara, le sue labbra avvolte intorno a lui mentre glielo prendeva in bocca, i suoi capezzoli che sbirciavano tra i riccioli dei suoi capelli neri, mentre si appoggiava a lui.

La visione fu sorprendente. Nathan aveva perso la verginità al liceo, al ballo di fine anno, e l'esperienza non era stata un granché. La sua accompagnatrice aveva ovviamente finto un orgasmo e non sembrava per nulla impressionata, perché aveva cercato di farglielo piacere.

Era andato a letto solo con altre due donne, negli ultimi dieci anni. Da quelle esperienze aveva imparato qualcosa su cosa piacesse alle donne e su come compiacerle, ma aveva scoperto che era più facile farsi una sega che cercare di corteggiare e uscire con le donne solo per divertirsi. I tre incontri sessuali di Nathan lo avevano fatto sentire come se gli mancasse qualcosa.

E finalmente capì cos'era quel qualcosa. La passione.

Ebbe questa epifania semplicemente guardando la donnina davanti a lui.

Lei aveva ormai incrociato le braccia e stretto gli occhi in due fessure, nell'attesa che lui dicesse qualcosa.

"La mia macchina non parte." Una frase un po' deboluccia per rompere il ghiaccio, ma Nathan non era mai stato bravo a flirtare.

"Che impressione hai avuto, quando hai girato la chiave?"

Lei aveva la voce roca, Nathan immaginò subito che le sarebbe diventata ancora più roca dopo aver avuto un orgasmo... o due.

Si schiarì la gola e cercò di pensare a cose noiose come le attività fisse e ricorrenti e il conto, profitti e perdite della Ace

Security su cui stava lavorando per il trimestre in corso. Ma fu tutto inutile, l'uccello si era fatto duro solo al suono di quella voce, non poteva farci nulla. Nathan si girò e si mise di nuovo di fronte al motore, cercando di nascondere alla donna quell'erezione inopportuna.

"Uh... Lei si chiama Marilyn, e non parte."

"Gli uomini e le loro auto," scherzò la donna.

Nathan si voltò appena in tempo per vederla raggiungerlo davanti alla sua auto. Appoggiò le mani sul bordo del cofano e si chinò, flettendo i muscoli delle braccia mentre si muoveva, facendo risaltare i suoi tatuaggi in modo seducente. Nathan voleva passare ore ad esaminarli. Mettere insieme ciò che ognuno di essi significava per lei, e scoprire perché aveva voluto farseli tatuare sul corpo per tutta l'eternità.

"Non so perché gli uomini pensano sempre che le auto siano femminili," continuò lei, per fortuna ignara dei pensieri di Nathan. "Mi sembra che si comportino molto più come gli uomini. Fanno quello che vogliono, non gli importa che qualcuno si prenda cura di loro, alla fine ti deluderanno sempre quando ne avrai più bisogno."

Non lo guardava mentre parlava, ma continuava a fissare i fili e l'acciaio del motore di Marilyn. Quelle parole lo rattristarono e gli fecero venire voglia di dare la caccia a tutti gli uomini che l'avevano delusa.

"Non sono d'accordo," disse Nathan sommessamente, con gli occhi fissi sul viso della donna. Passò la mano sulla fiancata della macchina e disse: "Marilyn può sembrare ruvida all'esterno, ma quando viene trattata bene, fa le fusa. Non solo, ma è mia e devo prendermi cura di lei e proteggerla. In cambio si assicura di avere ciò di cui ha bisogno per rimanere sana e felice, sta al mio fianco, mi sostiene e mi aiuta ad arrivare dove voglio andare. È un rapporto di scambio."

La donna si girò a guardarlo. "Stiamo ancora parlando di macchine?"

Nathan scrollò le spalle, mantenendo il contatto visivo mentre memorizzava tutto ciò che poteva su di lei. Si truccava molto. I suoi occhi erano marrone, di un bel color cioccolato fondente, incontrava i suoi senza esitazione. Le sue labbra erano contornate di rossetto scuro e aveva lunghi orecchini a catenella, che le sfioravano le spalle ad ogni movimento.

"Ti sto solo dicendo perché vedo la mia auto come una donna."

Lei alzò gli occhi al cielo e si rivolse di nuovo al motore, con gli orecchini che oscillavano con i suoi movimenti. Spingendosi ulteriormente in avanti, lei si piegò sul bordo del cofano e si mise in punta di piedi per raggiungere un filo metallico. Distese le braccia, ancora una volta la mente di Nathan si perse in oscuri meandri. Strinse le dita intorno al metallo del cofano, in modo che non si muovesse.

Nathan aveva fatto sesso solo nella posizione del missionario. Naturalmente sapeva che esistevano altre posizioni, ma non era stato con nessuna donna abbastanza a lungo per sperimentarle. Ma poteva chiaramente immaginarsi in piedi dietro a quella donna mentre si chinava sulla sua auto, aggrappandosi ai suoi fianchi mentre la prendeva da dietro. I suoi pensieri lo stupirono parecchio, perché si credeva immune dai pensieri lussuriosi fatti dalla maggior parte degli uomini. Aveva pensato che qualcosa non andasse in lui, ma quella donna gli stava dimostrando, senza neanche saperlo, che tutto ciò che aveva pensato di se stesso e sul sesso era sbagliato.

"Ecco," disse lei. Si riportò accanto a lui e si asciugò le mani sui jeans.

"Cosa?"

"Questo dovrebbe risolvere il tuo problema, per ora."

"L'hai sistemata?"

"Per ora, sì," disse lei.

"Dannazione," boccheggiò Nathan, impressionato.

"Cosa? Non pensavi che una donna come me sapesse qualcosa di auto, vero?"

"Onestamente? No."

"Pensavi che ti avrei derubato?" Lei incrociò le braccia sul petto, fulminandolo con lo sguardo.

Nathan alzò le mani in segno di resa. "Il pensiero non mi è mai passato per la testa. E non c'è niente di sbagliato nel tuo aspetto. Non so che aspetto pensi di avere, ma credimi, sei la donna più femminile che abbia mai visto, da molto tempo."

Lei arricciò il labbro in un ghigno. "Non devi mentire. Ho già riparato la tua macchina. Vuoi davvero startene lì a dirmi che i miei tatuaggi non ti hanno reso nervoso?"

Nathan sollevò le sopracciglia, confuso. "Perché i tuoi tatuaggi dovrebbero rendermi nervoso?"

Lei agitò una mano nell'aria. "Lascia perdere. I fili della batteria sono completamente corrosi. I connettori sono al limite. Reggerà abbastanza a lungo da permetterti di arrivare dove stai andando, ma ti consiglio vivamente di portare questo rottame dal meccanico. Ricorda, se ti prendi cura di lei, lei si prenderà cura di te... giusto?"

Nathan annuì assente, ancora bloccato sulla storia dei tatuaggi. "Vuoi sapere cosa ho pensato, quando ti ho vista?" le chiese.

Lei apparve sorpresa dalla domanda, ma si limitò a scrollare le spalle, come se non le importasse più di tanto.

"Ho pensato che tu fossi la donna più sexy che abbia mai visto in vita mia. E che eri così fuori dalla mia portata che non avresti mai dato una possibilità ad uno come me."

Lei lo fissò con la bocca leggermente socchiusa, come se a lui fossero spuntate improvvisamente le ali e stesse per prendere il volo.

Non le diede la possibilità di rispondere. "I tuoi tatuaggi sono bellissimi. Ti stanno alla perfezione. Non ti conosco, ma sembrano corrispondere a quella che immagino sia la tua personalità. Leggermente impulsiva, appassionata, con un atteggiamento senza freni, quando trovi qualcosa che vuoi, la insegui con determinazione e non lasci che nessuno ti intralci."

"Oh," mormorò lei, distogliendo lo sguardo da lui per la prima volta.

"Io? Sono un nerd. Sono più a mio agio con i miei fogli di calcolo. Le donne sexy non mi danno mai una seconda occhiata, non sono alla ricerca di complimenti, solo di fatti. Quindi, no, non pensavo che tu sapessi qualcosa di macchine quando mi sono girato e ti ho vista. Ho due barattoli di gelato nel bagagliaio, li devo portare in ufficio, mia cognata incinta di nove mesi mi ucciderebbe se si sciogliesse. Quindi, sì, sono entusiasta che tu ne sappia qualcosa di auto, perché l'unica cosa che so è come accendere Marilyn e che devo farle il pieno ogni quattrocento chilometri, o mi farà sapere che la sto trascurando."

Nathan sapeva che le sue parole erano piene di insinuazioni, ma non riusciva a fermarsi.

L'affascinante donna di fronte a lui si leccò le labbra, ma lui non pensò che fosse un richiamo sessuale. Il che, ovviamente, la rese ancora più sexy.

"Yo! Sorella! Andiamo o no?"

Nathan si voltò a guardare un ragazzino con i capelli neri che sporgeva dal finestrino di un'auto d'epoca. Non aveva idea di che marca fosse - non conosceva davvero le auto - ma sembrava elegante, lucida e ben curata. La parte superiore del corpo del ragazzo spuntava dal sedile anteriore, con le mani appoggiate al bordo del finestrino.

La donna non rispose, ma si avvicinò e tirò fuori un bigliettino dalla tasca posteriore. "La tua macchina ha davvero bisogno di un po' di lavoro. Sarei felice di aiutarti. Lavoro alla carrozzeria di Clayson, a Wolfensberger Road. È un po' fuori città, ma se ti interessa..."

Nathan allungò immediatamente la mano e prese il biglietto da visita. "Mi interessa. Chiamerò per prendere un appuntamento domani."

Lei annuì e gli fece un piccolo sorriso. Non era il sorriso sarcastico di prima, che voleva tenere lontane le persone. Quello era genuino e aperto.

"Mi assicurerò di dire al mio capo che chiamerai..." disse lei, lasciando in sospeso frase in un ovvio tentativo di ottenere il suo nome.

"Nathan. Nathan Anderson," disse subito lui, aspettandosi che lei ricambiasse.

"A dopo, Nathan." Lei annuì e si allontanò verso la sua macchina.

Nathan aprì la bocca per dire qualcos'altro, qualsiasi cosa per prolungare la loro chiacchierata, ma lei si era voltata e si stava dirigendo fiduciosa verso la sua auto. Lui si prese un momento per ammirarle il culo nei jeans stretti mentre camminava, ma non disse un'altra parola mentre lei saliva sul lato del guidatore e se ne andava dal parcheggio senza guardarsi indietro.

Con riluttanza, e un po' perplesso, Nathan chiuse il cofano della sua auto e vi entrò. Quella volta Marilyn si avviò senza problemi, proprio come gli aveva detto quella donna.

Guardando il biglietto da visita che aveva in mano, Nathan giurò di sentire ancora il calore del corpo di lei. La Carrozzeria di Clayson. C'era la foto di un'auto, con il cofano in bella vista, insieme all'indirizzo, al numero di telefono e all'e-mail dell'azienda. Lo girò in modo assente e si bloccò.

Sul retro c'era scritto, scarabocchiato in fretta e furia: "Digli che ti manda Bailey,"

Era ovviamente qualcosa che aveva scritto in anticipo su tutti i biglietti da visita che portava con sé, ma fu quel dettaglio a fermare Nathan.

Bailey.

Era forse una coincidenza che la donna che aveva cercato negli ultimi mesi si chiamasse Bailey? Lui e Alexis non avevano trovato alcuna traccia dell'ex fidanzata di Donovan. E avevano cercato a lungo.

Era possibile che quella piccoletta che gli aveva fatto provare la lussuria per la prima volta in vita sua fosse proprio la stessa Bailey che stavano cercando? E il ragazzino? I suoi fratelli pensavano che il bambino potesse essere di Donovan, ma lui non era convinto né allora e neanche in quel momento.

Nathan aveva più domande che risposte, quando uscì dal parcheggio del supermercato. Nel momento in cui lei gli aveva consegnato il biglietto, sapeva che avrebbe chiamato la carrozzeria non appena avessero aperto, semplicemente per dargli una scusa per rivederla. Ma era anche ossessionato da molto tempo dall'idea di trovare l'inafferrabile Bailey, e aveva la sensazione che gli fosse miracolosamente caduta in grembo.

CAPITOLO DUE

BAILEY HAMPTON ANNUÌ in modo assente rispondendo al fratello Joel, mentre tornavano a casa dal supermercato. Aveva visto quell'uomo che fissava il suo motore come se contenesse le risposte al senso della vita, e non poteva fare finta di nulla.

Continuava a ripetersi mentalmente che lui rappresentava un'opportunità per portare soldi alla carrozzeria, ma c'era qualcosa di più, e lei lo sapeva.

C'era qualcosa che l'aveva colpita. Anche se lui non era certo il tipo di ragazzo da cui si sentiva attratta. Era stato onesto nella sua valutazione di se stesso. Sembrava un po' un nerd, ma c'era qualcos'altro che lei riusciva a scorgergli negli occhi.

Passione. E non solo per il sesso. In qualche modo, Bailey sapeva che quando lui trovava qualcosa che gli piaceva - che fosse la matematica, il cibo, gli amici, la famiglia o una donna - ci metteva il cento per cento di se stesso. E questo l'aveva incuriosita.

I suoi gusti in fatto di uomini facevano schifo, davvero, davvero schifo, quindi supponeva che fosse una buona cosa che Nathan fosse diverso dagli uomini con cui era stata in passato, come la notte e il giorno.

Bailey non era una santa. Era andata a letto con troppi uomini per poterli contare, compreso il suo insegnante di inglese dell'ultimo anno: era stato l'unico modo per superare l'anno scolastico.

Era cresciuta nella parte più povera di Denver e si era a malapena diplomata. A quattordici anni era entrata nella band degli Inca Boyz e nel corso degli anni era andata a letto con la maggior parte di loro. All'inizio, stare con i membri della gang era stato eccitante, il pericolo e la droga erano divertenti. Ma man mano che cresceva, giorno dopo giorno passato all'interno della gang, il programma era sempre lo stesso. Bere, drogarsi, introdursi nelle case della gente, fare sesso con chiunque lo volesse e quando lo volesse... Bailey diventava sempre più insoddisfatta.

A volte si chiedeva se la perdita della madre in giovane età avesse in qualche modo contribuito al suo costante bisogno di attenzione e di affetto da parte degli uomini. Ma a un certo punto il sentimento di eccitazione e di appartenenza che le derivava dallo stare intorno ai pericolosi uomini della banda si era trasformato in impotenza e degrado.

Lei era più di un giocattolo sessuale. Era più di una persona che si aggrappava al braccio del capo per fare la carina. Voleva di più, e lentamente si stava rendendo conto che se lo meritava.

Aveva iniziato ad armeggiare con le macchine fin dalle medie. Bailey frequentava dopo la scuola la carrozzeria in cui lavorava suo padre e l'aveva lentamente rilevata. Suo padre diceva che poteva portare qualsiasi auto dallo sfasciacarrozze all'autostrada. Aveva ragione. Era morto quando lei aveva vent'anni, e lei si era trovata improvvisamente ad occuparsi del suo fratellino. All'inizio si era incazzata. Era la fidanzata del capo della gang degli Inca Boyz, non aveva bisogno di un ragazzino di cui preoccuparsi.

Ma col passare del tempo, aveva imparato ad apprezzare la natura scanzonata e la personalità di Joel. Era socievole e faceva amicizia con tutti quelli che incontrava. Era stato difficile permettersi l'aiuto di assistenti sociali, così Bailey aveva iniziato a portare suo fratello con sé quando usciva con Donovan e la sua banda. Era stato il peggior errore che avesse mai fatto... e ne aveva fatte di cazzate, in vita sua.

Nel giro di due anni, l'indole solare di Joel si era spenta, era diventato chiuso, iracondo. Bailey non lo aveva capito fino al giorno in cui era entrata in casa di Donovan e aveva trovato Joel seduto sul divano, a guardare porno hardcore sul portatile mentre sbuffava il fumo di una canna.

Da quel momento, Bailey non aveva più portato il fratello in giro con la banda e aveva iniziato a fare progetti per allontanarsi da Donovan e da quella vita una volta per tutte. Poteva essere una poveraccia non ispanica e aver fatto un sacco di cose di cui si era pentita con gli uomini della gang degli Inca Boyz, ma non avrebbe mai permesso a Donovan di trasformare il suo dolce fratellino in un drogato, o in uno stronzo assassino come lui.

Così, mentre Donovan e i suoi due fratelli erano sicuramente impegnati in qualcosa di losco, Bailey era fuggita. Aveva impacchettato tutto quello che poteva entrare nella sua Chevy Chevelle del 1969 restaurata e si era diretta a sud.

Era stata assunta da un uomo di nome Clayson Davis in una piccola carrozzeria fuori Castle Rock. Non era abbastanza lontana da Denver per stare tranquilla, ma Bailey avrebbe dovuto lavorare lì fino a risparmiare abbastanza soldi per andare più lontano. L'obiettivo finale di Bailey era aprire un'officina tutta sua, ma per il momento si accontentava di essere lasciata in pace, di fare un'onesta giornata di lavoro e di crescere suo fratello come avrebbe voluto loro padre.

"... non credi?" chiese Joel, riportando Bailey alla realtà con una scossa.

"Scusa, stavo pensando. Che hai detto?"

"Per la mia festa di compleanno... sarebbe bello farla da Chuck E. Cheese," ripeté Joel.

Bailey era mentalmente a pezzi. Non poteva permetters
elo. Il piano era di fare la festa del decimo compleanno di Joel al Philip S. Miller Park. Era vicino a casa loro, aveva ottimi sentieri, c'erano un sacco di cose gratuite che Joel e i suoi amici potevano fare. Avrebbe preparato degli spuntini, avrebbero invitato tutti a portare le loro biciclette.

"Forse l'anno prossimo, fratellino," disse Bailey. "Eravate tutti eccitati per il parco. Che cosa è successo?"

Joel distolse lo sguardo da lei, si appoggiò al finestrino e scrollò le spalle.

Bailey sospirò per la frustrazione. Sapeva che Joel aveva difficoltà ad ambientarsi nella nuova scuola. Era il nuovo arrivato e, per quanto odiasse ammetterlo, le azioni di Donovan avevano danneggiato suo fratello. Joel era confuso e non capiva perché si erano trasferiti. Le spezzava il cuore, ma doveva solo dargli tempo e amore, e sperare che tornasse ad essere la persona che era prima che Donovan avesse cercato di trasformarlo in un Inca Boy.

"Hai distribuito gli inviti ai ragazzi della tua classe?"

Joel non girò la testa, si limitò a scrollare le spalle.

Bailey decise di riprovarci. Allungò una mano e la mise sulla spalla di Joel. "Cosa c'è che non va, fratellino?"

"La festa di compleanno di Rob è la prossima settimana, e la farà da Chuck E. Cheese."

Bailey si irrigidì. I sentimenti di inadeguatezza e di fallimento del fratello le si insinuarono nel cuore. Si costrinse ad abbassare la voce e con un tono più soave del normale gli disse: "Solo perché lo fa lui, non significa che anche tu debba farlo. Sarà un bel cambiamento, fare il tuo in un posto diverso."

"Si è messo a ridere quando ha visto il mio invito. I suoi erano del negozio, ed erano fighi," borbottò Joel.

Merda. Bailey rimise la mano sul volante e provò a trattenere le lacrime che le si erano formate negli occhi. Lei e Joel avevano passato una serata a fare i suoi inviti. Non era un granché come artista, ma era riuscita a disegnare delle belle biciclette sul davanti di ognuno dei ventidue inviti. Avevano riso e scherzato mentre li facevano, era un ricordo che avrebbe tenuto per sempre nel cuore.

Ma in quel momento il ricordo venne offuscato. Joel era imbarazzato dai suoi inviti. Sapeva che il denaro contava, ma crescendo non l'aveva vissuto come un problema fino alle scuole medie. A quanto pare, nella società moderna, il denaro contava molto di più rispetto a quando era bambina lei.

Bailey pensò freneticamente a quello che poteva dire per far sentire meglio Joel. "Sono sicura che tutte le feste si tengono in quella pizzeria. La tua sarà unica. Sarà divertente, vedrai."

Joel si limitò a scrollare le spalle e tenne gli occhi incollati sul paesaggio di passaggio.

Il suo tentativo di tirarlo su di morale era claudicante, Bailey lo sapeva. I ragazzi erano crudeli. Era parte del motivo per cui aveva iniziato a frequentare ragazzi più grandi e per cui era stata risucchiata nella vita della banda. L'avevano fatta sentire la benvenuta, nonostante suo padre fosse un meccanico e non avesse molti soldi. Nonostante lei non avesse i vestiti più costosi. Nonostante il fatto che avesse perso la ciccia infantile un po' in ritardo.

Bailey si fermò nel vialetto della loro casa in affitto, che si trovava in una posizione comoda vicino alla carrozzeria. La casa era piccola e aveva due camere da letto e un soggiorno principale. La cucina era minuscola, ma dato che Bailey non cucinava, per lei andava bene. Guadagnava abbastanza procurare da mangiare a Joel e a se stessa, oltre che i vestiti... se comprare vestiti da Walmart contava come vestiti, ma rispetto a dove era stata pochi mesi prima, era perfetto.

Bailey spense il motore e Joel scese subito dall'auto. Cominciò a camminare fino alla porta, ma si fermò poco dopo, quando Bailey lo chiamò: "Per favore, aiutami con la spesa, fratello."

Si girò e la fissò, Bailey fece quasi un passo indietro di fronte allo sguardo carico d'odio nei suoi occhi. Aveva già visto quello sguardo prima, proprio quando si erano trasferiti a Castle Rock, ma sperava che il tempo lo cancellasse.

"Trasportare merda è un lavoro da donna."

Bailey si trattenne e cercò di non prendersela con Joel. Ripeteva solo quello che aveva sentito dagli Inca Boyz. Era frustrato e turbato per gli inviti al suo compleanno e non sapeva come esprimere correttamente i suoi sentimenti. Bailey mantenne una voce equilibrata. "Sai che non è vero, Joel. Tu mangi il cibo tanto quanto me. La cosa educata da fare è aiutarmi."

Trattenne il respiro in attesa della sua risposta.

Dopo qualche istante di tensione, Joel scrollò le spalle e controvoglia tornò verso la macchina.

Bailey espirò silenziosamente. Grazie a Dio non aveva urlato. Diventava sempre più difficile sapere quale fosse la giusta risposta agli stati d'animo di Joel. Si era sempre trattenuta con Donovan, anche se sapeva che non avrebbe dovuto. Avrebbe dovuto essere più forte, con lui. Gli si era adattata. Non l'aveva mai contraddetto, soprattutto prima di andarsene. Quando aveva incontrato Donovan per la prima volta, lui era simpatico. Era gentile con lei, l'aveva anche corteggiata, per quanto un membro di una gang potesse, prima di riuscire a portarsela a letto. Ma nei mesi precedenti la sua fuga, Bailey non aveva visto in lui alcuna gentilezza. Quando lei non era d'accordo o lo contraddiceva, lui la picchiava, o la costringeva a fare sesso con uno dei suoi fratelli... anche se sapeva che non le piaceva nessuno dei due. Ricordare quanto fosse stato crudele Donovan la fece rabbrividire. Inspirò profondamente, provando a bloccare i ricordi. Il suo ex non c'era più. Si sentiva sicura.

Lei e Joel si caricarono le braccia di sacchetti della spesa, Bailey aprì la porta d'ingresso. "Aspetta qui," gli ordinò, come ogni volta che tornavano a casa.

Controllava sempre la casa prima che a Joel fosse permesso di entrare. L'ultima cosa che voleva era tornare a casa e trovare Donovan o uno degli Inca Boyz in agguato. Joel sapeva che, se lei avesse gridato, lui sarebbe dovuto scappare. Doveva andare nel bosco e dirigersi verso la carrozzeria. Se fosse stato dopo l'orario di chiusura, sapeva dove era nascosta la chiave di riserva, doveva entrare e chiamare immediatamente il numero per le emergenze.

La casetta aveva l'aspetto di quella mattina, quando erano andati a scuola e al lavoro. Lo schifoso divano marrone contro il muro, la TV con l'antenna ricoperta di stagnola, la poltrona reclinabile sorprendentemente comoda, che Clayson le aveva regalato non molto tempo dopo che si erano trasferiti. Girando la testa verso la piccola cucina, Bailey vide i piatti che avevano usato quella mattina ancora nel lavandino, in attesa di essere lavati.

Oltrepassò il tavolino vicino al divano ed entrò rapidamente nel breve corridoio che portava verso le camere da letto. Aprì la porta di quella di Joel e perlustrò la stanza, senza trovare nulla di strano. Era un casino, con i pochi giocattoli che aveva portato con sé da Denver e i vestiti sparsi ovunque. Non riusciva quasi a vedere il piumone blu del negozio dell'usato, a causa dei vestiti, sia sporchi che puliti, gettati lì sopra. Il tappeto maculato spuntava da sotto i giocattoli, i vestiti e le scarpe.

C'era un vecchio televisore su un tavolo scassato, con accanto una console per videogiochi. Bailey non avrebbe voluto portarsela dietro, dato che era un regalo di Donovan, ma sapeva che a suo fratello piaceva molto giocare con i pochi videogiochi che aveva, quindi non aveva avuto il coraggio di lasciarla indietro. Per non parlare del fatto che sapeva che lui non l'avrebbe mai perdonata, se gli avesse negato la possibilità di giocare al suo prezioso This Is War. Era un gioco troppo crudo per un bambino di quarta elementare, ma a Donovan non importava quando l'aveva comprato per suo fratello. Diavolo, probabilmente era stato contento che fosse così violento. Era solo un modo in più per trasformare Joel in un vero Inca Boy.

Bailey si ritrasse dalla stanza, fece pochi passi fino alla sua camera da letto e aprì la porta. Era proprio come l'aveva lasciata. Niente fuori posto e quasi niente di personale da vedere. Niente, tranne la foto di lei, Joel e loro padre sul comò decrepito contro il muro.

I suoi occhi sfrecciarono verso il borsone appoggiato vicino alla finestra. Il *suo* borsone. Aveva un cambio di vestiti sia per Joel che per lei, cinquecento dollari nascosti in una cucitura all'interno della fodera, un coltello e la pistola che aveva rubato a Donovan prima di scappare. Non era molto, ma se avessero dovuto uscire in fretta, avrebbero avuto dei soldi per ricominciare da capo in un posto nuovo e un modo per proteggere Joel. Lui era la sola cosa importante.

Bailey sospirò e pensò al fratellino, mentre controllava rapidamente l'unico bagno della casa. Il suo unico obiettivo nella vita era quello di cercare di crescere Joel per farlo diventare un brav'uomo. Fino a quel momento, però, stava fallendo.

Si guardò un braccio. Bailey non ci aveva pensato due volte, a farsi tatuare. Tutti gli Inca Boyz avevano tatuaggi, lei voleva essere proprio come loro. Per inserirsi. Così si era lasciata convincere dai ragazzi della gang a farsi tatuare, pezzo dopo pezzo. Pistole, rose, filo spinato, teschi, coltelli, persino lo stupido logo da cartone animato che avevano adottato come firma. Aveva entrambe le braccia coperte di tatuaggi, dal polso alla spalla. Rappresentavano un momento della sua vita di cui non andava fiera e che avrebbe preferito dimenticare del tutto.

Ma le sue braccia non erano quelle che rimpiangeva di più. Era il tatuaggio che aveva sulla parte bassa della schiena che le faceva accapponare la pelle. Non lo voleva, ma Donovan aveva insistito. In realtà, l'aveva costretta a sbronzarsi; poi l'aveva fatta tenere ferma dai suoi fratelli mentre il suo amico la tatuava. Lei li aveva supplicati di lasciarla andare, gli aveva detto che gli voleva bene ma che non voleva essere marchiata con l'inchiostro. Gli uomini l'avevano ignorata e le avevano parlato sopra, come se non fosse nemmeno presente.

"Tutti sapranno a chi appartiene."

"Ogni volta che la scoperai, la vedrai."

"Fallo più grande del solito." Quello lo aveva detto Donovan. "Voglio un buon bersaglio quando faremo una gangbang."

Bailey era svenuta prima che il tatuaggio fosse completato. Non si era mai sentita veramente contaminata e non si era vergognata di chi era, fino a quando non le era stato permesso di guardarsi allo specchio. La scrittura era ben fatta e sarebbe stata bellissima, se non fosse stato per le parole:

PROPRIETÀ DEGLI INCA BOYZ
TROIA DI D

Il tatuaggio era enorme. La prima frase andava da un lato della vita all'altro, poteva facilmente vedere la P e la Z dal davanti. Le altre due parole erano più piccole, ma le due frecce che le puntavano in basso, verso il sedere, lo rendevano ancora più umiliante.

Bailey si sentì subito sporca a causa delle parole inchiostrate sul corpo. Era stata una puttana. Sapeva che, anche lasciando Denver, era ancora proprietà degli Inca Boyz. E a loro non piaceva perdere una proprietà.

Per come la pensava Bailey, se fosse riuscita a scappare e a nascondersi da loro fino a quando Joel non avesse avuto almeno sedici anni, sarebbe andato tutto bene. Era un ragazzino intelligente, anche se aveva quasi dieci anni. Sei anni sembravano un'eternità, ma se fosse stata attenta, avrebbe potuto resistere così a lungo.

Il tatuaggio sulla parte bassa della schiena le prudeva e sembrava che degli insetti le strisciassero sulla pelle, ma non era una novità. Si sentiva sempre così e aveva imparato a ignorarlo, per lo più.

Si diresse rapidamente verso la porta d'ingresso e sorrise a Joel. Anche se lui era arrabbiato con lei per la sua festa, sembrava più che altro nervoso e spaventato.

"Tutto a posto, fratello. Mettiamo questa roba in frigo prima che vada a male. Va bene?"

Joel non disse nulla, ma le passò accanto con le borse che aveva messo sul pavimento per andare in cucina. Bailey lo sentì mettere giù i sacchetti prima di dirigersi verso la sua stanza, mentre lei entrava nel soggiorno.

Decidendo di dargli un po' di tempo, non lo fece tornare per aiutarla a mettere via la spesa. Aveva imparato che quando il cervello di Joel era in sovraccarico, era meglio dargli il tempo e lo spazio per riflettere su qualsiasi cosa lo preoccupasse.

Mentre Bailey metteva via la spesa, pensò all'uomo nel parcheggio. Di solito lei non si fermava ad aiutare gli uomini, soprattutto quando avevano problemi con la macchina. Ma qualcosa, in quell'uomo alto e snello, le aveva reso quasi impossibile allontanarsi.

Lui fissava il suo motore come se, guardandolo abbastanza

a lungo, si sarebbe magicamente aggiustato da solo. Non aveva nulla a che vedere con i gangster che frequentava. All'inizio sembrava quasi timido e per nulla sicuro di sé. Ma più parlavano, più lui sembrava acquisire sicurezza. Si era definito un nerd, supponeva che probabilmente lo fosse. Ma con ogni parola che gli usciva di bocca, lei si era fatta un'idea più precisa della sua personalità e di chi fosse come persona.

È mia e devo prendermi cura di lei e proteggerla. In cambio si assicura di avere ciò di cui ha bisogno per rimanere sana e felice, sta al mio fianco, mi sostiene e mi aiuta ad arrivare dove voglio andare. È un rapporto di scambio.

Lui parlava della sua macchina, ma lei lo vedeva facilmente trattare allo stesso modo una donna con cui stava. Non aveva mai avuto una relazione di scambio; il suo era sempre stato un dare per ricevere.

Sono più a mio agio con i miei fogli di calcolo.

Bailey non aveva idea di che tipo di donne frequentasse, ma erano ovviamente tutte idiote. Nathan era attraente, senza dubbio. Aveva la sensazione, però, che lui non la pensasse così. Bailey era stata con uomini più belli di Nathan. Uomini a cui le donne sbavavano letteralmente dietro mentre camminavano per strada. Ma erano così presi dal loro aspetto e dai loro sentimenti che non avevano la minima idea di come far sentire bene la loro partner.

Il fatto che Nathan stesse comprando del gelato per la cognata confermava l'impressione che gli piaceva prendersi cura delle donne. Nessun uomo aveva mai preso in considerazione ciò che piaceva a lei.

Non in camera da letto.

Non quando andavano a mangiare fuori.

In nessun modo.

Pensavo che fossi così fuori dalla mia portata, che non avresti mai dato una possibilità a un uomo come me.

Era fuori dalla sua portata? Non proprio. Poteva anche guidare un'auto di merda, ma era ovvio che non aveva problemi di soldi. I suoi vestiti non erano di Walmart, l'orologio che aveva al polso valeva diverse migliaia di dollari. Era stata addestrata dalla banda a riconoscere la qualità, quando la vedeva, e anche se Nathan Anderson poteva pensare di essere fuori dalla sua portata, lei non valeva nemmeno la gomma della suola della sua scarpa. Se avesse saputo cosa aveva fatto lei e da dove veniva, non le avrebbe nemmeno lasciato guardare il suo motore.

Le donne sexy non mi danno mai una seconda occhiata.

Sei appassionata, con un atteggiamento senza freni, e quando trovi qualcosa che vuoi, la insegui con determinazione e non lasci che nessuno ti intralci.

Dio. Ogni parola che gli usciva di bocca le aveva fatto desiderare per la millesima volta di essere una persona diversa. Voleva essere la persona che Nathan aveva intravisto. Ma non lo era. Si sentiva sporca. Una puttana che era andata a letto con più uomini di quanti ne potesse contare. Di certo non poteva difendersi, soprattutto quando si trattava degli Inca Boyz.

Bailey sentì Joel sbattere i piedi in camera sua, fu sufficiente a farla scoppiare in lacrime.

Scivolando con la schiena lungo il muro della cucina, ignorando il modo in cui la maniglia dell'armadietto le scavava la pelle mentre si muoveva, Bailey si abbracciò le ginocchia e ci infilò la testa... per piangere senza freni. Non aveva idea di cosa stesse facendo con Joel. Probabilmente lo stava incasinando più di quanto Donovan avesse già fatto. Non aveva i soldi per procurargli le cose che voleva e di cui lui aveva bisogno - stava a malapena sopravvivendo, con il suo stipendio da meccanica. Non avrebbe mai guadagnato abbastanza per avviare un'attività in proprio. Non sarebbe mai uscita dal Colorado, era solo questione di tempo prima che gli Inca Boyz la trovassero e recuperassero le loro proprietà.

Era ironico, che avesse più autostima quando usciva con la banda e veniva trattata come una merda rispetto a quando era scappata da quella vita. Aveva solo ventiquattro anni, ma si sentiva come se ne avesse ottantaquattro. Schiacciata dal peso della vita e dalla responsabilità di crescere suo fratello per farlo diventare un brav'uomo.

Joel non uscì dalla sua stanza per il resto della notte.

Bailey si addormentò sul divano pidocchioso, come al solito, con un coltello nascosto sotto il cuscino, pronta e disposta a morire per suo fratello, anche se lui non la sopportava.

CAPITOLO TRE

"BAILEY! TELEFONO!"

La voce di Clayson risuonò nel garage, il cuore di Bailey cominciò a martellare per il panico. Non la chiamava mai nessuno... tranne la scuola di Joel.

Afferrò uno straccio per pulirsi le mani e saltò giù dalla scaletta davanti al SUV. A differenza della maggior parte degli altri meccanici, aveva bisogno di qualche centimetro in più per raggiungere la parte interna del motore. Era stata presa in giro per quel motivo, ma non le importava. La sua altezza era quella che era. Rapidamente si precipitò nel piccolo ufficio presente nella carrozzeria.

Clayson era seduto alla sua scrivania con in mano l'antico ricevitore del telefono.

Il proprietario della carrozzeria la guardò, ma Bailey non riuscì a decifrare la sua espressione. Gli rivolse un debole sorriso e prese nervosamente il telefono.

"Pronto?"

"Salve, parlo con Bailey?"

"Sì, chi parla?" Ma lei lo sapeva già. Da quattro parole, sapeva esattamente chi c'era all'altro capo del filo.

"Nathan Anderson. Ci siamo incontrati ieri e mi hai dato il tuo biglietto da visita."

"Giusto." Bailey non cercava di fare la burbera o la timida, ma aveva passato una nottataccia, la sua autostima era bassa come non mai, Joel le stava ancora riservando il trattamento del silenzio, e in quel momento il primo uomo a cui era stata lontanamente interessata dopo troppi anni le parlava nell'orecchio e le faceva venire la pelle d'oca su entrambe le braccia come se fosse proprio lì accanto a lei, intento a mordicchiarla.

"Vorrei prendere un appuntamento per sistemare Marilyn."

Al ricordo dello stupido nome che lui aveva dato alla sua auto, Bailey non riuscì a trattenere un sorriso. "Avresti potuto fissare con Clayson. Non c'era bisogno di parlare con me personalmente."

"Ma io volevo farlo."

Lui aveva abbassato la voce, e Bailey rabbrividì. Come se Clayson sapesse esattamente cosa stesse dicendo Nathan, spinse l'agenda degli appuntamenti davanti a lei. L'uomo più anziano non usava il computer; usava ancora l'arcaico metodo dell'agenda e della matita per programmare gli appuntamenti. Lei degluti rumorosamente e si sforzò di sembrare il più professionale possibile.

"Quando potrebbe andare bene, per te?"

"Quando sei disponibile?"

"Che cosa intendi dire?" chiese Bailey, sollevando le sopracciglia in segno di confusione per quella domanda.

"Voglio che lavori su Marilyn. E non su altre macchine. Quando hai tempo in agenda per darle un'occhiata?"

"Oh, ehm, non siamo quel tipo di carrozzeria. Non programmiamo un appuntamento specifico per veicoli specifici. Possiamo lavorare tutti su tutte le auto che entrano. Dipende solo da chi fa cosa, in quel momento."

"Mi fido di te. E di nessun altro."

Bailey si girò in modo da dare la schiena a Clayson. Gli stava simpatico, ma non si sentiva a suo agio ad avere quella conversazione davanti a lui. "Tutti qui da Clayson sono più che qualificati per guardare la tua macchina, Nathan. E poi, te l'ho già detto, non è un grosso problema. Sono abbastanza sicura che tutto ciò di cui hai bisogno, per ora, è una batteria nuova."

"Fantastico. Quando puoi guardarla e farmelo sapere con certezza?"

Sospirando, Bailey sapeva che Nathan non avrebbe lasciato perdere. Voleva che lei guardasse la sua auto, e nessun altro lo avrebbe fatto. Bene. Lei gli avrebbe solo detto un orario, e lui non avrebbe mai saputo chi sarebbe stato presente.

"Che ne dici di venerdì alle quattro? Può andare?"

"E tu la guarderai?" insistette Nathan.

Bailey alzò gli occhi al soffitto. Santo cielo, era proprio ostinato. "Sì. Sarò qui." Di solito andava a prendere Joel a scuola verso le tre, Clayson le permetteva di stare in carrozzeria dalle tre e mezza fino alle cinque. Non era l'ideale, ma non voleva lasciarlo troppo a casa da solo. Non con gli Inca Boyz che le alitavano sul collo.

"Fantastico. Ci vediamo venerdì. Abbi cura di te fino ad allora," fu la risposta insolita di Nathan.

"Lo faccio sempre," disse lei.

Se possibile, la voce di Nathan si abbassò ancora di più quando le disse: "So che lo fai, folletto, ma presto avrai altro aiuto."

La bocca di Bailey si aprì per chiedersi cosa diavolo intendesse, quando lui riagganciò. Abbassò la cornetta dall'orecchio e la fissò con incredulità. Aiuto? Folletto? Ma che cazzo?

"Venerdì alle quattro. Capito," disse Clayson mentre scarabocchiava nell'agenda degli appuntamenti. "Nome? Auto? Problema?"

Rimettendo la cornetta a posto, Bailey scosse la testa in esasperazione. Dio, Nathan poteva anche aver detto di essere un nerd e che non gli piaceva molto la gente, ma di sicuro era prepotente e bravo a far fare alla gente quello che voleva. La maggior parte dei nerd che aveva conosciuto Bailey crescendo, erano persone docili e riluttanti ad esercitare la loro volontà su chiunque. Nathan non era come nessuno dei ragazzi che aveva conosciuto in passato, quello era sicuro.

Bailey fece un respiro profondo per tenere sotto controllo le sue emozioni. Non era arrabbiata - Nathan non aveva fatto nulla per irritarla, ma era confusa, sentiva il sangue ribollire nelle vene e sentiva il cuore battere forte. Era sconcertante, e non le piaceva. Per niente.

"Nathan Anderson. Ha una Ford Focus. Probabilmente un modello intorno alla metà del 2000. Ieri l'ho aiutato in un parcheggio in città. La sua auto non voleva partire, sembra che si tratti semplicemente di sostituire la batteria o i collegamenti, che erano estremamente corrosi."

Clayson annuì e si appoggiò alla sedia, con le mani strette dietro la testa mentre guardava Bailey da vicino. "Ti dava fastidio?"

Sorpresa, lei esclamò: "No!"

"Bene. Perché se qualcuno pensa di poterti mettere le mani addosso senza che tu lo voglia, so cosa fare. Ci penseremo io e i ragazzi. Facci sapere. Ok, tesoro?"

Bailey deglutì a forza il groppo in gola creato da quelle belle parole. Clayson le ricordava molto suo padre. A suo padre non erano mai piaciuti né Donovan né gli altri ragazzi della banda. Bailey non era sicura che suo padre sapesse esattamente cosa facesse fuori da casa sua, ma lei aveva la sensazione che fosse così. Era morto mentre aiutava un amico a lavorare alla sua auto, quando il sollevatore su cui era stata messa era crollato, schiacciando il padre. Il giorno prima di essere ucciso, le aveva preso la testa tra le mani e le aveva detto che era preoccupato per lei, che l'amava più di ogni altra cosa e che avrebbe ucciso ogni uomo che le avesse fatto del male.

All'epoca, Bailey non aveva dato molto peso alle parole di suo padre, ma in quel momento sapeva senza dubbio che avrebbe piantato una pallottola in testa a Donovan, se avesse saputo in cosa l'aveva trasformata quel bastardo.

Probabilmente avrebbe dovuto essere preoccupata per la minaccia che aveva percepito nella voce di Clayson, ma non lo era. Gli altri quattro meccanici non erano membri di una gang. Erano dei bifolchi e un po' rozzi, ma le piacevano. Duke, il più giovane, aveva circa la sua età ed era sfacciato e audace, come solo un uomo che avesse il mondo intero ai suoi piedi poteva essere. Di solito era lui quello che si offriva volontario per andare a lavorare il sabato, quando avevano abbastanza appuntamenti per farlo.

Henry aveva poco più di vent'anni e si era appena sposato. Conosceva la nuova moglie solo da sei mesi ed era già incinta. Aveva detto a tutti che quando si incontrava la persona con cui si doveva passare il resto della vita, era meglio iniziare a fare le cose sul serio. Bailey sperava che la coppia resistesse. Sapeva in prima persona quanto le relazioni potessero iniziare bene e quanto velocemente potessero rovinarsi.

Ozzie aveva probabilmente dieci anni più di lei, all'inizio aveva paura di lui. Aveva la barba fino al petto, e non era nemmeno una bella barba curata. Era ispida e ruvida, il che lo faceva sembrare più vecchio di almeno dieci anni. Aveva anche una benda sull'occhio destro. Non aveva sentito la storia di come avesse perso l'occhio, ma aveva l'impressione che avesse a che fare con una tipa.

Bert era il meccanico più anziano e aveva avviato l'officina con Clayson. Avevano lavorato insieme per vent'anni e Bailey l'aveva sorpreso a studiarla in più di un'occasione. Indossava sempre una tuta di jeans, la sua pancia gonfiata dalla birra sporgeva dal centro della tuta. Per fortuna l'uomo aveva le braccia lunghe, altrimenti avrebbe avuto bisogno di una scaletta per raggiungere i motori, proprio come lei, perché parte del suo pancione non gli avrebbe permesso di chinarsi correttamente.

Tutto sommato, le piacevano gli uomini con cui lavorava. La rispettavano come meccanico, il che significava tutto per lei.

Non era sicura di poter trovare un lavoro in una carrozzeria, sia per essere donna che per il suo aspetto. Ma Clayson era disperato. Il giorno in cui era entrata chiedendo informazioni sul cartello "SI ASSUME" alla finestra, lui le aveva indicato un'auto in una delle piattaforme e le aveva detto che per il colloquio di lavoro doveva dirgli cosa c'era che non andava nel veicolo. Dopo un attento esame dell'auto, e sentendosi terribilmente fuori posto con non solo Clayson che la guardava, ma anche gli altri quattro meccanici, disse al proprietario che non solo le pastiglie dei freni erano consumate, ma che c'era della polvere dei freni all'interno del tamburo. Aveva continuato a riferire che la ventola del radiatore era stata colpita e che c'era una perdita nel tubo del liquido di raffreddamento. Clayson le aveva subito offerto il lavoro.

I ragazzi la trattavano come una sorellina, il che le andava bene. L'ultima cosa che voleva era dover respingere le attenzioni indesiderate di un collega. Aveva cancellato definitivamente gli uomini dalla sua vita, sapendo che nessuno avrebbe voluto uscire con una ex puttana.

"Va bene, Clayson. Apprezzo l'interessamento, ma sto bene."

"Mhmm," mormorò il proprietario del negozio. "Ho un sacco di scartoffie da compilare questa settimana. Sono sicuro che sarò in giro, venerdì pomeriggio."

Bailey resistette all'impulso di alzare gli occhi al cielo per quell'uomo anziano così protettivo. Non l'avrebbe mai ammesso, perché avrebbe messo in imbarazzo sia Clayson che lei, ma era bello avere qualcuno che si preoccupasse per lei. "Sono sicura che ci sarai," gli disse. "Devo tornare al lavoro." Fece un cenno di saluto al capo e si diresse di nuovo verso le macchine.

Non era molto preoccupata per Nathan Anderson. Venerdì le avrebbe portato la sua macchina, lei sarebbe stata fredda e professionale con lui, lui avrebbe avuto l'impressione che lei non volesse avere niente a che fare con lui.

Quando Bailey si rimise sullo sgabello per rimettersi al lavoro e sistemare il motore del veicolo su cui stava lavorando prima che Clayson la chiamasse in ufficio, ignorò la vocina dentro la sua testa che le dava della bugiarda.

CAPITOLO QUATTRO

"C'è qualcosa che non va con la tua auto?" chiese Blake a Nathan, dopo averlo visto riagganciare il telefono. Lui e Logan erano entrati in ufficio nel bel mezzo della sua breve conversazione.

"Sì. Non pensare che sia qualcosa di importante, però."

"Questo è un bene. Sono sorpreso che quel catorcio sia ancora in funzione," osservò Logan dall'altro lato della sua scrivania, non riuscendo a togliersi il sorriso dalla faccia.

"Mi prendo cura di Marilyn," protestò Nathan. "All'esterno può sembrare ruvida, ma dentro fa le fusa come un gattino."

Anche Blake sorrise ampiamente, chiedendogli subito: "Stiamo ancora parlando della tua macchina?"

Nathan fu preso alla sprovvista, perché era quasi esattamente quello che Bailey gli aveva chiesto il giorno prima. E a proposito della sua meccanica preferita...

"Sono abbastanza sicuro di aver trovato Bailey."

Le sue parole produssero l'effetto di una granata lanciata in ufficio. Sia la testa di Logan che quella di Blake girarono di scatto e fissarono Nathan.

Le domande arrivarono nello stesso momento.

"Cosa?"

"Dove?"

"È qui a Castle Rock," disse Nathan ai suoi fratelli, con calma.

"Ma non mi dire?" chiese Logan. "Quindi tutto quel lavoro da detective che avete fatto tu e Alexis alla fine è andato a buon fine."

Nathan scosse la testa. "No. Non avevamo indizi su dove si trovasse. Avevamo solo quello che le donne della banda dicevano di lei."

Per qualche motivo Nathan era ossessionato dall'idea di trovare Bailey fin dall'inizio. Non sapeva che aspetto avesse, non sapeva assolutamente nulla di lei. Ma sapeva come la descriveva la gente con cui era uscita Bailey.

Anche se era la donna del capo, ci parlava comunque.

Ci faceva ridere un sacco.

Quella stronza amava davvero quel ragazzo.

Era quasi come una sorella per me.

Non la biasimo per essere scappata.

Le donne della banda non avevano molte cose belle da dire l'una dell'altra, ma nessuna aveva davvero parlato male della misteriosa Bailey. Non l'avevano proprio proposta per la beatificazione, ma non l'avevano gettata di proposito sotto il proverbiale autobus. Ma sapere che c'era un bambino coinvolto aveva davvero toccato il cuore di Nathan.

Alla sua stessa madre non gliene fregava un cazzo dei suoi fratelli, o di lui. Non sapeva se il bambino fosse in qualche modo imparentato con lei - forse era suo figlio - o se fosse un bambino di strada di cui si era assunta la responsabilità, ma quel dettaglio aveva reso Nathan molto più determinato a trovarla.

Chiunque rischiasse la sua vita per scappare dagli Inca

Boyz - e portasse con sé un bambino indifeso - era qualcuno che voleva conoscere. Voleva saperne il più possibile.

"Allora, come l'hai trovata?" chiese Blake, appoggiato alla scrivania e incrociando le braccia.

"Mi ha trovato lei, in realtà." Agli sguardi di esasperazione e di impazienza sui volti dei suoi fratelli, proseguì. "Marilyn non voleva saperne di avviarsi, ieri sera. Non riuscivo a contattare nessuno di voi due e stavo cercando di capire come risolvere da solo qualsiasi problema avesse, quando una donna si è avvicinata alle mie spalle e mi ha offerto il suo aiuto."

"Dannazione," esclamò Blake. "Bailey?"

"Sì, anche se non sapevo ancora che fosse lei," gli disse Nathan. "Mi ha aiutato, abbiamo parlato un po', mi ha dato il biglietto da visita della carrozzeria in cui lavora e se n'è andata."

"L'hai lasciata andare?" chiese Logan, con le sopracciglia sollevate in modo sconcertante.

"Non si è presentata subito, quindi non sapevo che fosse lei."

Blake chiese: "Come fai a sapere che si chiama Bailey?"

"Ha scritto il suo nome sul retro del biglietto."

"Questo non significa che sia la Bailey di Donovan," sostenne Logan, in modo ragionevole.

Nathan strinse le mani a pugno. "Non è di Donovan," sibilò tra i denti.

Blake e Logan si guardarono, sorpresi dalla ferocia delle parole del fratello. Nathan era un tipo tranquillo. Il tipo d'uomo che lasciava che le cose gli scivolassero addosso. Sì, si era impegnato molto nella sua ricerca della misteriosa Bailey, ma non si era mai messo sulla difensiva per qualcosa che avevano detto, in passato. Non in quel modo.

Blake alzò le mani in segno di resa e Logan si limitò a fare un cenno di assenso, poi disse: "Solo perché si chiama Bailey non significa che sia l'ex fidanzata del leader degli Inca Boyz, Nathan."

"Vero. Ma ho la sensazione che sia lei. Non solo era nervosa per il suo aspetto, aveva entrambe le braccia ricoperte di tatuaggi." Nathan alzò la mano per prevenire le proteste che sapeva sarebbero arrivate e continuò. "Non li ho visti bene, ma uno di quelli era quello stupido logo di un cartone animato bianco che hanno adottato come simbolo."

"Dannazione," sbuffò Blake. "Sta sfidando la fortuna, vivendo così vicino a Denver."

"C'è di più," disse Nathan.

"Di più? Dannazione." Blake si spostò dalla scrivania, girandole intorno per poi tirare fuori la sedia e sedersi. "Sentiamo."

"Ha con sé il ragazzino di cui le donne della banda hanno parlato."

"Il figlio di Donovan?" chiese Logan.

Nathan sentì le unghie ferirgli le mani mentre stringeva di nuovo i pugni. "No," abbaiò, agitandosi di nuovo. "Il bambino l'ha chiamata sorella, lei mi ha detto che era suo fratello. Le credo. Si assomigliano. Non so esattamente quanti anni abbiano, ma se fosse stato suo, avrebbe dovuto averlo intorno ai dodici anni."

"Non è così strano, nello stile di vita delle gang," osservò Logan.

"Guarda. Se avesse avuto il figlio di Donovan, l'avremmo saputo. Qualcuno avrebbe già detto qualcosa. Diavolo, Alexis l'avrebbe sentito sicuramente quando era sotto copertura. Credi che quella stronza di Kelly, che era invidiosa come una merda di Bailey, sarebbe rimasta zitta?"

I suoi fratelli tacquero. Entrambi sapevano che Nathan aveva ragione.

"Ho solo un presentimento, credo che sia lei," insistette Nathan.

"Qual è il piano?" chiese Logan.

"Venerdì porterò la mia auto da lei, partirò da lì."

I tre fratelli si guardarono a lungo negli occhi prima che Logan dichiarasse: "Lei ti piace."

Nathan non si prese la briga di smentire. "Mi piace. Non solo, ma mi intriga. All'inizio pensavo che probabilmente fosse una stronza della gang, ma se lo era, perché andarsene senza lasciare traccia? Perché Kelly la odiava così tanto? Quando non sono riuscito a trovare alcun indizio su di lei, mi ha colpito per come ha coperto le sue tracce. Doveva essere intelligente per farlo. Era un enigma che dovevo risolvere."

"Poi l'hai incontrata," disse Blake.

Nathan annuì. "Non è affatto come me l'ero immaginata. Oh, tiene gli scudi piuttosto alti per proteggersi, il che non mi sorprende. Ma per una come lei, che ha vissuto la vita della gang per tanto tempo, se le togli i tatuaggi, potrebbe essere la ragazza della porta accanto. È spaventata a morte e sta facendo un pessimo lavoro per nasconderlo. Per non parlare del fatto che ama suo fratello. Lo sguardo nei suoi occhi quando lo guardava mi ha ricordato la lealtà che condividiamo tra noi."

"Potrebbe essere scappata per salvarlo," dichiarò Logan.

Nathan annuì semplicemente.

"Se Donovan o uno degli altri lo avesse minacciato, lei avrebbe potuto andarsene per proteggerlo," concordò Blake. "Se è così, non ho nemmeno bisogno di incontrarla per sapere che mi piace quella donna."

Nathan guardò i suoi due fratelli. I tre capivano molto bene la lealtà tra fratelli. Avevano passato l'inferno nella loro infanzia, schivando i pugni della madre e facendo del loro meglio per proteggersi a vicenda. Logan era stato quello che si era preso la maggior parte della rabbia materna, e lo aveva fatto di sua spontanea volontà, sapendo che i suoi fratelli sarebbero stati risparmiati.

"Per ora, porterò la mia auto in carrozzeria e vedrò se si aprirà. È chiusa e diffidente, non posso biasimarla. Ma se vogliamo essere sicuri che Donovan e la sua banda la lascino in pace, devo fare in modo che si fidi di me."

"Pensi che sappia che Donovan è fuori?" chiese Logan, con la rabbia che gli ribolliva negli occhi.

Nathan sapeva che il membro della banda era già uscito di prigione, con grande disappunto dei suoi fratelli. Donovan era stato rilasciato in anticipo per buona condotta e a causa del sovraffollamento della prigione. L'uomo era responsabile di aver scattato foto lascive alla moglie di Logan e al fratello di Alexis. Per non parlare del fatto che i fratelli di Donovan avevano rapito e pianificato di uccidere Alexis. Per fortuna avevano fallito. No, la banda degli Inca Boyz non era in cima alla lista degli amici dei fratelli Anderson.

Se le affermazioni di Kelly fossero state corrette, Probabilmente Donovan in quel momento stava cercando Bailey insieme a ciò che era rimasto degli Inca Boyz. L'unica consolazione di Nathan era che se lui e Alexis non erano riusciti a trovarla, molto probabilmente neanche Donovan ci sarebbe riuscito.

"Ne dubito," rispose Nathan al fratello. "Ho la sensazione che se sapesse che Donovan è uscito di prigione, scapperebbe."

"Mi dispiace che ieri non eravamo in giro ad aiutarti," disse Blake. "Ho portato Alexis a cena fuori, dopo siamo andati a Rock Park a fare un'escursione."

"Pensavo che si chiudesse al tramonto," disse Nathan.

Blake scrollò le spalle. "Sì. Ma quando inizia a sentirsi claustrofobica, ha bisogno di fare un'escursione, di sentirsi più responsabile di se stessa. Ho parcheggiato a Gilbert Street, abbiamo camminato fino al sentiero sul retro."

"Ha ancora gli incubi?" chiese Nathan. Alexis non gli aveva detto nulla, non che l'avrebbe fatto, ma aveva ancora problemi ad affrontare quello che le era successo dopo che gli Inca Boyz l'avevano rapita e seppellita fino al collo.

"A volte," confermò Blake. "Ma è in analisi, e ci stiamo lavorando."

"Ho visto che avevi chiamato solo poche ore dopo," disse Logan a Nathan. "Grace era esausta. So che è più che pronta ad avere i nostri bimbi. Si è messa a letto per un pisolino ed era così a disagio che sono andato sul letto con lei. Sembra che possa dormire solo se le sto vicino." Scrollò le spalle, un mezzo sorriso gli si aprì sul viso mentre pensava alla moglie incinta. "Ci siamo addormentati entrambi, alla fine."

"Va bene," assicurò Nathan ad entrambi i fratelli. "Bailey ha fatto ripartire Marilyn, e tutto va bene."

"D'ora in poi mi assicurerò di avere sempre il mio telefono a portata di mano," disse Logan al fratello.

"Anch'io," concordò Blake. "Anche se, quando siamo in montagna, potrei non avere la ricezione, come ieri sera."

"Davvero, ragazzi, tutto a posto," disse ancora Nathan. "Ora avete le vostre donne di cui occuparvi. Dovrebbero sempre venire prima di tutto."

"Forse è così," disse Logan con voce seria, appoggiando i gomiti sulla scrivania. "Ma questo non significa che sarai mai meno importante nella nostra vita. Forse siamo stati separati per dieci anni, ma questo non significa che non abbia pensato a voi due durante quel periodo. Siamo fratelli. Siamo sangue dello stesso sangue."

"Grazie," disse subito Nathan, sentendo il petto gonfiarsi di amore e di rispetto per i suoi fratelli. Tutti e tre se ne erano andati di casa subito dopo il diploma, soprattutto per allontanarsi dalla madre che li maltrattava. Le lettere erano poche e lontane negli anni, tra la partenza e il ritorno a casa a Castle Rock, dopo l'omicidio del padre. A Nathan mancavano i suoi fratelli più di quanto si rendesse conto. Gli mancava il loro sostegno e semplicemente avere lì qualcuno che capisse quello che aveva passato, perché erano stati proprio lì con lui.

Nathan si era sempre sentito inquieto e irrequieto dopo il liceo, aveva capito successivamente che il motivo era l'assenza dei suoi fratelli. Avevano un legame molto forte, oltre allo stesso sangue nelle vene.

"Ci farai sapere sabato cosa succede con Bailey?" chiese Blake.

Nathan annuì. "Certo."

Decidendo che era il momento di cambiare argomento, Nathan chiese a Logan: "Decidi tu come chiamare i tuoi figli?"

L'altro uomo scrollò le spalle, ma lo sguardo di orgoglio e di attesa era chiaro nei suoi occhi scuri. "Abbiamo in mente alcuni nomi, ma niente di concreto. Grace dice che vuole aspettare di vederli, prima di decidere. Qualcosa sul sapere quale sarà il nome giusto per loro dopo averli incontrati. Non mi interessa poi così tanto, basta che stiano bene quando sarà finito tutto."

"La dottoressa ha idea di quando li avrà?" chiese Blake.

"Presto, è tutto quello che ha detto. Potrebbe essere oggi, o tra due settimane. Dipende dai bambini. Se sono testardi come la mamma, tra due settimane, scommetto i miei soldi," disse Logan, con voce burbera, come se cercasse di impedire che l'emozione lo vincesse e provasse a non ridere.

Blake si chinò, estrasse il portafoglio e mise due pezzi da venti sulla scrivania di fronte a lui. "Quaranta dollari che sarà questo fine settimana."

Nathan sorrise e prese il suo portafoglio, tirando fuori un paio di banconote e mettendole sulla sua scrivania. "Sono d'accordo con questa scommessa. Dico che ci vorranno altre due settimane."

"Su cosa scommettiamo?" cinguettò Alexis entrando nella stanza.

Blake si allontanò immediatamente dalla sua scrivania e andò ad incontrarla. Le mise una mano dietro il collo e l'altra intorno alla vita e la tirò verso di sé, baciandola come se non la vedesse da giorni invece che da ore.

Poi si tirò indietro, ma non la lasciò andare. "Hai avuto una buona giornata?"

Lei gli sorrise e annuì, con le mani appoggiate sul bicipite di lui. "Sì." Poi girò la testa e guardò Nathan. "Allora... su cosa scommettiamo?"

"Quando Grace avrà quei bambini che si porta sempre a spasso."

"Ci sto. Quali date sono state prese, finora?" disse lei, buttandosi subito.

"Blake ha preso questo fine settimana, io dico tra due settimane," le disse Nathan.

"Allora dico il prossimo fine settimana. Tesoro, mi presti i soldi da puntare, vero?" chiese, sorridendo a Blake e sbattendo le palpebre in modo innocente.

Lui alzò gli occhi al cielo e brontolò di buon grado, ma la riaccompagnò alla scrivania prima di aggiungere altre due banconote alla pila.

"Sapete che se Grace scopre su cosa stiamo scommettendo, perderà la testa," osservò Logan.

"Scommettere su cosa?" chiese Grace, entrando nel grande ufficio.

Logan era fuori dalla sua sedia e al fianco della moglie prima che l'ultima parola le lasciasse la bocca.

"Cosa ci fai qui? Come sei arrivata? Spero tu non abbia guidato!" esclamò, mentre portava Grace sul divano che avevano aggiunto in ufficio dopo che lei era rimasta incinta.

Grace mise la mano sull'avambraccio di Logan, sopra il tatuaggio composto da una rosa e due uccelli in volo, e lo accarezzò dolcemente mentre gli diceva: "Felicity è tornata da

Chicago e mi ha lasciata qui. Sappiamo entrambi che non posso più stare al volante della nostra auto."

Logan le baciò una tempia dopo averla fatta sistemare sui cuscini e si sedette accanto a lei.

"Ora... su cosa scommettiamo?" chiese ostinatamente.

"Quando partorirai," le disse Alexis con un sorriso. "Blake dice questo weekend, io dico il prossimo weekend, e Nathan dice tra due settimane."

Grace si voltò a guardare suo cognato. "Due settimane? Signore, abbi misericordia. Se fosse per me, li avrei oggi. Sono stufa di essere incinta!"

Tutti risero, Logan rassicurò la moglie che avrebbe avuto i loro gemellini quando sarebbero stati buoni e pronti a uscire, e non un secondo prima.

Nathan guardò la sua famiglia allargata. Grace e Alexis erano perfette per i suoi fratelli, voleva molto bene a tutte e due. Non era mai stato invidioso dei suoi fratelli... fino a quel momento. In qualche modo, incontrare Bailey e vedere le relazioni dei suoi fratelli gli fece capire che gli mancava qualcosa. Aveva una piccola casa, gli piaceva vivere da solo, ma improvvisamente si rese conto di essere... solo.

Forse non gli piacevano le persone in generale, ma gli piacevano Grace e Alexis. E gli piacevano i suoi fratelli. Gli piaceva trascorrere del tempo con loro, ma non era la stessa cosa di avere una donna che dormiva accanto a lui. O sentirla respirare mentre dormiva. Svegliarsi e sapere che qualcuno era al suo fianco. Mangiare pasti preparati da qualcun altro. Non dire nulla, ma guardare la televisione o un film con qualcuno.

E lui lo voleva.

Lo voleva con Bailey.

Era pazzesco. Lui non la conosceva, e lei non conosceva lui.

Ma così come sapeva che avrebbe sacrificato la sua vita

per i suoi fratelli e per le loro donne, Nathan sapeva che Bailey era destinata ad essere sua.

Doveva esserci un motivo per cui era stato così determinato a trovarla.

Voleva rivendicare Bailey come sua, e anche il suo fratellino.

Mentre le dolci battute continuavano intorno a lui, Nathan fece voto, proprio in quel momento, di fare tutto ciò che poteva per portare Bailey al sicuro. Lui poteva non essere affascinante, o il miglior conversatore, o un uomo molto interessante, ma Bailey aveva bisogno di una famiglia. Aveva bisogno di qualcuno che le volesse bene.

E quel qualcuno sarebbe stato lui.

CAPITOLO CINQUE

ALLE QUATTRO MENO DIECI, Nathan parcheggiò Marilyn in uno spazio vuoto davanti a una delle postazioni di lavoro del garage della carrozzeria di Clayson e poi ne uscì. Non vedendo nessuno all'interno delle postazioni, spinse la porta d'ingresso dell'attività e si guardò intorno.

Quella di Clayson era una tipica officina. La sala d'attesa non era grande, ma aveva un televisore, un tavolino con qualche rivista, un bancone con un registratore di cassa e quattro sedie di plastica rigida. Era funzionale, forse non così confortevole, ma pulita.

Nathan aveva appena aperto la bocca per chiamare, per vedere se c'era qualcuno in giro, quando un uomo più anziano con i capelli neri con sprazzi di grigio uscì da una porta sul retro della stanza. Si avvicinò al bancone, si appoggiò su entrambe le mani e trafisse Nathan con uno sguardo severo.

"Nathan Anderson. Piacere di conoscerti."

Nathan non si arrabbiò per le vibrazioni protettive emanate dall'uomo. Anzi, ne fu contento. Era felice che Bailey avesse qualcuno che si prendesse cura di lei. Non ricordava di aver mai incontrato l'uomo di fronte a lui, ma era ovvio che quell'uomo anziano sapeva chi era. "Sì," rispose con un cenno del capo.

Gli uomini si guardarono negli occhi per un attimo, prima che Clayson arrivasse al punto. "Non prendere per il culo Bailey."

"Non lo farò," replicò Nathan semplicemente. Si mise le mani in tasca e incontrò lo sguardo dell'uomo a testa alta.

Ci volle ancora qualche istante, ma l'uomo probabilmente capì dallo sguardo di Nathan ciò che cercava e annuì una volta, poi si voltò verso la porta dietro di lui. Poco prima di attraversarla, guardò Nathan e disse: "Ebbene? Andiamo!"

Senza esitare, Nathan girò intorno al bancone e seguì l'uomo nella stanza sul retro dell'officina.

Entrò in un ufficio, che aveva un aspetto molto più confortevole e ingombrante della spoglia sala d'attesa. Ma invece di notare i mobili, o di occuparsi dei mucchi di fogli, gli occhi di Nathan andarono immediatamente a Bailey.

Era seduta sul divano accanto al fratello. Erano accovacciati su un libro in grembo a lui, e lei stava indicando qualcosa sulla pagina. Indossava una maglietta scura sotto una tuta da lavoro spalmata di grasso. Ai suoi piedi aveva un paio di stivali neri con la punta d'acciaio. I suoi capelli erano tirati indietro in una coda di cavallo disordinata che si faceva volteggiare intorno a un dito mentre si concentrava su quello che c'era nel libro davanti a lei.

Il ragazzino indossava un paio di jeans che sembravano troppo corti per la sua corporatura allampanata, e una maglietta con sopra una stampa di Batman. Sembrava frustrato per qualcosa, senza dubbio qualsiasi cosa fosse nel libro di testo in grembo.

Al suo ingresso, entrambi alzarono lo sguardo, e Nathan capì senza dubbio che erano davvero fratello e sorella. Avevano gli stessi capelli neri, ma il ragazzo sarebbe diventato più grande. Non grasso, ma alto. Era anche strutturato in modo molto diverso da Bailey. Era tarchiato e stava per diventare un uomo formidabile.

Nathan salutò la coppia sul divano e disse: "Ciao."

"Oh cavolo, sono già le quattro?" disse Bailey, guardando il suo polso sinistro come se stesse guardando un orologio... tranne per il fatto che non c'era nessun orologio. Si chinò, baciò sulla testa il ragazzino e si alzò in piedi. "Joel, continua a lavorare su quei problemi di matematica. Quando avrò finito, gli darò un'altra occhiata. Non preoccuparti, troveremo una soluzione." Poi guardò Nathan.

"Ciao, Nathan. Hai parcheggiato fuori dal garage?"

Lui annuì, non apprezzando particolarmente il tono professionale della voce di lei, ma non ebbe la possibilità di dire altro.

"Fantastico," disse lei, allungando una mano. "Dammi le chiavi e mi metto subito al lavoro. Se è solo la batteria, non ci vorrà più di mezz'ora, quarantacinque minuti al massimo, per caricarla e pulire i collegamenti."

Nathan voleva prolungare il suo tempo con lei, ma non riusciva a capire come, senza far capire che stava cercando di prolungare il suo tempo con lei. Così si limitò a pescare il suo mazzo di chiavi e lo lasciò cadere nella mano di Bailey, assicurandosi di sfiorare la punta delle sue dita contro il palmo della mano di lei.

Lei strinse la mano sotto la sua, ma chiuse rapidamente le dita intorno alle chiavi e si girò verso l'uomo più anziano. "Clayson, se prendi i suoi dati, ti farò sapere quando ho finito."

"Prenditi il tuo tempo, tesoro," disse l'uomo più anziano senza preoccupazioni.

"Grazie." Detto ciò, se ne andò.

Gli occhi di Nathan si rivolsero verso Joel, che non si era spostato dal divano, poi verso Clayson.

L'uomo più anziano lo guardava con un sorriso compiaciuto, come se qualcosa di quello che era appena successo lo divertisse. Ma si limitava a tenere in mano un blocco per appunti con un pezzo di carta. "Se riesci a compilare questo, avremo tutte le informazioni che ci servono. Bailey si metterà al lavoro e ti farà sapere cosa c'è che non va, prima di fare qualsiasi lavoro, insieme al preventivo."

Nathan annuì e prese cartellina e penna dall'uomo. Si guardò intorno e decise di correre il rischio di sedersi accanto a Joel.

Si sistemò nel posto che Bailey aveva occupato fino a poco prima, provando un brivido quando il calore del corpo di lei ancora indugiava nel cuscino su cui aveva appoggiato il sedere.

Il modulo conteneva le informazioni di base, Nathan lo compilò in pochi minuti. Guardò i problemi di matematica su cui Joel stava lavorando e sbatté le palpebre. Gli uscirono le parole senza riflettere. "Che diavolo stai facendo?" Non erano rozze o meschine, ma completamente sconcertate.

Il ragazzo lo guardò con sorpresa e disse semplicemente: "Matematica."

"Non assomiglia a nessun tipo di matematica che abbia mai visto," disse Nathan, gli occhi sul foglio scarabocchiato davanti al ragazzino con espressione confusa.

"Anche Bailey dice così," rispose Joel.

Nathan lo guardò per la prima volta. "Tua sorella ha ragione."

Joel non sembrò confuso o turbato da quella dichiarazione, Nathan fu contento di sapere che aveva indovinato sul fatto che fossero fratelli.

"È la matematica del nucleo comune."

Nathan lo guardò sorpreso.

"È così che insegnano la matematica, in questi giorni."

"Sembra confuso," disse Nathan senza mezzi termini.

"È così. Non ci capisco niente," disse Joel abbassando la

testa e giocherellando con il bordo del foglio con le dita. "Tutti gli altri bambini ridono di me perché non riesco a capire. Nella mia vecchia scuola non facevamo così."

"La matematica può essere divertente," disse Nathan a Joel.

Ciò portò il ragazzino ad alzare lo sguardo. Sembrava che qualcuno lo avesse appena colpito. "Divertente?" scosse la testa. "Non credo proprio."

"Certo che lo è. Ci sono un sacco di cose che si possono fare con la matematica."

"Se lo dici tu," borbottò Joel.

Nathan allungò la mano, con il palmo rivolto verso l'alto. "Ti faccio vedere. Posso usare la tua matita?"

Joel gliela consegnò, ma lo guardò con scetticismo.

Comodamente, Nathan girò il foglio e scrisse alcuni numeri sul retro. "Ok, sai che la matematica usa una base decimale, vero?"

"Base decimale?" chiese Joel.

"Sì. Riesci a contare fino a cento, con i dieci?"

"Certo. Sono cose da bambini," poi si mise a contare, mostrando a Nathan che poteva davvero fare quello che aveva chiesto.

"Bene, quindi questa è la base decimale. Nel numero dieci ce ne sono dieci. E ci sono dieci dieci, nel numero cento." Indicò il numero undici che aveva scritto sul foglio. "E questo cos'è?"

"Undici," rispose immediatamente Joel.

"No," disse Nathan. "È un dieci e un uno. Il primo numero mostra quante decine ci sono, e il secondo quante unità ci sono. Allora, qual è questo numero?" Indicò un altro numero che aveva scritto.

"Due da dieci e quattro unità. Ventiquattro," disse Joel, ancora con un po' di confusione negli occhi, ma stava afferrando velocemente.

"Esattamente. E questo?"

"Tre decine e sette unità."

"Fantastico!" si entusiasmò Nathan. "Ok, ora una difficile. Che ne dici di questa?" Scrisse un altro numero sulla pagina.

"Cinque decine e nove unità," disse subito Joel.

"E se ne aggiungo un altro, che cosa ho?" chiese Nathan.

"Sessanta... ehm... Voglio dire, sei decine."

"Perfetto. Qual è il primo numero? Quanti..."

"Dieci!" disse Joel con entusiasmo.

"E il secondo numero?"

"Uno!"

"Bene. E hai detto che non eri bravo in matematica!" disse Nathan al ragazzo, riuscendo a vedere la sua autostima crescere proprio davanti a lui. "Ok, passiamo alle cose più difficili. Se scrivo questi e ti chiedo di aggiungerli insieme, come fai?" Nathan scrisse il numero dieci e il numero trentadue.

Joel cominciò a parlare di sottrarre i numeri dal trentadue e di aggiungerli ai dieci, per poi aggiungere un altro numero ai trentadue, fu lì che Nathan lo interruppe. "Dimentica il nocciolo della questione. Guardala in relazione a quello di cui abbiamo appena visto. Dieci e uno."

Joel si prese la testa tra le mani e guardò attentamente il suo quaderno. Poi alzò lo sguardo verso l'uomo seduto accanto a lui e disse esitante: "Il primo numero è una decina, zero unità. Il secondo è tre decine, e due unità."

"Giusto," lo elogiò Nathan. "Allora, se li sommi cosa ottieni?"

"Quattro dieci e due uno,"

"E?" chiese Nathan con un sorriso.

"Quarantadue?"

"Me lo stai chiedendo o mi stai dicendo che questa è la risposta?"

Joel guardò di nuovo il quaderno e poi tornò a guardare Nathan. "Te lo sto dicendo. Quarantadue."

"Ottimo!" esclamò Nathan.

"Questo... è stato facile," disse Joel, con un'aria completamente scioccata. "Non può essere così facile,"

"È così. Facciamone un altro." Nathan scrisse rapidamente altri due numeri sulla pagina.

Non appena la punta della matita lasciò la pagina, Joel disse: "Sette decine e tre unità, poi due decine e quattro unità. Quindi fanno nove decine e sette unità. Novantasette!" esclamò il ragazzino, come se avesse scoperto il senso della vita.

"Esattamente! Giusto!" gli disse Nathan. "Che ne dici di farne ancora un po'?"

Lui e Joel continuarono ad allenarsi sommando i numeri, Joel divenne sempre più veloce a fare i conti a mente. Nathan girò il foglio e restituì la matita a Joel. "Ora prova a fare i tuoi compiti."

Senza una parola, Joel si piegò sulla pagina e cominciò rapidamente a completare i problemi che aveva lasciato. Quando ebbe finito, guardò Nathan con uno sguardo preoccupato negli occhi.

"Cosa c'è, Joel?"

"Non lo sto facendo nel modo in cui dovrei."

"Ma tu lo capisci. E stai ottenendo le risposte giuste."

Joel annuì, ma sembrava ancora preoccupato.

Nathan si appoggiò al cuscino sul retro del divano e disse a Joel qualcosa che aveva imparato all'inizio della sua carriera scolastica. "Hai ragione, Joel, non lo stai facendo nel modo in cui dovresti. Stai saltando tutti i passaggi che il tuo insegnante vuole che tu faccia. Ma il fatto è questo... lo stai capendo, vero?"

Il ragazzino annuì, ma rimase in silenzio.

"Allora devi fare una scelta. Continui a farlo nel modo che

per te ha senso, e nel modo più veloce per te, o cerchi di farlo nel modo che l'insegnante vuole che tu faccia. La scelta è tua. Ma se scegli di farlo nel modo che per te ha senso, perderai punti. L'insegnante userà la penna rossa, metterà dei segni e delle x e ti dirà che non hai mostrato il tuo lavoro. Potresti prendere un sei, al posto di un nove. D'altra parte, se provi a farlo nel modo che vuole l'insegnante, ci vorrà più tempo. Potresti confonderti di più. Potresti avere molte faccine sul tuo foglio e potresti anche prendere un nove. Anche se potresti non avere più tempo perché non riesci a superare tutti i problemi. Preferiresti prendere un sei e capire quello che hai fatto, o prendere un nove e passare attraverso tutti i passaggi?"

Joel lo guardava come se fosse una domanda trabocchetto. "Ma Bailey vuole che io prenda voti alti."

"Certo che lo vuole," disse subito Nathan. "Sai perché?"

"Perché significa che ho successo?"

"E pensi che avresti più successo se lo facessi nel modo in cui hai capito o nel modo in cui ti è stato detto di farlo?"

Joel si morse un labbro, ma non rispose.

Nathan capì che ci stava pensando molto, così continuò. "Pensi che Bailey preferirebbe che tu capissi veramente la materia e la imparassi, o che ti mettessi a fare i passaggi?"

"Che la imparassi," disse subito Joel.

"E saresti più felice se sapessi quello che stai facendo o se facessi solo quello che ti è stato detto?"

"Se sapessi quello che sto facendo,"

"Ecco la parte difficile della domanda," disse Nathan, seduto a guardare Joel dritto negli occhi. "Riesci a convivere con l'essere uno studente da sei in matematica e sapere che lo capisci veramente, o con l'essere uno studente da nove e capire solo a metà?"

"Ma io voglio prendere nove," protestò Joel.

"Perché?" insistette Nathan.

"Beh... perché significa che sono intelligente,"

"Davvero?"

Nathan vide perfettamente il momento in cui Joel capì il punto del discorso. Scosse la testa lentamente.

"Giusto. Quindi fai quello che devi fare per passare, ed è importante, Joel. Non andare così tanto per la tua strada da essere bocciato in un corso, perché sarebbe semplicemente stupido. Ma smettila di cercare di compiacere gli altri e assicurati di fare ciò che è meglio per te. Se stai imparando nel modo in cui devi imparare, va perfettamente bene essere uno studente di matematica da sei, piuttosto che uno studente da nove."

"Che voto avevi in matematica?" chiese Joel, con un piccolo sorriso.

Nathan si chinò verso di lui e gli sussurrò: "Sei meno. Ero un po' troppo testardo e sono andato un po' troppo per conto mio."

Joel rise. Il suono della sua risata era spensierato e riecheggiò nella stanza.

"Io... uh... ho il preventivo per la tua auto," disse Bailey, dall'altra parte del piccolo ufficio.

Nathan alzò lo sguardo e la vide appoggiata all'infisso della porta come se fosse lì da un po' di tempo. Si sentì arrossire. Era stato così impegnato ad aiutare Joel che non si era nemmeno accorto che lei era tornata nella stanza.

Volse lo sguardo a Clayson, era seduto alla scrivania, sorrideva anche a lui. Accidenti.

"Oh, fantastico."

"Sono i contatti. Poi la batteria era scarica, quindi ti consiglio di procurartene una nuova. Il motore in realtà funziona benissimo, sorprendentemente. Potrebbe sembrare una schifezza, ma devo dire che te ne sei occupato molto bene."

Nathan voleva fare un commento su come prendersi cura di una donna sotto il tetto in modo che facesse le fusa per tutta la vita, ma si trattenne. "Procedi e metti una nuova batteria, fai quello che devi per i contatti."

Bailey allungò una mano. "Se mi dai i tuoi moduli, ti scrivo il preventivo e puoi assicurarti che non sia troppo."

Nathan scosse la testa. "Va tutto bene. Deve essere fatto, quindi non importa quale sia il costo. Fallo."

"Va bene. Joel? Ti va bene stare qui mentre finisco?"

Il ragazzino guardò sua sorella come se avesse detto la cosa più stupida del mondo. "Sì. Sto bene, sono qui tutti i giorni. Perché oggi dovrebbe essere diverso?"

Bailey ignorò la domanda, annuì e fece un passo indietro.

Quando se ne andò, Nathan disse con nonchalance e senza calore: "È stato scortese."

"Cosa?" chiese Joel, confuso.

"Quello che hai appena detto a tua sorella." Nathan vide che Joel stava cercando di trovare una risposta, così proseguì velocemente. "Pensaci dal suo punto di vista. È preoccupata per te. Ti ha lasciato qui con me, qualcuno che nessuno di voi due conosce. Voleva assicurarsi che ti sentissi bene e che non ti sentissi troppo a disagio. Se lo fossi stato, probabilmente ti avrebbe invitato ad andare con lei mentre lavorava. Così ti avrebbe fatto uscire da questo ufficio e allontanato da me. Invece sei stato scortese e hai liquidato le sue preoccupazioni come stupide. E credimi, avere qualcuno che ti guardi le spalle come fa tua sorella è tutt'altro che stupido."

Joel aprì la bocca per rispondere, Nathan capì che gli avrebbe risposto, così alzò la mano, impedendo al ragazzo di dire qualcosa di cui si sarebbe pentito. "Non ti conosco, non conosco ancora tua sorella, ma è ovvio che ti vuole molto bene. Sei arrabbiato con lei perché hai dovuto cambiare scuola. Hai dovuto rinunciare ai tuoi amici e a tutto ciò che ti era familiare. È dura iniziare una nuova scuola e fare nuove amicizie, ma è altrettanto dura per tua sorella. Lei si preoccupa per te, e vuole solo il meglio per te. Non sto dicendo che non ti è permesso di provare quello che provi, ma potrebbe essere un bene se pensassi a quello che provano gli altri quando ti dicono qualcosa."

Nathan poteva leggere chiaramente il conflitto interiore negli occhi di Joel.

"Mi scuserò più tardi," disse finalmente il ragazzino, con voce tranquilla.

"Sono sicuro che lo apprezzerebbe," disse Nathan, poi decise di cambiare argomento. "Quindi... sei in cosa, in quarta elementare? Quanti anni hai?"

"Nove. Bene, dieci il prossimo fine settimana," disse Joel con un sorriso, drizzandosi sul divano.

"Dieci. Wow. Doppia cifra. Fai una festa?"

Con la sua domanda, il ragazzo si sgonfiò come un palloncino scoppiato con uno spillo. "Sì."

"Non sembri entusiasta," osservò Nathan.

"È stupido. Volevo andare da Chuck E. Cheese, ma Bailey non me lo permette. Dobbiamo andare in uno stupido parco, andare in bici e mangiare patatine e altre schifezze."

Nathan sospettò che il denaro fosse uno dei motivi per cui non poteva fare la sua festa al costoso ristorante per bambini. "Vengono i tuoi amici della scuola?"

Joel fece spallucce, ma non rispose. Si piegò di nuovo sul suo foglio di matematica, fingendo di ricominciare a lavorarci.

Nathan capì tutto. Joel era il nuovo arrivato di una nuova scuola. Una festa in un parco locale probabilmente non era abbastanza per attirare i suoi compagni di classe. I ragazzini erano crudeli, lo sapeva fin dall'infanzia.

"Posso venire?"

Joel girò la testa di scatto. "Cosa?"

"Posso venire?" ripeté Nathan. "Voglio dire, siamo amici ora, no?"

"Beh, uh... sì, credo. Vuoi venire davvero?"

"Non te l'avrei chiesto, se non mi interessasse. Ma devo avvertirti..." Nathan si interruppe apposta in modo allettante.

"Avvertirmi di cosa?" chiese Joel.

"Che sono il nerd della mia famiglia. I miei fratelli sono quelli fighi. Mia cognata e la mia quasi cognata sono così belle da farti girare la testa."

Joel spalancò gli occhi castani. "Non credo che tu sia un nerd," disse. Ed era una cosa carina da dire. Forse il ragazzino aveva davvero preso a cuore le sue parole precedenti.

Nathan si mise a ridere. "Lo sono, ma mi va benissimo. Aspetta di incontrare Logan e Blake. Lo vedrai con i tuoi occhi. Logan possiede una moto. E l'altro mio fratello, Blake, ti trasmette questa sensazione... del tipo che se ti metti contro lui, te ne penti. Oh, non fraintendermi, sono dei bravi ragazzi, ma quando li incontrerai, capirai cosa intendo."

"Verranno anche loro?" chiese Joel con voce spaventata, come se non avesse mai osato sperare che degli adulti volessero andare alla sua festa di compleanno.

"Beh, dovrò parlarne con tua sorella, assicurarmi che sia tutto a posto, ma sì, a loro piacerebbe venire. Ogni mio amico è un loro amico."

"Fico," disse Joel. "Vado subito a chiedere il permesso!"

Senza aspettare che Nathan fosse d'accordo, saltò su e corse verso la porta che conduceva all'interno del garage.

Dopo che Joel ebbe sbattuto la porta, Clayson parlò per la prima volta.

"Andrà bene."

"Pardon?" chiese Nathan, guardando l'uomo.

"Non ero così sicuro di te, quando sei venuto qui. Sapevo che eri arrivato per Bailey, ma ai miei occhi nessuno è abbastanza buono per lei. Ma dopo essere stato seduto qui, a guardarti con Joel e a sentirti dire quello che hai detto... non solo sei abbastanza buono per lei, sei esattamente quello di cui ha bisogno."

Nathan si alzò e portò la cartellina all'uomo. "Non lo so. Non sono sicuro che guarderebbe mai due volte un uomo come me, se non si trovasse nella situazione precaria in cui si trova ora. Ma non sono un idiota. Se lei mi vuole, sono tutto suo."

"La sua situazione precaria?" chiese Clayson, sollevando un sopracciglio.

Nathan osservò l'uomo per un lungo momento, prima di rispondere: "Io e lei sappiamo che una donna come Bailey, con le sue capacità, non si trasferisce nella periferia di Castle Rock e non si butta nel lavoro, se tutto va bene."

"E tu sai cosa c'è che non va." Non era una domanda.

Nathan non rispose, ma continuò a mantenere il contatto visivo con Clayson.

"Giusto," disse Clayson. "Inoltre, sono contento che tu abbia rimproverato Joel per il suo atteggiamento. Fa sempre così. Sfoga le sue frustrazioni sulla sorella, il più delle volte. So che è solo un ragazzino, non ho idea di come fosse la sua vita prima che arrivassero qui, ma non è giusto. Lei lo lascia fare e non lo sgrida mai. Immagino che si senta in colpa per qualcosa. Non so per cosa."

"Vedrò cosa posso fare per aiutarla," disse Nathan.

"Come ho detto, lo farai," fu la risposta di Clayson.

La porta del piccolo ufficio si aprì e colpì il muro con un forte botto. "Ha detto che va bene!" strillò Joel, eccitato.

Nathan guardò verso la porta, poi si rivolse al ragazzino.

Joel colse l'allusione, guardò i due adulti per un momento con aria persa e disse: "Scusa, Clayson. Mi ero dimenticato della porta. Non volevo sbatterla."

"Va tutto bene," disse Clayson, poi mormorò solo per le orecchie di Nathan: "Sì, andrai sicuramente bene."

Le labbra di Nathan si aprirono in un mezzo sorriso, ma ignorò l'uomo anziano e si rivolse a Joel. "Fico. Allora, sabato prossimo? A che ora e in quale parco?"

"Alle dieci. Il parco che è qui vicino."

"Phillip S. Miller Park," disse Clayson a Nathan.

"So dove si trova. Ci sarò."

"Promesso?" chiese Joel.

Nathan vide qualcosa negli occhi del ragazzo. Era già stato deluso in passato. Più di una volta. Si accovacciò davanti a Joel e lo guardò dritto negli occhi. "Sì, te lo prometto. Non posso fare questa promessa per i miei fratelli, perché non conosco i loro orari, ma ricordati le mie parole. Io ci sarò."

Joel annuì. "Fico."

"Fico," fece eco Nathan. "Vuoi esercitarti di più su quella roba di matematica? Posso dartene alcune più difficili e vedere se riesci a capirle. Poi puoi provare a sottrarre."

"Sì. Voglio provare."

Nathan scrisse qualche altro problema sul retro del foglio di Joel. Teneva un occhio sulla porta e uno sul ragazzo davanti a lui. Gli piaceva Joel. Sembrava un ragazzino intelligente, ma voleva davvero, davvero parlare con Bailey. Sperava che lei gli desse una possibilità.

Non tanto perché volesse tenerla al sicuro.

Non tanto perché volesse parlare del fratellino.

Ma perché voleva conoscerla.

___

CAPITOLO SEI

"GRAZIE PER AVERLO AIUTATO A FARE i compiti," disse Bailey a Nathan, mentre stavano sulla porta del garage.

Joel stava giocando a calcio con Clayson, che aveva portato fuori il ragazzino mentre lei completava le pratiche e il pagamento con Nathan.

"Non c'è di che," disse tranquillamente Nathan.

Bailey sapeva che lui la stava guardando, ma si rifiutò di girare la testa e di ricambiare lo sguardo. Lui l'aveva resa nervosa, in senso buono, non nervosa in un modo doloroso, il che era decisamente un bel cambiamento.

"Grazie per avermi permesso di venire alla sua festa, la prossima settimana."

Finalmente lei si voltò a guardarlo. "Stai scherzando? Gli hai risollevato la giornata!"

Nathan arricciò un labbro.

"Cosa? Cosa c'è di divertente?" disse lei, sulla difensiva. Se lui stava ridendo di Joel, lei...

"Di solito sono l'ultima scelta, quando si tratta dei fratelli Anderson," disse lui con tono neutro.

Bailey aggrottò la fronte. "Cosa vorresti dire? C'è qualcosa che non va in te?"

Lui fece spallucce. "Dipende a chi lo chiedi."

"Lo sto chiedendo a te."

Nathan aprì le braccia, con il palmo delle mani rivolto verso l'alto. "Quello che vedi corrisponde a realtà. Sono troppo magro per essere considerato una minaccia, anche se conosco un po' di judo, che mi ha aiutato più di una volta, in situazioni di tensione sul lavoro. Mi piacciono i numeri. Molto. Preferisco stare a casa, piuttosto che andare in palestra ad allenarmi. La folla mi fa venire l'orticaria, ho un debole incredibile per i dolci. Mi piace mangiare una buona bistecca, ma sono un disastro quando si tratta di cucinare la carne alla griglia in modo uniforme." Il suo tono era sempre tranquillo, come se onestamente non gli importasse di come gli altri lo vedevano.

"E allora?" chiese Bailey, in preda alla confusione.

"E allora? Sono un nerd, Bailey. Un nerd. Uno sfigato. Qualunque sia il nome che preferisci. Adoro Star Wars e posso recitarne tutte le battute. Mi diverto a compilare fogli di calcolo con profitti e perdite. Hai visto la mia macchina, non è per niente bella. Quando incontrerai i miei fratelli, ti chiederai come sia possibile che sia imparentato con loro, siamo persino gemelli."

Lei sbatté le palpebre, sconvolta. "Fai parte di una tripletta?"

"Sì."

"Fico," mormorò lei, ma ripensò a quello che lui le aveva appena detto. Sentiva sfaldarsi leggermente il muro che aveva issato per difendersi. Era vero. Nathan non era esattamente un adone. I pantaloni neri che indossava erano stropicciati e sembrava che non fossero mai stati stirati. Indossava una polo con tutti i bottoni, tranne uno. Aveva i capelli scompigliati, come se ci avesse passato la mano più volte. La sua pelle era più pallida che abbronzata, se l'avesse incrociato per strada senza sapere nulla di lui, probabilmente l'avrebbe etichettato come un nerd.

Ma dopo averlo ascoltato aiutare il fratello a fare i compiti di matematica, convinta anche che avesse convinto Joel a scusarsi con lei per il suo tono arrabbiato, proprio prima di chiederle se Nathan e i suoi fratelli potevano venire alla sua festa di compleanno - Bailey sapeva che aveva a che fare con qualcosa che Nathan gli aveva detto - non gliene fregava un cazzo se era un nerd.

In effetti, "nerd" suonava paradisiaco. Ne aveva abbastanza di testosterone incontrollato e di uomini che pensavano di essere il dono di Dio alle donne. Agli Inca Boyz di certo non gliene fregava un cazzo della matematica, o dell'apprendimento, o di trattare le donne e le ragazze che frequentavano il club con un briciolo di rispetto. Sì, un nerd, Nathan, sembrava proprio il tipo d'uomo che avrebbe voluto conoscere meglio.

Bailey mise una mano sul bicipite di Nathan e gli disse onestamente: "Sei un brav'uomo, Nathan."

Lui fece di nuovo spallucce e Bailey lasciò cadere la mano, infilando goffamente le dita nelle tasche della tuta che indossava.

"Mi sta bene chi sono. Non stavo cercando di manipolarti in alcun modo," le disse.

"Non pensavo che lo stessi facendo."

"Quindi ti va bene se vengo alla festa di Joel, il prossimo fine settimana?"

"Ho già detto di sì," replicò lei.

"E per la cena di domani sera?"

Wow. Cosa? "Uh... cena?"

Per la prima volta Nathan distolse lo sguardo da lei, Bailey si rese conto con improvvisa chiarezza che Nathan era nervoso. Riusciva a vedergli il battito forte in gola, continuava a spostare il peso da un piede all'altro, come se non riuscisse a stare fermo.

"Sì. La cena. O pranzo. O qualunque altra cosa," le disse Nathan, tentennando leggermente, dato che lei non aveva ancora dato conferma.

"Non ho una babysitter," disse lei tranquillamente, non dicendo di no, ma nemmeno dicendo esattamente di sì.

Nathan si voltò a guardarla di nuovo, con una chiara speranza negli occhi. "Pensi che Clayson potrebbe essere d'accordo?"

Bailey esitò per una frazione di secondo. Non importava cosa quell'uomo pensasse di se stesso, lei sapeva fino al midollo che era una brava persona. Non sapeva cosa facesse per vivere, anche se le aveva detto che doveva praticare il judo, il che la preoccupava un po'. A parte ciò, sapeva solo che era bravo in matematica, a quanto pare aveva due fratelli, ed era stato meraviglioso con suo fratello. Il modello perfetto da seguire per Joel, non uno come Donovan.

Ma lei era... Bailey. Ex fidanzata di Donovan e puttana degli Inca Boyz. Non era in alcun modo abbastanza brava per l'uomo che le stava di fronte, così pieno di speranza. Ma non aveva idea di come spiegarglielo. Aveva la sensazione che lui non sarebbe stato d'accordo, ma lei sapeva esattamente chi e cosa era.

Però le avrebbe fatto comodo un amico. A Joel poteva servire un modello maschile che fosse bravo quanto Nathan. Se non altro, aveva bisogno di dire di sì per il bene di suo fratello.

Lei annuì. "Vedo se magari lui o uno degli altri ragazzi può venire da me, per qualche ora."

Il sorriso che si aprì sul volto di Nathan fu accecante. Lasciò andare un sospiro, che le confermò quanto fosse nervoso, e le disse: "Fantastico. Se mi dai il suo numero, ti chiamerò con i dettagli su dove andremo domani."

Bailey diede subito il numero a Nathan, che le fece uno squillo dopo esserselo salvato.

Il cellulare di Bailey vibrò, fermandosi quasi subito.

Bailey lo tirò fuori dalla tasca. Era uno di quei telefoni a pagamento che aveva preso da Walmart. Era economico, soprattutto perché gli unici numeri che l'avevano chiamata erano la scuola di Joel e Clayson, nessuno della sua vecchia vita conosceva quel numero.

"Così anche tu ora conosci il mio numero," le spiegò, rimettendo il telefono in tasca. "C'è qualcosa che non ti piace mangiare?" le chiese tranquillamente.

Bailey scosse la testa. "Non sono schizzinosa."

"Attenti!" gridò Joel "Palla!"

Si voltò a guardare suo fratello e si sarebbe presa una pallonata in faccia, se Nathan non avesse subito allungato un braccio per afferrare la palla nel palmo della mano. Era davvero una presa degna di essere ripetuta centinaia di volte sui social media, mentre lui bloccava la palla in aria e le impediva di colpirla.

"Joel!" lo rimproverò Bailey. "Quante volte devo dirti di non farlo? Non ero pronta!"

"Avresti potuto farle del male, piccoletto," disse Nathan con voce gentile. "Per fortuna che ero qui," aggiunse, ma solo per Bailey. "Vai più lontano, Joel!" gli gridò Nathan, che poi appoggiò la palla a terra, corse qualche passo, calciò un passaggio perfetto che atterrò direttamente tra le braccia di Joel, permettendogli di prenderlo facilmente col petto.

"Pensavo avessi detto di essere un nerd," borbottò Bailey. "I nerd non possono prendere o lanciare palloni, da dove vengo io."

Nathan ridacchiò. "Con due fratelli tosti, ero costretto a imparare una cosa o due," rispose ironicamente, poi guardò l'orologio. "Si sta facendo tardi. Dovrei lasciarti andare."

Catturò di nuovo gli occhi di lei con uno sguardo intenso che scosse Bailey nel profondo.

"Grazie per aver accettato di uscire con me. Non posso promettere di non fare niente di stupido domani sera, ma cercherò di fare il minimo indispensabile... almeno per il nostro primo appuntamento. Devo fare una buona impressione."

"Credo che tu l'abbia già fatta," gli disse onestamente Bailey.

Lui fece un passo indietro, ma non distolse lo sguardo da lei. "Ci vediamo domani, Bailey."

"Ci vediamo," rispose lei tranquillamente.

Nathan fece altri due passi, poi si girò e si diresse verso la sua macchina, salutando Joel e Clayson mentre andava.

Bailey sorrise. Sì, quello era una specie di nerd. La maggior parte degli uomini intorno a lei avrebbe sollevato il mento per un saluto più maschio, o avrebbe semplicemente alzato il polso, per dire addio. Non Nathan. Lui alzò la mano e salutò Joel come se fosse stato in piedi sul ponte del Titanic a salutare le masse adoranti mentre la massiccia nave si allontanava dal porto.

Joel ricambiò subito, salutandolo con altrettanto entusiasmo.

Appena Nathan fu fuori dal campo visivo, Joel si diresse verso la Chevelle.

"Facciamo una bella chiacchierata?" chiese Clayson, mentre accarezzava Bailey con le chiavi del negozio in mano, pronto a chiudere.

Lei guardò l'uomo più anziano. "Sì?"

Lui sorrise. "Bene."

"Clayson Davis... cosa stai facendo? Stai cercando di incastrarmi?"

Il suo capo si limitò a scrollare le spalle girandosi verso di lei, mettendo le chiavi in tasca. "Guarda. Sei qui da qualche mese. Sei una grande lavoratrice. Non devo mai chiederti di fare qualcosa due volte, sei sempre puntuale, a meno che tu non sia impegnata in qualcosa che ha a che fare con tuo fratello. Penso solo che sia ora che tu faccia qualcosa per te stessa, per una volta."

"E tu pensi che Nathan" – alzò le mani per fare il segno delle virgolette – "stia facendo qualcosa per me stessa?"

"Non essere scontrosa, donna," disse Clayson con tono burbero, anche se i suoi occhi brillavano. Indicò la strada dove era appena scomparsa la macchina di Nathan. "Quello è un brav'uomo. Si prenderà cura sia di te che di Joel."

Bailey si mise le mani sui fianchi, irritata. "Non c'è bisogno di prendersi cura di noi."

"Non c'è bisogno, no," acconsentì Clayson, senza cambiare il suo tono. "Hai fatto un ottimo lavoro anche da sola. Ma a volte è bello avere qualcuno disposto a farsi avanti, quando c'è bisogno di farsi avanti."

Bailey scosse la testa e si arrese. Clayson avrebbe pensato quello che voleva pensare, a prescindere da quello che lei avrebbe detto. Ma segretamente era sollevata dal fatto che l'uomo più anziano approvasse Nathan. Non aveva intenzione di avere una relazione con lui, o con qualsiasi altro uomo, ma sarebbe stato bello avere un amico. "Non farti venire strane idee," lo avvertì.

"Lo vedi... oltre che alla festa di tuo fratello?" chiese Clayson, con un'intuizione inquietante.

Bailey si sentì arrossire, ma annuì e disse: "Domani sera. È solo una cena."

"Quell'uomo si muove in fretta," osservò Clayson.

"Dai! Muoio di fame. Andiamo!" urlò Joel da fuori.

"Stai calmo!" gli gridò Bailey di rimando. "Sto arrivando!"

Clayson le mise una mano sulla spalla, lei si voltò a guardare quell'uomo, che rispettava quasi quanto aveva rispettato suo padre.

La sua faccia era completamente seria mentre le diceva: "Dagli una possibilità. Non so cosa ti sia successo, per metterti quei muri davanti agli occhi, ma gli Anderson sono brave persone, non importa cosa dice la gente di questa città."

"Cosa dicono?" sussurrò Bailey.

"Nient'altro che brutti pettegolezzi," rispose subito Clayson. "Sei un'adulta e puoi prendere le tue decisioni al riguardo. Ma ti dirò una cosa. Non devi preoccuparti di Nathan o dei suoi fratelli. Sono leali, ho la sensazione che l'uomo che se n'è appena andato preferirebbe strapparsi le unghie con un paio di pinze piuttosto che farti del male."

"Che schifo!" esclamò Bailey, arricciando il naso dal disgusto.

"Dico solo che se abbassi la guardia e ti prendi il tempo di rilassarti un attimo, penso che troverai proprio quello che ti serve in Nathan Anderson."

"Stiamo andando troppo nel privato, e questo mi rende nervosa."

"Non esserlo," le disse subito, stringendole la spalla in modo rassicurante. "Ho la sensazione che da oggi in poi la tua vita migliorerà."

"Non può andare peggio," borbottò Bailey.

"Non scommetterci," disse Clayson. "La merda può sempre peggiorare."

"Questo è vero. Ehi, pensi che uno dei ragazzi verrà da me domani sera e si occuperà di Joel per qualche ora?"

"Li chiamerò per saperlo. Se non possono, lo farò io."

"Grazie, Clayson. Davvero," disse Bailey. Non aveva mai chiesto niente a nessuno, ma con la rapidità con cui il suo capo le aveva risposto, sapeva di poter contare su di lui.

"Dai, vai ora," le disse. "Vai a casa e dai da mangiare a quel ragazzo. Buon fine settimana, ci vediamo lunedì. Voglio tutti i dettagli sul tuo appuntamento."

Bailey ridacchiò. "Sei peggio di una ragazza!"

Clayson fece spallucce. "I vecchi hanno bisogno di divertirsi, dove possono."

"Come vuoi," disse lei. "Ci vediamo lunedì. Buon fine settimana."

"Ho dei bei programmi. La signora Davis mi ha scritto e mi ha detto di aver ricevuto una nuova camicia da notte..."

Bailey si portò le mani alle orecchie e le coprì, mentre si allontanava da Clayson. "Per carità! Non voglio saperlo!" Ma sorrideva, mentre lo diceva. In segreto, pensava che Clayson e sua moglie fossero graziosi insieme. Il fatto che avessero ancora una vita sessuale attiva era fantastico... anche se lei non voleva decisamente sentirne parlare.

Quando lo sentì ridacchiare, si tolse una mano dall'orecchio, la tenne sopra la testa e gli rivolse un cenno di saluto. Quando raggiunse la sua auto, si guardò indietro e vide che lui le rivolgeva un cenno di saluto con il mento. Clayson poteva anche essere sulla cinquantina, ma non era certo un nerd, come indicava chiaramente il suo modo di salutare.

CAPITOLO SETTE

LA MATTINA DOPO, mentre Joel era impegnato a giocare ad un videogame sulla sua console, Bailey giaceva a letto, sonnecchiando. Non dormiva, ma non era nemmeno sveglia. Avevano guardato un film fino a notte fonda, e poi, dopo che Joel era andato a letto, lei era rimasta sveglia per diverse ore... pensava a Nathan e a quali segreti lui le nascondesse, così non riusciva ad addormentarsi.

Il suo telefono squillò, spaventandola a morte. Bailey si allungò verso il comodino, prendendolo e rispondendo lentamente.

"...Pronto?"

"Ciao, Bailey. Sono Nathan."

"Ehi."

"Ti ho svegliata?"

"No, non proprio."

"Non proprio?" chiese Nathan, ridacchiando.

"Sono a letto, ma non stavo dormendo!"

Bailey era sicura che Nathan avesse abbassato il tono della voce. "Non volevo disturbarti. Posso richiamare più tardi."

"No, va bene. Stavo comunque pensando di alzarmi e farmi la doccia."

"Spero che tu non abbia cambiato idea, riguardo a stasera," disse Nathan.

Bailey aveva cambiato idea. Almeno un centinaio di volte. Continuava ad altalenare tra la decisione di andare a dirgli che poteva solo essere sua amica, e quella di dirgli categoricamente che non era una buona idea. Aprì la bocca per dirgli la seconda opzione, quando lui parlò di nuovo.

"Spero davvero che tu non l'abbia fatto," le disse sinceramente. "Prima di tutto, perché sei la donna più interessante che ho incontrato... da molto tempo. C'è qualcosa, in te, che mi fa quasi desiderare di conoscerti meglio."

Quando lui non disse altro, Bailey gli chiese: "E poi?"

Lui sospirò. "E poi, perché ho qualcosa di cui devo parlarti."

Bailey sollevò le sopracciglia per la sorpresa. "Cosa c'è?"

"Cena con me stasera e te lo dirò."

Come sapeva esattamente cosa dire, per farla accettare? La sua curiosità l'aveva sempre messa nei guai. Suo padre era stato un maestro nel prenderla in giro per farla collaborare. "Dimmelo ora," pretese lei.

"No. Dopo cena."

"Lo sai che mi stai solo facendo incazzare."

Nathan ebbe il coraggio di ridacchiare, ma non aggiunse nient'altro.

Bailey si issò sul materasso fino a mettersi con la schiena appoggiata al muro. Tenne il telefono all'orecchio e poggiò la fronte sulle ginocchia raccolte. Improvvisamente ebbe la sensazione che Nathan sapesse esattamente chi fosse, e sapesse anche tutto, che cosa e da chi si stava nascondendo. Se fosse stato così, sarebbe stato meglio mettere Joel nella sua Chevelle e lasciare la città, ma non voleva proprio. Non solo perché la festa di Joel avrebbe avuto luogo la settimana successiva, ma anche perché le piaceva davvero il suo lavoro. Le piacevano gli uomini con cui lavorava. Vivevano fuori da Castle Rock.

Lei fece una pausa troppo lunga, così Nathan le disse dolcemente. "Qui sei al sicuro."

Come diavolo avesse fatto a leggerle la mente, lei non ne aveva idea, ma sollevò la testa e disse: "Va bene."

"Dammi il tuo indirizzo e ti passo a prendere verso le cinque."

Bailey esitò per un momento, poi gli comunicò il suo indirizzo. Una parte di lei voleva tenerlo segreto, ma non era tanto fattibile. La scuola di Joel aveva il suo indirizzo, così come Clayson. Probabilmente sarebbe stato facile trovarla, se qualcuno lo avesse voluto davvero. E lei aveva la sensazione che Nathan fosse molto interessato.

"Dove andiamo?" gli chiese, per potersi vestire in modo appropriato.

"Da Scarpetti."

Bailey sussultò. Pensava che avrebbe detto qualcosa come Applebee's, o la Rockyard American Grill & Brewing Company, o altri pub da quartiere. Non certo il più recente locale italiano di Castle Rock. Aveva aperto come qualsiasi altro locale italiano, ma la proprietaria era riuscita in qualche modo ad attirare il rinomato chef Cameron Grimbaldi in Colorado, dall'Italia, per fare due mesi di formazione con il personale di cucina.

Quasi nell'arco di una notte il piccolo ristorante era diventato il luogo più frequentato per mangiare, con avventori provenienti da Denver, Boulder e Colorado Springs, tutti curiosi di sperimentare le creazioni dello chef Grimbaldi.

"Ma richiedono che le prenotazioni siano effettuate con settimane di anticipo," protestò Bailey.

"Io e i miei fratelli siamo loro amici," disse Nathan, senza ulteriori spiegazioni.

"È terribilmente di lusso," ci riprovò Bailey.

"Non posso promettere di sapere quale sia la forchetta giusta da usare per quale portata, ma non ti metterò in imbarazzo."

Bailey scosse la testa per la frustrazione. "Non è di te che mi preoccupo, Nathan. Non mi sento esattamente a mio agio, in un posto come quello."

"Perché?"

"Per via dei miei tatuaggi?" gli chiese in modo aggressivo Bailey, dando per scontata la risposta.

"Non danno fastidio né a me, né a nessuno dei miei amici. Mi ricordano quelli di uno dei proprietari della palestra in città. Anche Felicity ha dei tatuaggi, ma non sono belli come i tuoi."

Non sono belli come i tuoi. Wow. "È costoso," mormorò Bailey, lasciando perdere la storia del tatuaggio, ma continuando a protestare. "Possiamo andare al Cracker Barrel o qualcosa del genere."

"È il nostro primo appuntamento. Voglio andare in un posto memorabile e trattarti bene."

"Ok. Bene." Era stupido continuare a protestare. Era ovvio che Nathan aveva deciso che voleva davvero portarla lì. Dovendo essere onesta con se stessa, Bailey era curiosa di conoscere il ristorante da quando Clayson ne aveva parlato dopo averci portato sua moglie per la loro cena di anniversario. Lei amava il cibo italiano e, dal momento che aveva appena ceduto, non vedeva l'ora di assaggiare le deliziose creazioni che avevano reso quello chef così famoso.

"Sarò a casa tua verso le cinque. Hai qualcuno che badi a Joel?"

"Sì. Clayson ha chiamato prima e ha detto che Duke, un tizio del lavoro, poteva farlo."

"Bene. Chiama se succede qualcosa. Va bene?"

"Lo farò."

"Vai a farti la doccia, Bailey. Ci vediamo dopo."

"Ciao."

Nathan riattaccò senza dire altro. Bailey si abbracciò le ginocchia per un attimo, persa nel piacere che le scorreva nel cuore, per l'attesa del suo primo vero appuntamento, dopo quella che sembrava un'eternità. Poi un altro pensiero la colpì. Merda! Cosa avrebbe indossato?

Saltò giù dal letto e si precipitò nell'armadio. Non era difficile guardare tra i pochi vestiti che aveva, e capire che non aveva nulla di appropriato per una cena da Scarpetti.

"Joel!" urlò, spalancando la porta della sua camera da letto.

"Cosa?" gli rispose lui, con la voce ovattata.

"Dobbiamo andare in città, non appena mi sono fatto la doccia."

"Va bene!" urlò il ragazzino, e Bailey si rilassò. Sembrava che suo fratello fosse di buon umore, il che era una piacevole sorpresa. A volte, tutto quello che voleva fare era stare a casa con i suoi videogiochi, ma lei si rifiutava di lasciarlo lì da solo... meglio essere prudenti.

Non le piaceva particolarmente portarselo dietro quando faceva delle commissioni, soprattutto quando andava a fare shopping di vestiti al negozio dell'usato, ma magari avrebbe potuto persino aiutarla. Sperava proprio che uno dei due negozi di seconda mano in città avesse un abito adatto della sua taglia.

———

Nathan si sedette sulla sedia del suo ufficio e sospirò, sollevato. Aveva pensato che Bailey si sarebbe tirata indietro, ma era entusiasta che non l'avesse fatto. Era ovvio che lei stava per farlo, ma tra la curiosità stuzzicata e l'attrazione di Scarpetti, era riuscito a convincerla.

Dopo aver guidato fino a casa la sera prima, aveva deciso

di dirle tutto. Che sapeva chi era, del legame della sua famiglia con la banda, e soprattutto che Donovan era uscito di prigione e probabilmente la stava cercando.

Lei avrebbe potuto decidere di non avere nulla a che fare con lui dopo cena, ma sperava di poterla convincere che lui e i suoi fratelli avrebbero fatto tutto il possibile per tenere Joel e lei al sicuro. Sperava che il senso di protezione per suo fratello la convincesse a non dirgli di andare all'inferno, a non lasciare la città.

Esisteva comunque quel rischio.

Il rischio che lei lo odiasse entro la fine della serata era un altro motivo per cui lui voleva andare a prendere Bailey, così lei non avrebbe avuto altra scelta se non quella di lasciarsi portare a casa da lui a fine serata.

"Pensi che sia la cosa giusta?" chiese Blake.

Lui e Logan erano arrivati presto in ufficio, perché erano diretti a Boulder per un lavoro. Nathan aveva detto loro il suo piano per la serata con Bailey, non ne erano esattamente entusiasti.

"Non le mentirò. Ha bisogno di sapere," disse Nathan con fermezza.

"Potrebbe scappare," osservò Logan.

"Potrebbe," accettò Nathan, "ma potrebbe non farlo. Devo solo convincerla che è nel suo interesse lavorare con noi e fidarsi di me."

"Possiamo incontrarci, quando torniamo a casa stasera," suggerì Blake.

Nathan strinse i denti, i muscoli della mascella si contrassero in modo evidente. Odiava il fatto che i suoi fratelli non lo reputassero in grado di poter gestire Bailey. Poteva non essere il più fico della città, ma la loro mancanza di fiducia era fastidiosa.

Come se sapesse esattamente cosa stesse pensando suo fratello, Logan disse dolcemente: "Non è che pensiamo che tu non abbia la capacità di farla aprire con te, o fidarsi di te... È solo che è cresciuta intorno agli Inca Boyz. Probabilmente è una maestra nella manipolazione e non si fida facilmente. E ammettilo, non sei affatto come Donovan."

Nathan sapeva cosa voleva dire suo fratello, ma si sentì comunque ferito. "Hai ragione. Non sono affatto come lui. Sono un brav'uomo che tratta le donne come qualcosa di più di un bel culo. Per il resto, sono pienamente consapevole dei miei difetti, quando si tratta del sesso opposto."

"Non intendevo..."

"Va bene," tagliò corto Nathan, interrompendo Logan. "So cosa intendevi dire. E hai ragione. Ma c'è qualcosa tra di noi. Mi ascolterà. Fidati di me."

"Sai che ci fidiamo di te," gli disse Blake. "Facci sapere domani quello che ti serve da noi."

Il sostegno arrivò leggermente in ritardo, ma fu comunque gradito. "Lo farò. Oh, e suo fratello, Joel, darà una festa di compleanno il prossimo fine settimana al Phillip S. Miller Park. Ho avuto la sensazione che non fosse sicuro che molti dei suoi compagni di classe si sarebbero presentati, così ho chiesto se potessi invitarvi. Era entusiasta dell'idea. Anche Grace e Alexis sono invitate."

"Dipende se Grace ha avuto o no i nostri bambini, ma se possibile, noi ci saremo."

"Sono sicuro che ad Alexis piacerebbe molto," disse Blake. "Quanti anni ha?"

"Dieci."

"Parlerò con Grace," disse Logan. "Se non ci saranno molti compagni di scuola, sono sicuro che potrei parlare con Felicity e vedere se può invitare anche alcuni degli avventori della Rock Hard Gym. Se pensi possa andare bene."

Nathan ci pensò un attimo, prima di annuire. "Sì, penso che sarebbe fantastico. Se hanno delle bici, dei rollerblade, o un hoverboard o qualcosa del genere, digli di portarli."

Logan annuì. "Sarà fatto. Che io e Grace possiamo esserci o meno, faremo in modo che ci siano dei ragazzi che si presentino."

"Lo apprezzo molto," disse Nathan, annuendo a suo fratello.

"Certo. È dura essere un ragazzo nuovo in città. Quanti compleanni abbiamo passato noi tre soli..."

Tutti e tre gli uomini si misero a ridere.

"Che ne dite di tutti? Mamma era troppo tirchia per farci fare una festa," disse Blake. "Oh, a proposito, ho trovato un diario di mamma tra tutte le schifezze lasciate in casa. In realtà, Alexis l'ha trovato quando stava pulendo l'ufficio per prepararsi a cominciare la costruzione. C'è ancora un sacco di scartoffie che devo esaminare, un sacco di documenti di papà, ma quando Alexis ha sfogliato le pagine del diario della mamma, ha trovato qualcosa di interessante."

"Un diario?" chiese Logan, piegandosi all'indietro e mettendo le mani sulla testa. Sembrava rilassato, ma agli occhi esperti dei fratelli era ovvio che era tutt'altro che rilassato.

"Sì. Sapete che ci siamo sempre chiesti perché fosse così amara e cattiva?" chiese Blake.

Logan e Nathan annuirono.

"Non l'ho letto tutto, ma credo che l'autoconservazione ne facesse parte."

"Che cosa intendi dire? chiese Nathan.

"Non lo so con certezza, potrei sbagliarmi, ma il diario è di quando era un'adolescente. A quanto pare suo padre picchiava regolarmente sia sua madre che lei."

Il silenzio in ufficio calò pesante e opprimente, mentre le parole di Blake venivano assimilate. I fratelli non avevano mai incontrato i loro nonni, forse quello era il motivo.

"Sul serio?" chiese Logan. "Sapeva in prima persona cosa

significava avere paura di suo padre, eppure si è rivelata essere esattamente come lui?

"Papà non l'avrebbe colpita," disse Nathan in tono basso.

"Sono d'accordo, ma da quanto ha scritto nel suo diario, suo padre l'ha letteralmente picchiata ogni giorno della sua vita, da quando è riuscita a ricordare a quando è morto d'infarto, quando lei aveva diciassette anni. A quel punto, aveva imparato che prendere il sopravvento era l'unico modo per tenersi al sicuro."

"Vado in macchina," disse Logan a Blake, poi uscì dall'ufficio, la porta si chiuse dietro di lui con un forte rumore.

Nathan guardò Blake. "Ha senso, in modo contorto."

Blake annuì. "Purtroppo, molti bambini che crescono in case abusive diventano essi stessi abusatori. È l'unica cosa che conoscono. L'unico tipo di relazione che capiscono."

Nathan annuì. Conosceva le statistiche, proprio come i suoi fratelli. "Ma è più insolito che sia una donna a diventare l'abusatrice. Di solito è più probabile che una donna sia maltrattata. L'abbiamo visto più e più volte nell'ultimo anno che abbiamo gestito la Ace Security."

"Ma non è una cosa impossibile," disse Blake.

"Ti sei mai chiesto perché papà non l'ha mai lasciata?" chiese Nathan.

"Papà prendeva molto seriamente i suoi voti matrimoniali. Forse non gli piaceva la mamma, ma dopo averla sposata, è finita lì," insistette Blake. "Inoltre, aveva noi. Non ci avrebbe lasciati con lei."

Nathan non era sicuro di essere completamente d'accordo con suo fratello. Sul fatto che il loro padre non volesse lasciarli con la loro madre, sì. Ma non sui voti matrimoniali. Loro padre avrebbe potuto lottare per la custodia. Nathan sapeva che avrebbe detto qualsiasi cosa per allontanarsi da Rose Anderson. Rimasero in silenzio per un momento, prima che Nathan dicesse: "È uno schifo che non abbia potuto vedere papà per quello che era: un uomo buono e gentile."

"E fa più schifo vedere i propri figli come una possibile minaccia futura, e trattarci di conseguenza."

Nathan annuì. "Dagli un po' di tempo," disse, riferendosi a Logan. "Sarà difficile per lui vederla come una vittima, quando ha subito direttamente il peso dei suoi abusi, crescendo."

"Sì," disse Blake, tra ricordi di anni di dolore e confusione evidenti nella sua voce.

"Ti chiamo domani e ti aggiorno sulla situazione di Bailey."

"Va bene," Blake si fermò un attimo. "Vuoi una copia del diario?"

Nathan era tentato di dire di no, ma lo sapeva bene: alla fine, si sarebbe incuriosito e avrebbe voluto sapere quello che la loro madre aveva passato, per farla diventare la donna che era diventata... una maltrattatrice e un'assassina. "Sì. E se trovi qualcos'altro di interessante nei documenti di papà, mi piacerebbe vedere anche quelli. Non c'è fretta, però."

"Capito."

"Non dimenticare di chiedere ad Alexis di sabato prossimo," gli disse Nathan.

"Sarà fatto. A più tardi, fratello."

"A più tardi."

Nathan continuò a fissare la porta molto tempo, dopo che Blake se ne era andato, perso nei suoi pensieri. Poi finalmente si riprese e si voltò verso il suo computer. Le loro tasse mensili erano in scadenza, doveva inviare il loro resoconto fiscale al loro commercialista e pagare alcune bollette.

La sua mente turbinava non solo per la bomba che Blake aveva sganciato, ma anche per quello che avrebbe detto a Bailey quella sera. Nathan si mise al lavoro.

CAPITOLO OTTO

"Farai il bravo con Duke stasera, vero?" chiese Bailey a Joel, mentre si sistemava una ciocca di capelli dietro l'orecchio per la decima volta, quella sera. Aveva trovato un perfetto vestitino nero al secondo negozio dell'usato che aveva visitato quel pomeriggio, grazie al cielo. Aveva le maniche lunghe ed era relativamente modesto. Aveva uno scollo a V, davanti e dietro, circondandole in modo elegante il busto, poi sfoggiava una bella gonna a balze che le arrivava fin sopra il ginocchio. Non era esattamente il suo stile, ma dato che le sue opzioni erano limitate e che nascondeva tutti i tatuaggi della gang che si era stupidamente inchiostrata sulla pelle, era esattamente quello di cui aveva bisogno.

Si era fatta la doccia e si era depilata le gambe, poi si era presa il tempo di asciugarsi e di acconciarsi i folti capelli neri. Era più facile tenerli su con la coda di cavallo e lontani dal viso giorno di giorno, ma quella sera voleva apparire al meglio per Nathan.

Aveva un po' esagerato con il trucco pensando che l'illuminazione da Scarpetti sarebbe stata fioca, il risultato complessivo fu che Bailey si sentiva bene, come non si sentiva da tanto tempo. Si sentiva femminile e carina. Anche se aveva deciso di dire a Nathan che poteva essere solo un'amica e che non voleva altro da lui, una parte di lei sperava che lui avrebbe comunque apprezzato lo sforzo che aveva fatto per prepararsi per quella serata.

"Certo che farò il bravo. Giocheremo a This Is War, e ci divertiremo un mondo."

Bailey si morse un labbro. "Non sono sicura che quel gioco sia adatto per qualcuno della tua età. Non è tutto... uccidere, e cose del genere?"

Suo fratello alzò gli occhi al cielo. "Uffa... è solo un gioco, Bail. Non è reale. Rilassati."

Rilassati. Sì, come no. "Bene. Ma vai a letto presto."

"Bailey! Andiamo! È sabato!"

"Oh, va bene," cedette lei. "Undici, ma non più tardi."

"Fico!" Joel era entusiasta.

"E chiamami se succede qualcosa. Se passa qualcuno."

"Non passerà nessuno," disse Joel, alzando di nuovo gli occhi al cielo. "Nei mesi che abbiamo vissuto qui, non è passato nessuno senza che tu lo sapessi prima."

Aveva ragione, ma non significava che Donovan o uno della sua banda non potessero presentarsi. Infatti, ogni giorno che passava, Bailey aveva la sensazione che fosse sempre più probabile. Non aveva idea di quanto tempo il suo ex sarebbe rimasto in prigione, ma sicuramente si stava avvicinando il momento del suo rilascio. Si prese una nota mentale di passare nella biblioteca di Castle Rock e vedere cosa poteva scoprire online. "Bene. Non farò troppo tardi. Probabilmente sarò comunque a casa prima delle undici."

"Come vuoi," disse Joel, chiaramente senza preoccuparsi di cosa facesse la sorella.

Il rumore di un'auto che arrivava nel vialetto di ghiaia fece sì che entrambi si girassero verso la porta.

"È qui!" si entusiasmò Joel, saltando dal divano e correndo verso la porta.

"Non aprire senza aver prima controllato!" lo sgridò subito Bailey.

Dimostrando di averla sentita, Joel si mise in punta di piedi e sbirciò attraverso lo spioncino che Clayson aveva installato per lei, poi sbloccò il chiavistello, la catena e la serratura della porta e aprì. Scomparve dalla porta, Bailey andò verso il fratello a un ritmo più tranquillo. Afferrò la borsa nera che aveva preso sempre quel giorno al negozio dell'usato e si fermò sulla porta.

Joel aspettava con impazienza Nathan, ancora seduto in macchina. Nel momento in cui Nathan uscì, Joel stava già chiacchierando con lui.

Bailey vide i suoi occhi sfrecciare da suo fratello a lei, poi la fissò come se fosse fisicamente incapace di distogliere lo sguardo.

L'espressione sul volto di Nathan parlava chiaro; mostrava apprezzamento per lo sforzo che lei aveva fatto per vestirsi. La osservò dalla testa ai piedi, prima di tornare a fissarsi sul viso di Bailey. Lei sentiva il corpo formicolarle, e tutto per un solo sguardo. Non le era mai successo prima, Bailey non sapeva come reagire.

Sentì vagamente Joel parlare del suo videogioco e di come l'ultimo This Is War era il migliore, perché aveva una intensa scena d'apertura in cui tutti i giocatori si paracadutavano da un aereo e di come, se non fossero stati guidati correttamente, sarebbero stati colpiti da qualcosa e si sarebbero schiantati a terra.

Ma Bailey aveva occhi solo per l'uomo che camminava verso di lei. Non era l'unica che si era sforzata di scegliere un vestito per la serata. I capelli normalmente disordinati di Nathan erano stati domati, indossava un paio di pantaloni neri, una camicia bianca, una giacca sportiva nera e, dettaglio sorprendente, una cravatta rosa. Sarebbe dovuta stonare di fronte della serietà del suo abbigliamento, invece lo alleggeriva quel tanto che bastava per far sembrare il look più casual che formale.

Nathan si avvicinò a lei e si chinò. Per un attimo Bailey pensò che la baciasse sulle labbra, ma all'ultimo minuto girò la testa di pochi centimetri, le diede un bacio delicato su una guancia.

"Sei bellissima, Bailey," le disse con voce bassa e seria.

"Anche tu," rispose lei in automatico. Ma era sincera. Nathan era impeccabile. Non vide alcun segno del nerd che lui professava di essere. I suoi occhi scuri brillavano di un'intensità che lei non ricordava di aver mai visto prima negli occhi di nessun uomo.

Mettendosi una mano sulla pancia per cercare di calmare l'emozione appena sbocciata, Bailey si rivolse al fratello. "Joel, andresti dentro a prendermi la collana di mamma?"

"Certo," disse subito il ragazzino, e si diresse verso la casetta.

"È nella scatola sotto il mio lavandino," disse Bailey.

"Capito!"

Una volta rimasta da sola con Nathan, Bailey non sapeva cosa dire. Non era abituata a quel tipo di situazione. Quando usciva con Donovan, lo incontrava sempre a casa sua, lui non si preoccupava mai di vestirsi elegantemente o di cercare di impressionarla. Il più delle volte la trascinava in camera da letto, se la scopava, e poi le diceva di darsi da fare per preparargli qualcosa da mangiare. Non era proprio romantico.

Bailey si morse il labbro mentre gli occhi di Nathan vagavano di nuovo lungo il suo corpo, facendo una pausa sul petto e poi di nuovo sulle gambe. Aveva tirato fuori un paio di tacchi dalla sua vita a Denver, doveva ammettere che facevano risaltare molto bene i polpacci.

Sempre più nervosa, Bailey fece scorrere una mano lungo il lato della gonna. "Ti sembro a posto?"

"Sì. Sembri più che a posto," disse Nathan con dolcezza, fissandola intensamente. "Sei troppo bella, per uno come me."

Bailey gli regalò un piccolo sorriso e scosse la testa. "Penso che entrambi abbiamo un bell'aspetto. Ci prendiamo cura di noi stessi."

Anche Nathan sorrise. "Sì, sono d'accordo."

Joel riapparse con la collana in mano. "Ecco a te, Bail."

Bailey cercò di prendere il gioiello, ma Nathan la bruciò sul tempo. Lo prese dalla mano di Joel e lo tenne davanti a sé, esaminandolo.

"Era di mia madre. Me l'ha data papà quando ho compiuto sedici anni. Ha detto che gliel'aveva regalata al loro primo anniversario di matrimonio. Non so se sia vero, ma ha detto che lei la indossava tutti i giorni, anche il giorno in cui è morta. Il rosa era il suo colore preferito."

Nathan non disse nulla, ma Bailey vide un bagliore di tenerezza nei suoi occhi mentre esaminava la grande pietra alla fine della catena, e poi lei.

"Posso?" le chiese, tenendo la collana in alto.

Per tutta risposta, Bailey annuì e abbassò la testa.

Nathan sollevò con attenzione la lunga e sottile catena d'oro sulla testa di lei. Dopo averla appoggiata al corpo di Bailey, la sorprese spostandole i capelli con una mano e sistemandole delicatamente la catena.

Bailey ebbe uno scoppio di pelle d'oca lungo le braccia, al tatto dei polpastrelli di Nathan contro la nuca. Era stato un tocco fugace, non sessuale, ma lei sentì una sorta di pulsazione tra le gambe.

Nathan portò un dito in basso, tracciando la lunghezza della catena lungo la parte anteriore del corpo fino a raggiungere la pietra. La raccolse, sfiorando il dorso delle dita contro la curva del suo seno, e la tenne nel palmo della mano.

"È bellissima."

"Papà ha detto che è corallo rosa."

La collana non era di lusso. Era composta da un grande pezzo di corallo arrotondato, appeso a una semplice catena d'oro. Ma era l'unica cosa che Bailey aveva di sua madre. Non si ricordava di lei; era morta quando Bailey era ancora una bambina. L'aveva lasciata a casa della baby-sitter, poi una macchina l'aveva investita, colpendola alla testa e uccidendola all'istante.

Nathan fece un passo per avvicinarsi a Bailey, lei lo guardò intensamente. Lui guardava ancora la pietra che aveva in mano, lei giurò di sentire il calore del suo corpo penetrare nel proprio, mentre lui le stava davanti.

"Siamo perfettamente in sintonia," le disse in soggezione.

Bailey guardò in basso. Nathan teneva la collana in una mano, e la cravatta nell'altra. Erano fianco a fianco e, incredibilmente, erano esattamente dello stesso colore.

"Non ero sicura che fossero dello stesso colore, ma quando ho visto la tua cravatta, mi sono ricordata della collana e ho pensato che sarebbe stato bello se entrambi avessimo indossato un po' di rosa," disse tranquillamente Bailey.

Lei lo guardò di nuovo negli occhi, lui non si mosse. Si leccò le labbra, Bailey vide le labbra di lui luccicare nel punto in cui le aveva toccate. Un altro brivido la attraversò mentre tutte le cose carnali che poteva fare con quella bocca le attraversavano il cervello.

"Di solito non indosso nulla di rosa, ma quando stavo cercando di decidere cosa indossare stasera, qualcosa mi ha detto che sarebbe stato perfetto."

"Sì, è perfetta." gli disse Bailey a voce bassa.

"Guardate! Arriva Duke!" gridò Joel in preda all'eccitazione, rompendo l'incantesimo tra i due adulti che si trovavano nelle vicinanze.

Bailey si schiarì la gola e fece un passo indietro nello

stesso momento in cui Nathan lasciò cadere la sua collana. Ma passò un attimo prima che le togliesse gli occhi di dosso: il suo sguardo si soffermò su come il gioiello si annidasse nel seno di Bailey.

Nathan fece un respiro profondo, come se cercasse di trattenersi, prima di fare un altro passo indietro e di riportarle gli occhi sul viso. Bailey intravide la sua erezione nei pantaloni, prima che si spostasse, tirandosi nervosamente giù il fondo della giacca sportiva.

"Grazie per aver accettato di uscire con me stasera, Bailey," disse Nathan, fissandola con la stessa intensità dei momenti precedenti.

"Grazie per avermi invitata," rispose Bailey.

Si girarono nello stesso momento, quando sentirono Duke salutare Joel con entusiasmo. Aveva la stessa età di Bailey, ma lei si sentiva più grande di lui. Era un bravo ragazzo, divertente, ma gli mancava la maturità che lei desiderava in un uomo. Le aveva chiesto di uscire quando aveva iniziato a lavorare alla carrozzeria della Clayson, ma lei aveva rifiutato. Non solo perché sentiva che lui voleva solo divertirsi, ma anche perché lei non era ancora pronta ad avere una relazione... chissà se lo sarebbe mai stata.

"Ehi, Bailey," disse Duke, mentre si avvicinava a loro, "va tutto bene?"

"Sì, grazie. Duke, questo è Nathan. Nathan, ti presento Duke."

I due uomini si strinsero la mano, Bailey proseguì. "Stiamo andando a cena in città, quindi saremo nelle vicinanze in caso succeda qualcosa. Hai il mio numero, vero?"

"Rilassati. Non succederà nulla. Andate e divertitevi. Io e Joel ci mettiamo a giocare. Giusto, bimbetto?"

"Giusto! E Bail ha detto che posso stare sveglio fino alle undici!" esclamò Joel, affrettandosi a mettere le cose in chiaro.

"Fantastico!" Duke guardò il suo orologio. "Questo significa che abbiamo sei ore per giocare a This Is War... Diamoci da fare, ok?"

"Sì!" urlò Joel. Sei ore ininterrotte di videogiochi erano ovviamente la sua idea di paradiso.

Dopo che il ragazzino corse in casa, Bailey mormorò: "Grazie, Duke. Lo apprezzo molto."

"Nessun problema. Lunedì fai il mio turno, quindi tutto si risolve."

Non capitava spesso che avesse bisogno di una babysitter, ma quando Bailey ne aveva bisogno, Duke era felice di farle fare uno dei suoi turni al posto dei soldi, cosa che apprezzava, dato che non c'erano molti soldi extra in giro. Non le dispiaceva rinunciare ai suoi giorni liberi in cambio del tempo di Duke.

"Non mi aspetto problemi, ma assicurati di tenere la porta chiusa a chiave... non si sa mai," disse a Duke, ben consapevole di avere gli occhi di Nathan fissi su di lei.

Duke si fermò a metà strada mentre entrava in casa sua, tornò indietro verso Bailey. "C'è qualcosa che devo sapere?" chiese tranquillamente, ma con una serietà che lei non aveva mai sentito da lui, prima di quel momento.

Lei scosse la testa. "No. Sono solo prudente."

Duke annuì, ma era ovvio che non ne era del tutto convinto. "Cerca di non preoccuparti. Farò in modo che mangi qualcosa, che faccia delle pause per gli occhi e che sia a letto per le undici. Prenditi tutto il tempo che vuoi, non fare le corse."

"Grazie. Di nuovo, lo apprezzo."

"Ogni volta che hai bisogno che mi occupi di lui, sono felice di farlo, e non perché fai il mio turno. Lavori troppo, Bailey, e ti meriti un giorno di riposo durante la settimana come chiunque altro. D'ora in poi, se devi fare qualcosa, fallo sapere a me o agli altri. Ci occuperemo di Joel gratis."

"Non posso chiedervi..."

"Non me lo stai chiedendo. Te lo sto dicendo io. È quello che fanno gli amici, Bailey. Tu faresti lo stesso per noi."

Bailey sentì le lacrime che le si formavano, insieme a un groppo alla gola, ma le trattenne con forza. L'ultima cosa che voleva era che il trucco le colasse sul viso dopo aver pianto. "Sai che lo farei."

"Dannatamente vero. Andate. Divertitevi. Non preoccuparti per noi."

"Ok. Ci vediamo dopo."

"Ciao." Bailey si voltò verso Nathan, e sussultò sorpresa quando lo trovò in piedi accanto a lei. Proprio accanto a lei. Tanto vicino che le loro spalle erano quasi allineate. Tanto vicino che un passante li avrebbe scambiati per fidanzati, e non per semplici conoscenti, cosa che lei supponeva fosse il suo piano. Fissò la schiena di Duke che entrava in casa, per poi chiudersi la porta alle spalle.

Il pensiero che Nathan volesse che Duke sapesse del suo interesse, e della sua protezione, le fece ricominciare i formicolii tra le gambe, poi la mano di Nathan si alzò e si posò sulla sua schiena. Fu un tocco leggero, con i polpastrelli le sfiorò a malapena il tessuto del vestito.

Invece di farla sentire eccitata e confusa, tutti i pensieri buoni svanirono in quel momento. Le dita di lui erano appoggiate proprio dove la parola puttana era tatuata sulla sua pelle. Ancora una volta, Bailey sentì un conato di vomito e si vergognò del suo passato.

Non poteva dimenticare di essere stata la puttana di Donovan, la puttana della banda, anima e corpo. Non avrebbe trascinato nessuno in quella vita, specialmente non Nathan. Era troppo buono. Troppo... bello.

Facendo un passo laterale lontano da lui, facendogli cadere la mano dal corpo, lei cinguettò troppo vivacemente: "Pronto?"

Nathan la trafisse con lo sguardo, come se potesse leggerle la mente semplicemente guardandola negli occhi. Ma si limitò a fare un cenno con la testa e indicò Marilyn. "Non è la tua auto d'epoca, ma ci porterà dove dobbiamo andare," le disse.

"Va bene, Nathan. Non c'è problema."

Lei si fiondò letteralmente verso il lato passeggero dell'auto, cercando di assicurarsi che non la toccasse più. Non avrebbe sopportato che lui la toccasse di nuovo. Aprì la portiera da sola e scivolò dentro prima che Nathan potesse aiutarla. Lui chiuse la portiera dietro di lei, camminò con calma intorno al muso dell'auto e si mise al posto di guida.

Senza una parola, accese il motore, che si avviò immediatamente senza problemi, e si diresse lungo il suo vialetto di accesso a Minter Lane. La casa di Bailey si trovava lungo una strada sterrata abbastanza lunga fuori Wolfensberger Road, una strada principale che portava nella città di Castle Rock. Era abbastanza lontana per farla sentire al sicuro, ma abbastanza vicina da poterci arrivare facilmente, se avesse avuto bisogno di qualcosa. La scuola di Joel era piccola per la zona, ma vicina e comoda. Quando avrebbe iniziato la scuola media, avrebbe preso l'autobus fino a Castle Rock, ma per ora lei si accontentava che vivessero, imparassero e lavorassero nelle vicinanze.

Detestando il silenzio imbarazzante appena creato a causa delle sue azioni, Bailey gli chiese: "Allora, come sei riuscito a prenotare da Scarpetti?"

Nathan la guardò per un attimo, prima di volgere lo sguardo verso la strada. Era un guidatore attento, che teneva entrambe le mani sul volante e si assicurò che ci fosse spazio a sufficienza prima di uscire su Wolfensberger Road. Guidava senza superare il limite di velocità e metteva le frecce anche quando non c'era nessuno in giro per vederle.

"L'attività che io e i miei fratelli abbiamo avviato è molto vicina al ristorante. Quando hanno aperto per la prima volta, abbiamo dato loro un sacco di affari. Eravamo single e lavoravamo per molte ore. Era più facile fare due passi e mangiare lì, piuttosto che tornare a casa e prepararci qualcosa. Non era un'impresa difficile. Anche senza il famoso chef di lusso, il cibo era eccellente. Quando la proprietaria ha scoperto cosa facciamo per vivere, ha dichiarato che ogni volta che volevamo mangiare lì, avremmo avuto un tavolo." Fece spalle. "Non ne approfittiamo, ora che hanno più affari di quanti ne possano gestire in alcuni giorni, ma ogni volta che ho chiesto se ci fosse tavolo per noi, indipendentemente dal numero di persone, ho ricevuto subito una risposta positiva."

Aveva senso per Bailey. La lealtà era importante. Aveva la sensazione che per Nathan e i suoi fratelli fosse tutto. "E cosa fate, tu e i tuoi fratelli?"

Nathan la guardò di nuovo, con uno sguardo indecifrabile.

"Avevo intenzione di raccontarti tutto di me stasera, dopo aver mangiato," le disse, prima di rivolgere l'attenzione sulla strada.

Bailey non sapeva come reagire. Ma più si avvicinavano a Castle Rock, più si sentiva nervosa. In fondo cosa sapeva dell'uomo seduto accanto a lei, se non che guidava un'auto vecchia come il cucco, che poteva prenotare in un ristorante dove era impossibile prenotare, e che il suo fratellino lo amava anche dopo averlo incontrato solo una volta? Oh, e anche Clayson sembrava approvarlo.

Non era molto. No, non era niente.

Se avesse frainteso la situazione, sapeva che avrebbe sofferto parecchio.

"Sei al sicuro con me, Bailey. Smettila di pensare così tanto!" le disse Nathan, quasi giocosamente. "Non mi piacciono i segreti, né le bugie. Dopo stasera saprai tutto di me. Potresti detestarmi. Potrei farti incazzare. Ma giuro sulla tomba di mio padre, sei al sicuro con me. Come lo è Joel. Non farei mai nulla per metterti in pericolo o per farti del male."

Quelle parole erano fervide e sentite. Così sentite che Bailey sentì le lacrime in gola, per la seconda volta quella sera. E la serata era appena iniziata.

Era stata da sola per così tanto tempo che aveva dimenticato cosa si provasse a fidarsi di qualcuno. Sentire di avere qualcuno su cui appoggiarsi. Anche se non era sicura al cento per cento che Nathan rientrasse in quella categoria, aveva la sensazione che dopo quella serata non avrebbe più provato le stesse cose.

"Ok," sussurrò. Non sapeva cos'altro dire.

"Ok," le fece eco Nathan.

Il resto del viaggio trascorse nel silenzio, perché entrambi si persero nei loro pensieri su ciò che la serata avrebbe portato.

CAPITOLO NOVE

NATHAN TENNE APERTA la porta di Scarpetti e si lasciò sfuggire un lungo respiro per calmarsi.

Inutilmente.

Aveva pensato che lui e Bailey fossero davvero in sintonia, ma appena l'aveva toccata sulla schiena, lei si era allontanata da lui. Mentalmente e fisicamente.

La cosa lo faceva diventare matto, ma non si arrese. Avrebbe aspettato il momento giusto. Bailey stava sicuramente affrontando qualche demone, soprattutto dopo essere stata coinvolta con Donovan e gli Inca Boyz. Inoltre, dopo averlo sentito più tardi quella sera, probabilmente lei non avrebbe più voluto avere niente a che fare con lui.

Si ripromise di aspettare la fine della cena, per parlare di lavoro. Voleva un pasto senza troppi pensieri. Voleva che fossero solo loro due. Nathan e Bailey. Ma prima doveva riportarla al punto di connessione provata mentre stavano davanti a casa di lei, ammirandosi a vicenda.

Furono accolti da Francesca stessa, che ovviamente lo stava cercando, mentre usciva di corsa dal retro del ristorante con le braccia aperte e un torrente di calde parole italiane che le usciva dalla bocca. Nathan ricevette il suo abbraccio con un certo imbarazzo, accarezzandole la spalla una o due volte in cambio.

Era una donna piccola e rotonda che ovviamente non si faceva problemi ad assaggiare la ricca pasta italiana fatta nel suo ristorante. Indossava un vestito nero con un grembiule rovesciato. L'indumento protettivo era macchiato di farina e indossava scarpe robuste e comode ai piedi. Nathan non l'aveva mai vista di cattivo umore e le sue risate erano contagiose. Non solo amava il cibo che servivano, ma godeva onestamente della visione solare che Francesca aveva della vita. Lo faceva tornare in equilibrio, con quello che faceva e vedeva ogni giorno.

"È così bello vederti, Nathan! Come al solito, sei il benvenuto. E chi è questa *bellissima* donna?"

Nathan allungò una mano e prese quella di Bailey, facendo attenzione a non toccarla da nessun'altra parte. Intrecciò le sue dita e la tirò delicatamente in avanti, in modo che lei fosse in piedi accanto a lui. "Francesca, questa è Bailey. Bailey, ti presento Francesca. La proprietaria di Scarpetti e la persona che ha reso famosa Castle Rock."

"Oh, caro," disse la donnona, arrossendo, ovviamente contenta del complimento. Francesca spazzolò via una macchia di farina che aveva lasciato sulla giacca di Nathan dopo averlo abbracciato, mentre parlava con Bailey. "Sono così felice che tu sia venuta stasera con Nathan. È un ragazzo solitario. Mangia sempre da solo e ordina cibo da mangiare alla sua scrivania a tarda notte. Tutto lavoro e niente divertimento lo rendono un ragazzo noioso!"

Bailey lo guardò, Nathan sapeva che stava arrossendo. Dannazione. Non aveva mai avuto una vera madre, di certo non una che lo trattasse come una madre dovrebbe trattare suo figlio, ma immaginava che quella sensazione fosse quanto di più simile all'essere messi in imbarazzo da una madre.

La donna più anziana rise. Una risata profonda e sentita che attirò l'attenzione di diversi avventori, che ovviamente si chiedevano chi fossero e perché meritassero un trattamento così speciale da parte della proprietaria.

"Andiamo, allora. Mettiamoci seduti," ordinò Francesca, afferrando la mano libera di Nathan e tirandolo. "Ti metto nell'angolo delle coppiette. Sarete lasciati soli, tranne che per la consegna del cibo e per il servizio al tavolo." Si voltò verso Nathan, mentre continuava a condurli attraverso il ristorante affollato. "Vuoi provare il nostro vino stasera, visto che è un'occasione speciale?"

"Sai che non mi piace il vino, Francesca," disse Nathan con garbo. "Ma a Bailey potrebbe piacere un bicchiere. Bailey?" Si rivolse a lei. Gli occhi di Bailey si spalancarono, mentre camminava tranquillamente al suo fianco. Si stava studiando tutto l'arredamento opulento che riusciva ad abbracciare con lo sguardo, mentre venivano guidati al loro tavolo.

"Un bicchiere di vino... mi piacerebbe, sì," rispose.

"Eccellente!" esclamò Francesca in preda all'eccitazione. "Mi permetterete di scegliere quello che meglio si adatta al vostro pasto?"

Nathan le strinse la mano per rassicurarla, alla fine Bailey disse: "Sì, per favore. Grazie."

Francesca si fermò davanti a un piccolo tavolo nell'angolo posteriore del ristorante. Era ovvio il motivo per cui l'aveva soprannominato "l'angolo delle coppiette". Era situato lontano dalla cucina, anche gli altri tavoli erano leggermente distanti, dando alla piccola alcova una sensazione di intimità che gli altri tavoli non avevano.

La cabina era arrotondata, permetteva ai commensali di sedersi uno accanto all'altro, piuttosto che di fronte. La seduta alta e rivestita di velluto si rinchiudeva attorno al tavolo, isolandoli efficacemente dall'ambiente circostante. Il tavolo rotondo non aveva alcuna decorazione, tranne un'unica rosa rossa a stelo lungo in un vaso alto e sottile. La tovaglia era bianca, i tovaglioli neri spiccavano in netto contrasto.

"Eccoci qui! Tornerò con i menu. Mettetevi comodi," disse Francesca, agitando la mano prima di correre via.

Tenendo ancora la mano di Bailey, Nathan fece un gesto alla cabina. "Prima le signore."

Lei gli sorrise e gli lasciò andare la mano per accomodarsi sulla sedia. Nathan la seguì da vicino. Si sedettero vicini, ma non troppo. Sentiva il calore del corpo di lei vicino alla gamba e guardò in basso, pentendosi immediatamente.

Il vestito di Bailey si era sollevato sulle cosce mentre si sedeva, lui vide scorci della sua carne bianca e cremosa mentre lei si sedeva, prima di tirare giù la gonna il più possibile. Lui deglutì rumorosamente, cercando di pensare a tutto tranne che a quanto sarebbe stata morbida la pelle delle sue cosce.

Prima che potesse aprire la bocca per dirle qualcosa, Francesca era tornata con i menu. Li appoggiò aperti davanti a entrambi prima di continuare a parlare delle specialità della serata e di quello che il famoso chef stava preparando in quel momento.

Vedendo che Bailey era completamente sopraffatta, Nathan le mise una mano sulla sua e le chiese: "Posso ordinare per entrambi? Ti dispiace?"

Lei sospirò con sollievo e annuì rapidamente. "Per favore, fallo. Mi sento così fuori posto che non conosco nemmeno la metà di queste cose," gli sussurrò, chiaramente imbarazzata.

"A dire la verità, nemmeno io," le disse Nathan con voce altrettanto tranquilla. "Dopo la prima volta che sono venuto qui, sono dovuto andare su internet a cercare tutto, così la volta successiva non mi sono ritrovato con qualcosa di viscido e schifoso al posto della pasta cremosa e al formaggio."

Lei gli sorrise, Nathan fece voto di fare tutto il possibile per mantenerle per sempre un sorriso simile sul volto.

Poi si rivolse a Francesca. "Inizieremo con il plin, poi per il piatto principale, tajarin per me e tagliata per la signora, e divideremo un cioccolato per il dessert... *à la mode*, per favore,"

"La tua pronuncia è tremenda, ma hai un gusto squisito per il cibo," gli disse Francesca con un occhiolino. Si rivolse a Bailey. "Ti piacerebbe il tartufo nero estivo con la tagliata?"

Nathan le strinse la mano, lei lo guardò lievemente confusa ma si rivolse rapidamente alla proprietaria: "Sì, per favore, Francesca. Sarebbe meraviglioso."

"Tornerò subito con le bevande," disse loro la proprietaria, che poi fece un piccolo inchino e se ne andò.

Bailey lo guardò con un sorriso. "Posso chiederti cosa hai appena ordinato per noi?"

Emozionato per il fatto che lei non avesse sottratto la mano sotto la sua, Nathan rispose: "Tutto è molto più fantasioso di come lo descriverò, ma in poche parole iniziamo con il plin, che è un raviolo fatto in casa con formaggio e spezie. È delizioso, davvero. Poi io prendo gli spaghetti fatti in casa con sugo di carne, tu prendi il controfiletto alla griglia con funghi, asparagi e patate, e per dessert ci dividiamo una torta al cioccolato senza farina di nocciole con salsa di frutta e gelato a parte."

Bailey lo guardò per un attimo prima di chiedergli: "Perché non lo chiamano semplicemente ravioli, pasta, bistecca e torta?"

Nathan ridacchiò. "Non ne ho idea. Ecco perché ho fatto la mia ricerca, dopo aver mangiato qui la prima volta. Ho finito per ordinare sformato di carciofi, salsiccia di pancetta e arance intinte nel cioccolato. Non era proprio buono..."

Bailey ridacchiò, Nathan pensò che fosse il suono più

dolce che avesse mai sentito. Quella risata le sciolse lo stress e la preoccupazione dal viso.

"Oh mio Dio, non l'hai fatto davvero?"

Nathan alzò la mano libera, facendo una specie di saluto da scout. "Non mento. L'ho fatto. Francesca mi rideva in faccia ogni volta che mi portava qualcosa di nuovo. Si è offerta di portarmi qualcosa di diverso, ma avevo rifiutato, perché sarebbe stato uno spreco. Di solito si offre ancora di scegliere qualcosa per me ogni volta che vengo."

"Perché non l'ha fatto stasera?"

Nathan fece spallucce. "Forse perché sapeva che volevo fare colpo su di te. Sei impressionata?"

"Lo sono," gli disse Bailey, ancora sorridente.

"Non so nulla di vini, però, ma sono sicuro che porterà qualcosa di perfetto da abbinare a quello che ho ordinato per te."

"Tu non bevi?"

"No."

"Per niente?"

"Per niente," confermò Nathan. "Ma prima di pensare che sia perché sono un alcolizzato o che ho qualcosa contro le persone che lo fanno, è solo perché non mi piace il gusto. Posso bere un po' di superalcolici, se il sapore è mascherato da qualcosa. Ma bere birra o vino non è mai stato in cima alla mia lista di cose da fare. Oltre al gusto, non mi piace sentirmi fuori controllo."

Nathan vide facilmente Bailey persa in vari pensieri, ma lei si limitò a fare un cenno con la testa e dire: "Ha senso. Non sono una gran bevitrice, ma ho fatto la mia parte."

"Penso sia capitato a tutti," disse Nathan con calma. Alla fine, spostò la mano sopra quella di lei, con riluttanza, e appoggiò i gomiti sul tavolo di fronte a sé, tenendo la testa rivolta verso Bailey. "Parlami di te."

Lei scrollò le spalle, lui la vide arrossire sulle gote. Lei imitò la sua posizione, appoggiando quindi i gomiti sul tavolo. "Non c'è molto da sapere, davvero."

"Ne dubito," disse lui con un piccolo sbuffo.

"Ho ventiquattro anni. Sono cresciuta a Denver. Mia madre è morta quando ero giovane, e sono stata cresciuta da mio padre. È morto anche lui quando avevo vent'anni, ho ottenuto la custodia di Joel. Mi sono trasferita qui a Castle Rock per portarlo via dalla città. Fine."

Nulla di ciò che aveva detto era una bugia, ma di sicuro aveva tralasciato molto. Nathan lasciò perdere, perché sapeva molto di ciò che lei stava tralasciando. "Come è nata la tua passione per le auto?"

"Mio padre. Era il suo lavoro. Ho iniziato ad aiutarlo quando avevo circa l'età di Joel." Fece di nuovo spallucce. "Mi piaceva, ed ero brava. Era l'unica cosa in cui ero brava."

Nathan scosse immediatamente la testa. "Ora non ti credo."

"È vero, invece. I miei voti non erano molto buoni. Al liceo mi mettevo sempre nei guai per aver saltato la scuola, o perché dormivo in classe. Uscivo con... brutte persone," lei distolse lo sguardo da lui e si mise a giocherellare con il bordo del tovagliolo davanti a sé. "Se non fosse stato per Joel, probabilmente sarei ancora a Denver a fare le stesse brutte cose che ho fatto per tutta la vita."

Nathan non sopportava la disperazione del suo tono. Alzò una mano, le mise un dito sotto il mento e la girò gentilmente verso di lui.

"Io e i miei fratelli siamo trigemini, mia madre non ci ha mai amato. Si sentiva minacciata da noi, anche quando eravamo bambini. Non ci ha mai rimboccato le coperte, non ci ha mai preparato il pranzo. L'unica cosa che ha fatto è stato insegnarmi il modo più efficace per colpire qualcuno e fargli male. Quando sono uscito di casa a diciotto anni, ero spaventato a morte. Non volevo andarmene. Come una tipica vittima di abusi, era tutto quello che sapevo. Non avevo idea di come vivere da solo. I miei fratelli mi hanno detto chiaramente che andavano per la loro strada, l'esercito non faceva per me. Mi piacevano i numeri, così sono riuscito ad ottenere una borsa di studio accademica e sono andato in un college popolare. Poi, dopo la laurea, ho trovato lavoro come contabile. Tutto quello che facevo era lavorare, per poi tornare nel mio appartamento. Da solo. Quando sono tornato a casa per il funerale di mio padre e Logan mi ha suggerito di avviare la nostra azienda, ho iniziato a sentirmi di nuovo me stesso. I miei fratelli hanno riempito il vuoto che avevo nel cuore. Mi sento più a mio agio, con loro intorno. Più coraggioso. Se non fosse stato per Logan, mi starei ancora nascondendo dal mondo. Non sottovalutarti, Bailey. Non è quello che hai fatto che ti definisce, ma quello che c'è qui dentro."

Mosse la mano sul seno di lei, sopra il cuore, attento a non oltrepassare i limiti.

"E se non ci fosse niente di buono?" sussurrò Bailey, con occhi così incredibilmente tristi che Nathan volle tirarla in grembo, coccolarla e dirle che non avrebbe mai più permesso che qualcosa le facesse del male. Controllò quell'impulso, a malapena.

"C'è del buono lì dentro, Bailey. L'ho visto."

"Mi conosci appena," protestò lei.

"Esattamente. Ma l'ho visto. Bailey, sei stata l'unica persona che si è fermata ad aiutarmi quando ero ovviamente in difficoltà in quel parcheggio. Il cofano era alzato, stavo lì in piedi come un idiota. Nessuno si è fermato per vedere se potevano chiamare aiuto per me, o anche solo per chiedere se stessi bene. Solo tu l'hai fatto. Tuo fratello ti vuole bene, è terrorizzato dall'idea di deluderti. Vuole tanto compiacerti. Era evidente ieri, in officina. E il fatto che sia un bravo ragaz-zino, educato, in generale, e che ti voglia bene, mi dice che sei severa ma affettuosa con lui. Quindi sì, hai del buono dentro di te."

Le tolse la mano dal petto e la appoggiò su quella di lei, che stava ancora armeggiando con il tovagliolo; cercava di rassicurarla in qualche modo.

"Non sai cosa ho fatto," disse lei, ancora protestando.

"Ti sfido a indicare una persona, in questo ristorante, che non abbia mai fatto qualcosa di cui si sia pentito," disse Nathan con fermezza.

Bailey si girò, osservando i presenti ai tavoli, con abiti eleganti, sorridenti e allegri.

"La vita è dura, Bailey, credo che tu lo sappia. Ma è come continui ad andare avanti quando ti butta giù, quello che conta. Alcuni di noi imparano le avversità in giovane età, per altri ci vuole più tempo, ma è mia ferma convinzione che le avversità ci rendano esseri umani migliori. Impariamo dai nostri errori, e anche da quelli degli altri. Potremmo inciampare una, o due volte, o anche cento volte, ma alla fine riusciamo a capire come rialzarci in i piedi, quando camminiamo."

Bailey si leccò le labbra e accennò un sorrisetto. "Sei terribilmente filosofico, Nathan."

Lui si sentì arrossire, cercando di controllarsi. Non sorrise, voleva farle capire in modo elementare quello che diceva, prima di doverle dare la notizia che sapeva tutto di lei, dicendole perché si trovava a Castle Rock. "Ho fatto le mie cadute, Bailey. Anche tu hai un passato importante, e questo lo rispetto. Ma devi sapere che non mi interessa il tuo passato. Voglio dire, mi importa perché ti ha fatto diventare la bella donna seduta di fronte a me, ma se pensi che qualcosa che hai fatto, o che non hai fatto, mi farà venire voglia di allontanarmi da te, ti prego di togliertelo dalla testa." Continuò a fissarla intensamente, volendo che lei capisse. "Mi muoverò al tuo passo, folletto. Possiamo andare al cinema, giocherò ai videogiochi con Joel, anche se faccio pena e lui mi prenderà a calci in culo. Lo aiuterò a fare i compiti e mi assicurerò che abbia molte persone che lo aiutino a festeggiare il suo compleanno. Tutto quello che chiedo è che tu mi dia una possibilità."

"Nathan, io..."

Le prese la mano e se la portò alle labbra, baciandole leggermente le nocche prima di mettergliela sul palmo della coscia e tenerla lì con la sua mano calda. "Almeno dammi questa notte prima di scartarmi. Impara a conoscermi, come io conoscerò te. Entro la fine della serata, conoscerai tutti i miei segreti. Potrebbero non piacerti, ma come ti ho detto prima, non ti mentirò,"

"Questo non mi riempie esattamente di fiducia," dichiarò Bailey.

"Lo so. Dico solo che mi piace la donna che è seduta davanti a me. Sei la prima persona a cui mi sono aperto in questo modo, perché sei la prima persona che abbia mai voluto conoscere il vero me."

Bailey si morse il labbro inferiore per un attimo e aprì la bocca per parlare, ma Francesca la interruppe. La donna si era avvicinata al loro tavolo con due bicchieri in mano. Un vino rosso per Bailey e un'acqua per Nathan.

"Acqua noiosa per te, amico mio," gli disse con un sorriso gentile e un occhiolino rivolto a Bailey. "E per la signora, un bel vino rosso. Nebbiolo di Roberto Voerzio. Duemila dieci. Penso che ti piacerà." Lo mise davanti a Bailey e rimase immobile, in attesa.

Quando Bailey non prese il bicchiere, Nathan si chinò e sussurrò: "Sta aspettando che tu lo assaggi, per assicurarsi che ti piaccia."

"Oh!" esclamò lei, di nuovo con le gote rosa. Allungò la mano libera, poiché Nathan non voleva lasciarle andare quella ancora appoggiata sulla coscia, e sorseggiò il vino rosso chiaro. Alzò uno sguardo sorpreso verso Francesca e mormorò: "Profuma un po' di rose. Me lo sto immaginando?"

Se possibile, il sorriso di Francesca si allargò ancora di più. Disse qualcosa in italiano prima di stringersi le mani. "Non hai torto, piccola. Dovrebbe abbinarsi bene sia all'antipasto che al piatto principale." Poi si voltò verso Nathan e disse con voce beffarda: "Questa è brava, giovanotto," prima di annuire e tornare velocemente in cucina.

Nathan non riuscì a trattenere una risatina alla vista della faccia di Bailey, rilassandosi quando lei gli sorrise.

"Conosci certamente delle persone insolite," fu il suo unico commento.

Lui le strinse la mano con vigore.

Poco dopo, il loro cibo cominciò ad arrivare. Passarono l'ora e mezza successiva a parlare, a ridere e a conoscersi. Bailey bevve un altro bicchiere di vino e mangiò tutto con gusto, amando tutto quello che le veniva messo davanti.

Alla fine, dopo aver divorato il dolce senza farina, si rilassò all'indietro, mettendo entrambe le mani sulla pancia, ed esclamò: "Sono piena. Non potrei mangiare un altro boccone. Era delizioso. Non so che sapore debba avere il cibo di lusso, ma capisco perché questo posto è così popolare. Quello chef fa miracoli!"

Nathan si appoggiò al comodo divanetto rosso e le disse tranquillamente: "Non dirlo a nessuno, ma i piatti che ho scelto per noi stasera non erano i piatti dello chef Grimbaldi. Sono le specialità di Francesca."

"Davvero?"

"Davvero."

"Perché mai ha invitato il famoso chef a venire per due mesi quando la sua cucina è così buona?"

"Marketing. Quale modo migliore per far provare il nuovo ristorante in città se non quello di dire che qui cucinerà un famoso chef? Una volta che li ha fatti entrare, si spera che continuino a tornare anche quando lui non c'è più."

"Wow, è un fottuto genio," disse Bailey con ammirazione. "Seriamente. Era tutto delizioso. So che non posso permettermelo, ma mi assicurerò di dire a Clayson che deve continuare a portare qui sua moglie."

Nathan non commentò l'affermazione. Se fosse dipeso da lui, lei non avrebbe più dovuto preoccuparsi dei soldi. Non quando era con lui. Ma lei non era con lui, lui doveva ancora superare la parte difficile della serata. La parte in cui probabilmente sarebbe finita per incazzarsi con lui e non avrebbe più voluto vederlo.

"Sei pronta a sentire quello che faccio per vivere?" le chiese tranquillamente, volendo togliersi subito quel peso.

Lei lo guardò, l'allegria nei suoi occhi si spense quando vide quanto fosse serio.

Annuì.

Nathan fece un respiro profondo e cominciò.

CAPITOLO DIECI

BAILEY NON AVEVA idea di cosa Nathan le avrebbe detto, ma era ovvio che si trattava di qualcosa di importante. Si era goduta la serata immensamente e faceva fatica a ricordare esattamente quale fosse il motivo per cui non voleva più avere a che fare con lui, né con nessun altro uomo.

"Sai che mi chiamo Nathan Anderson," disse lui, poi fece una pausa.

Bailey annuì, ma non parlò.

"I miei fratelli sono Logan e Blake. Siamo tornati a Castle Rock un anno fa, dopo che nostra madre ha ucciso nostro padre," ignorò il verso sorpreso di lei e continuò. "Ti ho detto prima quanto fosse cattiva. Beh, non lo era solo nei confronti miei e dei miei fratelli. Ce ne siamo andati di casa quando ci siamo diplomati, e quando non ci ha più avuto intorno per fare la prepotente, le cose sono peggiorate per mio padre. Gli ha sparato. Poi si è sparata. Probabilmente non sapremo mai a cosa stesse pensando, perché non ha lasciato un biglietto."

"Mi dispiace tanto," disse Bailey, mettendogli la mano sopra la sua, appoggiata sul tavolo. Bailey si sentì male per quello che Nathan aveva passato, ma era felice che fosse tornato a casa con i suoi fratelli. Era ovvio che li amava.

"Grazie. Siamo tornati a casa per il funerale e abbiamo deciso che volevamo aiutare le persone che avevano un rapporto in cui venivano molestate, o che avevano bisogno di protezione da un ex, così abbiamo iniziato la nostra attività."

Bailey ritirò la mano di scatto e se la mise in grembo, torcendosi le dita con l'altra mano. Aveva un brutto presentimento. "Che tipo di attività?"

"Ace Security. Forniamo sicurezza a uomini e donne quando vanno in tribunale, ci dilettiamo nelle indagini e abbiamo fatto anche un po' di lavoro di sorveglianza."

Il cibo che aveva mangiato minacciava di tornare su, ma Bailey tenne la bocca chiusa e aspettò che Nathan continuasse. Lui lo fece, a quanto pare, con una certa riluttanza.

"Logan si è fidanzato con una ragazza che conosceva al liceo, Grace. I suoi genitori erano proprietari di uno studio di architettura, qui a Castle Rock. Era proprio qui, in questo spazio, infatti. Francesca l'ha comprato quando lo studio è fallito."

"Perché è fallito?" chiese Bailey.

"I genitori di Grace erano Margaret e Walter Mason."

Bailey sentì un tuffo al cuore udendo quei nomi, spalancò gli occhi. Oh, merda.

"Vedo che riconosci i loro nomi," disse Nathan, con un tono difficile da interpretare. "Hanno assunto gli Inca Boyz per fare delle foto luride a Grace con Bradford Grant. Erano entrambi drogati e privi di sensi quando sono state scattate le foto. I Mason speravano di usare le foto per ricattare i genitori di Bradford."

"Tu sai chi sono," sussurrò Bailey. Era terrorizzata, imbarazzata e spaventata allo stesso tempo.

"So chi sei," confermò Nathan. "Ma per favore, ascolta il resto della mia storia."

Bailey annuì. Non poteva comunque muoversi. Se avesse tentato di alzarsi, le sue gambe non la avrebbero retta. Lo sapeva. L'ultima persona che avrebbe dovuto offrirle il suo aiuto era Nathan Anderson.

"Presumo che tu abbia lasciato Denver all'incirca nel periodo in cui è successa la cosa con Grace e Bradford?"

Lei annuì di nuovo, poi disse tranquillamente: "Non mi piaceva quello che Donovan stava facendo. Una cosa era rapinare i minimarket, bere e drogarsi. Un'altra cosa era prendere i soldi per ferire e uccidere le persone... e ricattarle. Non volevo averci niente a che fare."

Nathan annuì. Lo sguardo compassionevole nei suoi occhi la stava uccidendo. Perché la guardava in quel modo? Avrebbe dovuto odiarla. Non avrebbe dovuto volere avere niente a che fare con lei. Ma lui era lì, che la guardava e si assicurava che stesse bene prima di continuare. Santo cielo.

Bailey proseguì, volendo concludere la conversazione. "Quando Donovan è tornato a casa quel giorno era strafatto. Continuava a parlare di quanto fosse stato divertente. Di come avesse voluto conservare le foto, ma la donna che l'aveva assunto gli aveva pagato un extra per rispedirle indietro la macchina fotografica."

Nathan annuì lentamente. "Sì, è uno dei motivi per cui ne avevano abbastanza per accusarlo. Ha messo il suo indirizzo di ritorno sulla busta."

Bailey ridacchiò, ma non c'era alcun divertimento nel tono. "Non è così intelligente." Di certo non lo era, ma era stato abbastanza intelligente da manipolarla per anni. Tanto da farle credere che lui era l'unica persona a cui importasse di lei. Tanto da farle credere di amare Joel come un figlio. Solo che suo fratello era lì, quando Donovan e i suoi fratelli erano tornati dopo aver scattato le foto a Grace e Bradford. Si erano vantati di quanto fosse bello sentire quel corpo nudo contro di loro. Di come volevano violentarla mentre era priva di sensi. L'unico motivo per cui non l'avevano fatto era che Bradford aveva iniziato a fare rumori come se si stesse svegliando, quindi non avevano più tempo.

La cosa l'aveva disgustata. Sapeva che Donovan e i suoi fratelli e amici non erano esattamente cittadini onesti, ma non poteva sopportare che parlassero di violentare una donna priva di sensi davanti a un bambino di nove anni, davanti al *suo* bambino di nove anni. Era stato decisamente troppo.

"Perché hai deciso di andartene, Bailey?"

Era come se Nathan potesse leggerle la mente. "Non lo sai?"

"L'unica cosa che sapevo di te, prima che venissi da me in quel parcheggio, era che il tuo nome era Bailey e che eri l'ex fidanzata di Donovan. E che nessuno sapeva dove fossi."

'Beh, è già qualcosa', suppose lei. Nathan non aveva detto altro, lasciandole il tempo di riflettere, se non altro su cosa volesse dirgli. Lui le concesse quel tempo, senza metterle pressione o precipitarsi a riempire l'imbarazzante silenzio calato tra di loro, dandole così il coraggio di dirglielo. Perché no?

"Perché ridevano e dicevano quanto si sentivano potenti nel poter fare tutto quello che volevano, sia a Bradford che a Grace, mentre loro non potevano reagire," sussurrò. Si sentiva sporca solo a parlarne. Sapeva di aver passato la maggior parte della sua vita intorno al male degli Inca Boyz. Il tatuaggio sulla schiena le prudeva, come se le ricordasse quello che era. Contaminata.

"E lo stavano facendo davanti a Joel," continuò lei, con la voce incrinata dall'emozione. "Non gli importava che lui stesse ascoltando. Era come se volessero che lui ascoltasse. Volevano attenuare le sue emozioni. Fargli capire che le donne non erano altro che spazzatura, da usare come voleva un uomo, quando voleva. Dovevo andarmene."

"Sono orgoglioso di te, Bailey," disse Nathan con serietà.

Bailey lo fissò, sconcertata. "Cosa?"

"Sono fiero di te. Non dev'essere stato facile fare le valigie e trasferirsi senza lavoro, senza avere idea di dove saresti finita. Sapere che andarsene in quel modo avrebbe fatto incazzare non solo Donovan, ma probabilmente anche tutta la banda. E farlo con un bambino di nove anni al seguito non ha fatto altro che rendere le cose più difficili."

"Non volevo che finisse in qualche squallida stanza d'albergo, a violentare una donna priva di sensi e a pensare che fosse divertente."

"Vuoi sapere il resto della storia?" chiese Nathan, non commentando quello che lei gli aveva appena detto.

Bailey annuì. In realtà non voleva saperlo, ma sapeva di doverlo fare per poter decidere se fare le valigie e andarsene quella sera stessa o se aveva più tempo a disposizione.

"Sai che Donovan è andato in prigione, come i genitori di Grace. Grace e mio fratello si sono sposati e da un giorno all'altro avranno i loro figli gemelli. Alexis, la sorella di Bradford, ha iniziato a lavorare per la Ace Security. Lei e Blake stavano indagando sugli Inca Boyz, cercando di ottenere maggiori informazioni su di loro e sul loro nuovo piano per fare soldi. È venuto fuori che Alexis è andata a scuola con una delle donne che frequentavano il club. Kelly White."

Bailey sussultò. Dio. Kelly era una stronza. Un paio d'anni più grande di lei, l'aveva sempre odiata. Soprattutto perché voleva Donovan tutto per sé. Beh, non era che volesse Donovan di per sé, ma aveva sempre voluto il potere che sarebbe venuto con l'uscire con il capo della banda. E odiava Bailey perché aveva quel potere.

"Conosci Kelly?" le chiese Nathan.

Bailey percepì solo curiosità nel tono di lui. Non disprezzo o disgusto. O era un attore davvero bravo, o era completamente pazzo.

"Sì. Lei non è... non è la persona più gentile del mondo."

Nathan fece una risatina. "Questo è un modo per descriverla, credo. Ad ogni modo, Alexis si è incontrata con lei per cercare di scoprire maggiori informazioni sulla banda. Una cosa si è trasformata in un'altra e lei è finita a una festa a casa di Damian."

"Gesù!" esclamò Bailey. "Sta bene?" Sapeva esattamente come erano le feste da Damian. Le feste degli Inca Boyz erano più che altro feste di scopate, con i membri della banda che si passavano tra loro le donne che frequentavano. Facevano delle gare su chi riusciva a scopare più donne in una notte. A loro non importava chi si scopassero o se alla tipa piacesse. Si trattava solo di farli eccitare. All'ultima festa a cui era stata, Bailey era rimasta costernata nel vedere così tante ragazze che erano ovviamente molto più giovani di diciotto anni. Ma, ancora una volta, questo non preoccupava gli Inca Boyz. Le trattavano come qualsiasi altra ragazza che si era presentata, come se fossero lì solo per scopare.

"Sta bene," la rassicurò rapidamente Nathan. "Da qualche parte nel mezzo del suo tentativo di raccogliere informazioni sulla banda, Damian e Dominic hanno capito chi fosse, Kelly l'ha attirata in una trappola, e loro, insieme a un tizio di nome Chuck, l'hanno portata in montagna, l'hanno picchiata a sangue e l'hanno lasciata lì per un paio di giorni prima di tornare lassù e ucciderla."

Bailey si stava sentendo male. Senza dire altro, prese la borsa, uscì dalla cabina e si diresse verso la porta d'ingresso. Ignorando tutto tranne la porta a vetri e l'aria fioca e fresca che si respirava al di là di essa, non vide Nathan salutare Francesca, non sentì l'allegro addio della donna anziana e si accorse a malapena della presenza di Nathan al suo fianco quando aprì la porta del ristorante e uscì nella sera buia. Si girò ciecamente a destra, senza sapere dove stesse andando, ma Nathan le prese per un braccio e la girò dall'altra parte.

"C'è un piccolo parco da questa parte."

Lei non disse una parola, ma permise a Nathan di guidarla verso una panchina in un piccolo parco nelle vicinanze. Ci crollò sopra e si accucciò, con le braccia strette intorno alla pancia, la testa appoggiata sulle ginocchia.

"Alexis sta bene. Blake e Logan sono arrivati in tempo. Gli altri... non stanno altrettanto bene."

Bailey sollevò leggermente la testa. Riuscì a vedere il volto di Nathan che le sedeva accanto. Le teneva ancora il braccio. Sentiva il suo calore penetrare nelle ossa come se fosse una vera e propria fonte di calore. Le faceva delle lievi carezze con il pollice, facendole desiderare di poterlo sentire contro la pelle, e non solo attraverso il materiale della manica.

"Che intendi?" chiese lei, temendo ancora che il pasto delizioso appena ingerito sarebbe finito sull'erba ai suoi piedi.

"Tutti e quattro sono morti."

Bailey sbatté le palpebre. "Tutti?"

Nathan annuì. "Sono stati tutti uccisi, da Blake o dai poliziotti."

Bailey sollevò la testa. I fratelli di Donovan erano morti. E Kelly. E anche il terribile Chuck, che aveva chiesto a Donovan di poterla avere una volta, naturalmente Donovan aveva accettato, purché potesse guardare. Era stato terribile. Donovan l'aveva tenuta ferma mentre Chuck l'aveva presa da dietro.

"Non mi dispiace," disse lei, il suo odio era facile da sentire.

Nathan non commentò, le chiese bizzarramente: "Sei pronta a saperne di più?"

"C'è dell'altro?"

"C'è di più," confermò Nathan con tristezza.

"Sono pronta," gli disse Bailey, anche se non ne era così sicura.

"Kelly ha fatto un gran baccano su come, quando Donovan uscirà di prigione, ti avrebbe cercata. Ha detto che ti avrebbe tolto i tatuaggi con la fiamma ossidrica, e che lei sarebbe stata la sua ragazza, con te fuori dai giochi."

Bailey iniziò a tremare e mise la testa tra le ginocchia. Quando qualcuno cercava di lasciare la gang, o veniva costretto a rientrare, gli veniva permesso di andarsene se uno dei tatuaggi che rappresentavano la gang veniva cancellato. Donovan si era vantato abbastanza spesso di averli bruciati con un pezzo di metallo bollente, o di averli tagliati via.

Ripensò ai suoi tatuaggi. Ne aveva molti. Dal logo della banda sulle braccia alle iniziali IB, e naturalmente le parole che Donovan l'aveva costretta a portare sulla schiena. Oh sì, era praticamente morta. Se Donovan e la sua banda avessero cercato di rimuovere ogni traccia degli Inca Boyz dalla sua pelle, non sarebbe mai sopravvissuta.

"È uscito di prigione la settimana scorsa," disse Nathan, come se le sue parole precedenti non fossero già state sufficienti a spingerla oltre il limite.

Bailey si alzò senza pensarci e cominciò a camminare.

Nathan la raggiunse in pochi passi e la fermò. "Dove stai andando?"

"Devo andarmene," borbottò lei.

Nathan si mise davanti a lei e le prese entrambe le spalle tra le mani. "Dove, Bailey?"

"Via. Mi troverà. Devo prendere Joel e dobbiamo andarcene," Bailey sapeva che non aveva senso, ma era completamente fuori di testa. Perché non era andata in biblioteca a controllare se Donovan era ancora in prigione, come aveva pianificato? Si era adagiata, pensando di essere al sicuro. Ma con tutto quello che era successo, sapeva senza dubbio che Donovan avrebbe voluto vendicarsi. Contro gli Anderson, che avevano ucciso i suoi fratelli, e contro di lei. Avrebbe fatto del male a Joel solo per ferirla. Non c'era modo che lei facesse passare a suo fratello una cosa del genere.

"Ascoltami, folletto. Fai un respiro profondo e ascolta, ok?"

Di nuovo quel soprannome. Bailey fece un respiro profondo, come le aveva chiesto, ma chiuse gli occhi, rifiutandosi di guardarlo.

"Lo teniamo d'occhio. È troppo occupato a cercare di affermare la sua leadership su ciò che resta della sua banda per fare qualcos'altro, al momento."

"Mi troverà," mormorò Bailey, tutto il suo corpo dolorante nella sconfitta.

"Hai ragione. È vero."

Le parole di Nathan la sorpresero così tanto che spalancò gli occhi per fissarlo. "E questo dovrebbe farmi sentire meglio?!" scattò.

"Preferiresti che ti mentissi e ti dicessi che qui sei al sicuro, che lui non ti troverà mai, e che non dovrai mai più preoccuparti di lui o degli Inca Boyz?"

Mettendola in quel modo, Bailey poté solo fare una smorfia. "No."

"Vieni a sederti. I miei fratelli hanno un piano."

Bailey guardò Nathan. Lo guardò per la prima volta da quando aveva iniziato a dirle chi era e che sapeva chi fosse lei. Sembrava devastato per come si sentiva lei. Le labbra sembravano ancora più sottili, la fronte era solcata da profonde rughe di preoccupazione. Aveva allentato la cravatta e si era slacciato il bottone superiore della camicia bianca. La sua giacca sportiva giaceva sulla panchina su cui erano seduti, respirava con agitazione.

Lei annuì. Era un minuscolo movimento, ma lui l'aveva visto.

Nathan rimase immobile per un attimo, come per assicurarsi che lei stesse davvero bene e che non volesse scappare nel momento in cui le avrebbe lasciato le spalle, poi fece un passo indietro e allungò un braccio, indicando la via del ritorno alla panchina.

Bailey ritornò lentamente sui suoi passi e si sedette. Un brivido le attraversò il corpo per le implicazioni di ciò che Nathan le aveva detto. Subito sentì Nathan che le appoggiava la giacca sulle spalle. Il calore del suo corpo era ancora nel materiale e le penetrò nella pelle.

"Qual è il piano?"

"Diciamo a Clayson e agli altri ragazzi del negozio cosa sta succedendo," alzò una mano per prevenire la protesta che ovviamente poteva vedere negli occhi di lei. "Non tutto, solo che un tuo ex fidanzato rappresenta una minaccia, e se si presenta, dovrebbero chiamare immediatamente la polizia."

"Che altro?" chiese Bailey, ovviamente poco convinta. Donovan non era completamente stupido. Non avrebbe fatto irruzione sul suo posto di lavoro per portarla via. Sarebbe stato più furtivo.

"Conosciamo qualcuno che può mettere un allarme a casa tua. Niente di stravagante, ma abbastanza per darti il tempo di chiedere aiuto. E, folletto, so che non ti piacerà, ma Joel deve saperlo."

"No!" esclamò Bailey immediatamente. "Non se ne parla. Ho cercato di proteggerlo il più possibile da tutto questo."

"Gli hai detto qualcosa?"

"No. E non lo farò. Non voglio parlargli degli Inca Boyz, o di qualsiasi altra cosa a riguardo."

"Ma tu stessa mi hai detto che Donovan si vantava di essersi scopato una donna incosciente proprio davanti a lui. Ha quasi dieci anni, Bailey. Non è stupido. Sa più di quanto tu pensi."

Bailey si allontanò da Nathan e fece un respiro profondo, che non fece nulla per arginare le lacrime che le scorrevano dagli occhi. Tutto ciò che aveva fatto, l'aveva fatto per Joel. Non avrebbe potuto sopportare uno sguardo di disgusto, da parte del fratellino. E quello sguardo sarebbe arrivato, se lui avesse conosciuto il passato della sorella. O quello che aveva fatto Donovan.

"Guardami, folletto."

Bailey non lo fece. L'altalena nel piccolo parco vacillò davanti a lei, mentre le lacrime le riempivano gli occhi, per poi rigarle le guance.

Nathan non la costrinse a guardarlo. Al contrario, le avvolse un braccio intorno alle spalle e la spinse delicatamente verso di sé. Disse ragionevolmente: "Non sto cercando di farti arrabbiare. Ma credo che Joel sia probabilmente confuso. Donovan gli ha detto che le donne erano spazzatura e che potevano essere trattate come tali. Ma lui ti vuole bene, e non è sicuro di cosa pensare. Non sto dicendo che dovresti dirgli tutti i dettagli, ma il sufficiente perché possa stare all'erta. In modo che te lo dica, se vede Donovan. Se quello stronzo vuole davvero mettere le mani su Joel, probabilmente cercherà prima di addolcirlo."

Bailey si leccò le labbra, assaporando il sale delle proprie lacrime. Per fortuna non guardando Nathan, gli disse con voce traballante: "Non posso perdere mio fratello."

"E non lo farai. Lo giuro. Vuoi che lo faccia io? Posso parlare con lui e rispondere a tutte le sue domande."

Bailey si irrigidì. "Perché fai tutto questo? Mi conosci appena. Non conosci me o mio fratello. E la tua famiglia è stata così ferita da Donovan e dagli Inca Boyz. Io ne facevo parte. Non capisco."

Sentì Nathan fare un respiro profondo accanto a lei, rilasciandolo lentamente. Siccome era seduto così vicino, il suo fiato caldo le solleticò la parte superiore del petto, facendole contrarre i capezzoli in modo inappropriato.

"Mi hai incuriosito, da quando ho saputo di te. Mi chiedevo che tipo di persona fossi. Che cosa ti avesse spinto a frequentare la banda, in primo luogo. E, cosa ancora più importante, cosa ti ha spinto ad andartene."

"Ora sai che sono scappata perché avevo paura," disse Bailey in tono sconfitto.

"No," rispose Nathan. "Sei scappata per amore. Amavi tuo fratello più di ogni altra cosa e sei scappata per proteggerlo. Non c'è niente che avresti potuto fare che ti avrebbe resa più interessante per me, Bailey. Non lo capisci? Logan e Blake sono la mia vita. Non ero niente senza di loro, e farei qualsiasi cosa per proteggerli. Ucciderei per loro, se fosse necessario. Il tuo amore per tuo fratello è qualcosa che vedo e sento ogni giorno. Ogni volta che vedo Logan entrare in ufficio. Ogni volta che sento Blake parlare con Alexis al telefono. Penso di essere orgoglioso quasi quanto Logan, di far nascere i suoi figli."

Bailey sapeva che Nathan non stava mentendo. Si stava mettendo a nudo di fronte a lei. E lei aveva la sensazione che lui la capisse.

"Non ero abbastanza forte quando eravamo più giovani, non abbastanza da proteggere uno di loro due. Ero il secchione nerd che passava la vita cercando di tirare avanti. Loro erano duri e forti e non avevano paura di niente. Io ero Joel, folletto. Lui è come me. Il fatto che tu voglia stare davanti a lui e proteggerlo da Donovan e da qualsiasi danno che gli possa capitare mi fa preoccupare ancora di più per te."

Le caddero altre lacrime dagli occhi, ma Bailey non si mosse di un centimetro. Rimase seduta immobile nell'abbraccio di Nathan, assorbendo il suo calore, la sua bontà. Non se lo meritava, ma accidenti, se si sentiva bene.

"L'ho detto a cena e lo ripeto. Non mi interessa il tuo passato, Bailey. Quello che conta per me è che quando la situazione si è fatta critica, hai scelto la tua famiglia. Non sono l'uomo più esperto quando si tratta di relazioni, ma se potessi scegliere qualsiasi donna al mondo, sceglierei te.

Voglio qualcuno che stia al mio fianco con la stessa ferocia con cui tu sei stata al fianco di tuo fratello. Voglio aiutare Joel a diventare un uomo che faccia tesoro di sua sorella e che apprezzi tutto quello che ha fatto per lui."

Bailey chiuse gli occhi e tirò su con il naso. Non avrebbe mai immaginato che un uomo come Nathan, un brav'uomo, potesse interpretare in modo positivo tutto ciò che aveva fatto mentre era coinvolta con Donovan. Voleva credergli. Ma aveva paura di farlo. Doveva fermarsi. "Per favore, smettila di parlare," lo supplicò Bailey.

Come tutta risposta, il braccio di Nathan si strinse attorno a lei. "Non so cosa succederà in futuro, se non che alla fine Donovan verrà a cercarti. Lascia che io sia accanto a te, quando succederà. Lascia che Logan e Blake siano lì. Anche Alexis e Grace, e probabilmente anche Felicity. Non sei più sola, Bailey. Facci entrare nella tua vita."

Bailey non disse una parola, continuò a far cadere le lacrime dagli occhi. Rimasero seduti sulla panchina per molto tempo. L'aria di montagna si fece fredda, ma Nathan non si mosse. Alla fine, quando le sue gambe erano quasi congelate, ed era tutta un tumulto interiore, Bailey chiese a voce bassa: "Mi porti a casa?"

Con la coda dell'occhio, vide Nathan fare un cenno con la testa e poi alzarsi in piedi. Senza chiedere, le prese la mano e la condusse verso la sua macchina, con la giacca ancora appoggiata sulle spalle. Lei cercò di togliersela e di restituirgliela, ma lui si limitò a scuotere la testa e a guidare le sue braccia nelle maniche, aiutandola a indossarla invece che a coprirle le spalle.

Le chiuse la portiera alle spalle e si fece strada davanti alla macchina. Il viaggio di ritorno trascorse nel silenzio, anche se Nathan le aveva afferrato la mano nel momento in cui aveva messo in moto il veicolo e non l'aveva mai lasciata andare.

Dopo essere tornata a casa, Bailey non si aspettava che lui

andasse ad aprirle la porta. Uscì e cominciò a camminare verso la porta, prima che lui potesse raggiungerla. Nathan era un uomo troppo buono per starle vicino. Lei lo avrebbe contaminato, se l'avesse fatto.

Non si stupì o spaventò, quando lui le afferrò una mano e le camminò accanto, fino a quando non raggiunsero la porta di casa.

Tenendo la voce bassa, in modo che Duke non la sentisse, sempre che fosse ancora sveglio, Bailey gli disse: "Grazie per la cena."

"Prego. Posso chiamarti domani?"

"Ho bisogno di tempo per pensare, Nathan."

"Ok, ma posso chiamarti domani?"

Bailey sospirò in esasperazione. "No. Ho bisogno di tempo per pensare," ripeté.

"Certo. Ma voglio comunque parlare con te."

"E io non voglio parlare con te, però. Perché non capisci l'antifona?" disse lei con voce bassa, non volendo nient'altro che mettersi il pigiama, andare sotto le coperte e piangere.

"Ti chiamerò. Non sei obbligata a rispondere, ma dovresti sapere che io o i miei fratelli saremo nei paraggi. A controllare. Per assicurarci che tu stia bene."

"Sei sicuro che non stai tenendo d'occhio la puttana di Donovan per non farla scappare e usarla come esca?"

Uno sguardo di shock e di orrore si aprì sul volto di Nathan, che fece un passo indietro come se lei lo avesse colpito fisicamente. Bailey provò immediato rimorso per le sue parole dure. "Nathan, io..."

"Non ti useremo come esca," disse Nathan lentamente. "Probabilmente ti starei ancora cercando, se non fossi venuta da me in quel parcheggio. Sono sicuro al novantanove per cento che Donovan non ha idea di dove sei, e di sicuro non lo scoprirà né da me né dai miei fratelli." Guardò per terra e si passò una mano tra i capelli, prima di fare un altro passo indietro.

Finalmente alzò lo sguardo verso di lei, la sua voce priva di quella passione e di quell'eccitazione che era stata presente tutta la notte. Si era ritirato nel suo guscio, Bailey desiderò immediatamente che quel nerd un po' nervoso tornasse. Non le piaceva quel remoto sconosciuto.

"Parlerò con i miei fratelli. Ci assicureremo che tu stia bene, farò in modo che il responsabile della sicurezza ti chiami per fissare un orario per installare l'allarme."

Lui alzò la mano quando lei aprì bocca per protestare.

"Non ti costerà un centesimo. Fidati, vogliamo che Donovan venga fatto fuori, il fatto che tu o Joel vi facciate male è fuori discussione." Poi scrollò le spalle. "È comunque un investimento deducibile, quindi non è un grosso problema."

Ouch, quello le fece male. Bailey riprovò a parlare, anche se non sapeva cosa dire. "Io non..."

"Sono contento che ora tu sappia tutto. Puoi fare ciò di cui hai bisogno per tenerti al sicuro. Non posso impedirti di scappare, ma sei molto più al sicuro qui a Castle Rock con la Ace Security che ti guarda alle spalle, di quanto lo saresti in qualsiasi altro posto. Ricordatelo."

E senza darle la possibilità di dire altro, Nathan si voltò e tornò alla sua macchina. Non si voltò neanche una volta, salì in macchina e se ne andò. Lasciandola in piedi davanti alla porta, tremante di freddo, e non solo.

Bailey si guardò i piedi. Si vergognava di se stessa. Nathan era stato l'uomo più gentile della sua vita. Non l'aveva spinta a fare niente. L'aveva trattata come se fosse preziosa per lui. Non aveva chiesto un bacio, o altro. Non sembrava nemmeno aspettarselo.

Ogni volta che Donovan la portava fuori a mangiare, anche se era solo da McDonald's, le diceva sempre che glielo doveva. Il più delle volte, come ricompensa le faceva ingoiare il suo cazzo. Lei non voleva nemmeno pensare a quello che lui le aveva fatto fare, dopo aver "regalato" a Joel la console.

Ma Nathan non era così. Sapeva senza dubbio che lui non l'avrebbe mai costretta a fare nulla. Si era offerto di parlare con Joel per lei. Le aveva detto cosa provava per i suoi fratelli, come era cresciuto, come sua madre aveva abusato di lui.

Era stata una stronza, e lui non se lo meritava.

La porta si aprì alle sue spalle e Duke uscì. "Vi siete divertiti?" le chiese a bassa voce.

Bailey annuì, semplicemente perché era previsto.

"Sì."

Fece di tutto per non guardarlo, per non fargli vedere i segni delle lacrime. "Joel ha fatto il bravo?"

"Certo. È un bravo ragazzino. Mi ha fatto il culo a This Is War ed è andato a letto verso le dieci e mezza."

"Grazie per aver badato a lui," disse Bailey senza mezzi termini.

"Non c'è di che," disse Duke, che poi fece una pausa prima di aggiungere: "Se hai bisogno di me o di uno dei ragazzi per fare il culo a quel tizio... lo faremo."

Lei ridacchiò rendendosi conto in fretta e furia che Duke non lo diceva tanto per dire. Diceva sul serio. In qualche modo era passata dall'essere senza amici veri, ad avere non solo Clayson e gli altri alla carrozzeria, ma anche Nathan, Blake e Logan Anderson a coprirle le spalle. Le girava la testa.

"Grazie. Ma non è necessario."

"Va bene, ma non devi far altro che dire una parola," insistette Duke, che poi lasciò perdere. "Ci vediamo martedì, Bailey."

"Ci vediamo, Duke."

Lei lo guardò accarezzare la sua macchina e allontanarsi.

Guardando il cielo come se contenesse tutte le risposte di cui aveva bisogno, Bailey fece un respiro profondo. Rimase così per alcuni istanti prima di entrare e chiudersi la porta alle spalle. Dopo essersi assicurata che tutte e tre le serrature fossero chiuse, si tolse le scarpe e si incamminò lungo il corridoio.

Sbirciò velocemente Joel, trovandolo addormentato che russava leggermente. Si tolse la giacca di Nathan, poi il vestito e la biancheria intima. Si mise un paio di pantaloni comodi e afferrò la maglietta extra-large con cui le piaceva dormire. Andò poi in bagno per lavarsi i denti e il viso.

Poi, ancora una volta, entrò in camera da letto. Prima di sdraiarsi, afferrò la giacca di Nathan e se la mise in faccia. Inspirando profondamente, si impresse l'odore di Nathan nelle narici. L'odore leggermente dolce della sua lozione da barba, o deodorante, o sapone, non era travolgente. Era semplicemente giusto. In qualche modo sapeva che lui non si era preoccupato della colonia, o dello spray in voga per l'uomo più popolare in quei giorni. Semplicemente non pensava che potesse servire a qualcosa. Che una donna non sarebbe stata attratta da lui, indipendentemente dal suo odore.

Senza pensarci, Bailey si rannicchiò nelle sue coperte, con la giacca di Nathan ancora attaccata al viso.

Lo aveva ferito.

Non voleva farlo, ma l'aveva fatto lo stesso.

Ma aveva bisogno di tempo.

Era ora di capire cosa diavolo fare.

Doveva assicurarsi che lei e suo fratello fossero al sicuro, provare a spiegare a Joel che l'uomo che aveva imparato ad amare quando era a Denver era in realtà un delinquente e un criminale, e capire come diavolo poteva comportarsi con Nathan, dopo averlo conosciuto per due giorni.

Bailey si addormentò con il profumo di Nathan nei polmoni, non avendo risposte su ciò che avrebbe fatto dopo.

CAPITOLO UNDICI

Sei giorni. Ecco quanto tempo era passato dall'ultima volta in cui Nathan aveva sentito la voce di Bailey. Aveva fatto quello lei che gli aveva chiesto, le aveva lasciato il suo spazio.

Logan aveva fatto in modo che un'azienda locale andasse a casa di Bailey e le installasse un allarme di base. Nathan avrebbe voluto quello costoso con tutti i suoni possibili, ma non voleva metterla a disagio. Odiava il fatto di averle tirato addosso la scusa della "deducibilità delle tasse" perché non era vero, per niente. Era lui che pagava il conto, di sua tasca. Ma dopo una teleconferenza con il tecnico, aveva concordato che con Joel in casa, per quanto piccolo potesse essere, l'allarme di base avrebbe funzionato.

Nathan insistette molto sul fatto che, se fosse scattato l'allarme, sarebbe partita una chiamata alla polizia, che avrebbe immediatamente inviato una pattuglia verso la proprietà. Se Donovan avesse cercato di raggiungere Bailey o Joel a casa loro, sarebbe stato molto più difficile farla franca, con i poliziotti che gli stavano col fiato sul collo.

Aveva anche chiamato Clayson e aveva spiegato nel minor dettaglio possibile cosa stava succedendo con Bailey, e cosa lui e i suoi altri dipendenti dovevano cercare di prevenire. Clayson promise che avrebbero tenuto d'occhio sia lei che Joel e che l'avrebbero accompagnata alla macchina, dopo il lavoro. Clayson aggiunse che avrebbe cercato di convincere Bailey di smettere di andare a piedi al lavoro. Semplicemente perché non era sicuro.

A Nathan non piaceva non parlare con Bailey di persona, soprattutto dopo che ci aveva messo tanto a trovarla, ma quello che lei gli aveva detto lo aveva ferito con la stessa facilità di un coltello caldo nel burro. Il fatto che lei pensasse per un secondo che lui l'avrebbe usata come esca lo aveva devastato. Ma ciò che più lo aveva colpito era stato il fatto che lei si considerava la puttana di Donovan.

Bailey Hampton non era la puttana di nessuno.

Nathan non era un idiota. Sapeva che tipo di vita doveva aver condotto, con gli Inca Boyz. Era stata con loro fin da quando era adolescente, il che significava che aveva passato sette o otto anni a frequentare la banda, prima di scappare.

Nathan aveva fatto molte ricerche sugli Inca Boyz, e sulle bande in generale. Nella sua mente, sapeva cosa accadeva a porte chiuse all'interno di quei gruppi. Aveva visto il video che Alexis aveva girato quando era andata a una festa degli Inca Boyz. Ci si aspettava che le donne facessero sesso con chi le voleva e quando le voleva. Odiava il fatto che Bailey ne avesse fatto parte.

Non per il sesso vero e proprio, ma perché meritava di più. Meritava di essere venerata. Di sentirsi dire ogni giorno quanto era bella. Quanto era intelligente. Quanto era assolutamente straordinaria. Ma Nathan sapeva senza dubbio che Donovan non le aveva mai detto quelle cose. Non la trattava come si meritava – ovvero, bene.

Nathan voleva darle la vita che si meritava. E per farlo doveva fare tutto ciò che era in suo potere per tenerla fuori dai guai.

Perché fosse sicura di avere la libertà di scegliere con chi passare il resto della sua vita.

Per assicurarsi che Joel non venisse risucchiato dallo stile di vita turbolento della banda.

Per quel motivo non le aveva telefonato e non si era fermato né al lavoro, né a casa sua.

Aveva lasciato la sorveglianza di Bailey ai suoi fratelli e ad Alexis. Loro gli avevano riferito che sembrava una civetta notturna, con le luci della sua piccola casa accese fino a tarda sera.

Non aveva fatto altro che andare al lavoro, prendere suo fratello e tornare a casa. Era vigile e attenta, sicura e intelligente.

Ma Nathan voleva comunque sentire la sua voce. Voleva essere sicuro che lei si sentisse bene, sia mentalmente che fisicamente.

Ma resistette all'impulso di chiamarla e si concentrò su Donovan. Lui e Alexis controllavano ogni giorno l'account Facebook degli Inca Boyz. Non c'erano nuovi post. Ma più Alexis imparava dalle sue nuove capacità di hackeraggio, più Nathan sentiva la certezza che Donovan non avrebbe lasciato perdere Bailey senza combattere.

Il padre di Donovan era stato un ubriacone che stava a casa a bere mentre la moglie lavorava dodici ore al giorno per mettergli il cibo in tavola e la tequila nello stomaco. Nathan si sarebbe sentito dispiaciuto per il giovane Donovan, se non si fosse messo guai fin dall'età di dieci anni. Aveva iniziato con le visite all'ufficio del preside alle elementari, poi alle medie era stato sospeso più volte.

Alexis riuscì ad accedere ai precedenti minorili di Donovan e aveva scoperto che era stato messo in carcere per la prima volta a quattordici anni, per aver rapinato un minimarket con una coppia di diciassettenni del suo quartiere.

Dopo di che, era entrato e uscito di prigione per vari reati violenti, fino all'età di diciotto anni.

Era diventato più bravo a nascondere le sue attività illegali ai poliziotti, una volta diventato ufficialmente adulto, ma era sempre nel mirino delle forze dell'ordine. Non aveva mai passato un periodo prolungato in prigione, fino all'incidente con Grace. Ogni volta che era stato accusato, i testimoni avevano ritrattato, o le vittime si erano rifiutate di sporgere denuncia. Ma la sua lunga lista di crimini sospetti includeva sesso con minorenni, adescamento e aggressione con mano armata.

Ma fu una particolare intervista con una prostituta a cementare la sensazione di Nathan che Donovan sarebbe tornato per Bailey e Joel. La donna era stata trovata svenuta in un vicolo di Denver. La presunta vittima era stata portata in ospedale e un detective aveva raccolto la sua dichiarazione:

"Quando mi violentava, continuava a dirmi che era mio dovere prendere tutto quello che mi dava. Che le donne erano buone solo per una cosa. Diceva che il mondo sarebbe stato un posto migliore se ai ragazzi fosse stato insegnato fin da piccoli che le donne erano ingannevoli e che dovevano essere tenute al loro posto. Pensavo che mi avrebbe ucciso. La sua voce era fredda; non aveva alcun rimorso per avermi fatto del male. Anzi, credo che gli piacesse. Quando ha finito, ha cominciato a picchiarmi. Chiamandomi con il nome sbagliato e dicendo che ero sua, che dovevo fare quello che voleva."

Il detective chiese alla presunta vittima come l'aveva chiamata. La sua risposta:

. . .

"Bailey. Ho cercato di dirgli che non ero lei, ma non gli importava. Continuava a ripetere più e più volte che mi avrebbe insegnato a scappare da lui. Che avrebbe mostrato a mio fratello cosa significa essere un uomo."

La donna era scomparsa dopo essere stata rilasciata, Donovan non era mai stato accusato di stupro e aggressione. Nathan non aveva reagito visibilmente, quando Alexis aveva scoperto la dichiarazione, ma si era irrigidito totalmente. Donovan rivoleva Bailey. Avrebbe fatto tutto il necessario per rimettere lei e suo fratello sotto il suo controllo. Nathan sapeva senza dubbio che lei non avrebbe avuto un'altra possibilità di scappare, se il membro della banda avesse messo le mani su di lei. Non sarebbe sopravvissuta, comunque.

Il detective Ross Peterson, della Denver Gang Task Force, aveva comunicato regolarmente con Nathan e i suoi fratelli, facendo loro sapere cosa stava succedendo all'interno della banda, ora che Donovan era tornato.

Da fuori sembrava non stesse succedendo niente di particolare. Con i suoi fratelli morti, Donovan cercava di riprendere il controllo dei suoi tirapiedi. A quanto pare, il gruppo si era dato molto da fare per sbronzarsi tutti i giorni. Ma questo non significava che non avessero intenzione di vendicarsi, o che Bailey, Alexis e Grace, fossero al sicuro.

Gli Inca Boyz dovevano essere incazzati per tutto quello che era successo negli ultimi mesi. La loro banda era fondamentalmente in subbuglio. Se Donovan fosse stato furbo, cosa di cui Nathan dubitava, avrebbe tenuto d'occhio gli Anderson. E l'interesse di Nathan per Bailey avrebbe potuto condurlo dritto da lei.

Era solo un motivo in più per stare lontano da lei... ma non poteva. Se non altro, Bailey aveva bisogno di un amico. E lui sarebbe stato lì per lei, anche se lei non voleva avere niente a che fare con lui. Aveva capito di aver spinto troppo con Bailey. Ovviamente lei non voleva buttarsi in una relazione. Nathan aveva bisogno di essere suo amico, prima di poter essere qualsiasi altra cosa. Poteva farcela. Aveva molta pratica nell'essere amico delle donne. In passato, la maggior parte delle donne per cui aveva nutrito un interesse lo vedeva solo come un buon amico. Sì, sfortunatamente aveva fatto molta pratica nel nascondere i propri sentimenti e comportarsi da semplice amico.

Guardando l'orologio, Nathan si allontanò dal bancone della cucina e si alzò in piedi. Era ora di smetterla di auto-commiserarsi, doveva andare al parco, alla festa di Joel. Aveva promesso che ci sarebbe stato, e ci sarebbe andato.

Grace aveva fatto un ottimo lavoro nel reclutare altri invitati. Aveva parlato con la sua migliore amica, Felicity, che aveva fatto venire almeno quattro famiglie dalla sua palestra. Aveva persino convinto Cole, il co-proprietario della palestra, a presentarsi.

Alexis e Blake sarebbero andati a prendere pizza e bibite, Grace aveva fatto in modo che Felicity ricevesse le decorazioni, Nathan aveva detto ai suoi fratelli che si sarebbe occupato dei regali.

Non aveva idea di che tipo di giocattoli piacessero ai ragazzini di dieci anni, ma era facile farsi venire delle idee su Internet, specialmente conoscendo il suo amore per Guerre Stellari... era stato un gioco da ragazzi.

Nathan aveva preparato la macchina la sera prima, così dopo aver finito il caffè mise la tazzina nel lavandino e se ne andò.

Arrivò al parco verso le nove e fu felice di vedere che Felicity era già lì. Aveva tutte le decorazioni, così si precipitò in macchina per aiutarla a disfare il tutto. Portarono i dieci sacchi al gazebo che Bailey aveva affittato.

Non fu difficile scoprire quale posto fosse riservato alla

festa. Non aveva fatto altro che chiamare l'ufficio del parco e informarsi sulla festa di sabato, la segretaria all'altro capo del telefono glielo aveva detto senza troppi problemi. Era un po' scoraggiante che avesse condiviso le informazioni così prontamente, soprattutto con Donovan a piede libero.

"Ehi, Nathan. Ho tutte le cose che mi hai chiesto," gli disse Felicity, con la testa sepolta in uno dei sacchi con cui stava armeggiando. "C'era un sacco di roba dei Pokémon, ma non ce l'ho fatta." Allora si voltò verso di lui, con una mano sull'anca e l'altra che gesticolava selvaggiamente mentre parlava. "Alcuni di quei cosi sono proprio inquietanti. Cose grasse, bestiacce, insetti gialli. Che schifo. Così ho scelto qualcosa di facile. Lego e Guerre Stellari, come avevi richiesto." Alzò la mano come se Nathan avesse avanzato una critica.

Ma lui la guardava con aria divertita.

"Lo so, lo so, non vanno proprio insieme, ma quando ero in piedi nel corridoio dei giocattoli e guardavo i Lego, c'erano un sacco di set diversi con Star Wars. C'era una donna con suo figlio, che sembrava sui dieci anni, così gliel'ho chiesto. Mi ha detto che suo figlio era ossessionato da entrambi. Ho pensato che se gli piaceva anche Guerre Stellari, non avrei potuto sbagliare a combinarli con i Lego," Felicity scrollò le spalle. "Così li ho presi."

"Tutto questo è fantastico, Felicity. Grazie. Sono sicuro che gli piacerà," le disse Nathan.

Felicity smise di trafficare con le borse e le decorazioni, e lo immobilizzò con uno sguardo. Strinse gli occhi in due fessure, inclinò la testa mentre diceva: "Ti stai dando molto da fare per una donna che non conoscevi fino a una settimana fa."

Naturalmente aveva parlato con Grace.

Nathan cominciò a sistemare i regali che aveva portato su uno dei tavoli del gazebo "Joel è un bravo ragazzino. Mi piace." Sapeva benissimo di non aver risposto alla domanda implicita di Felicity.

"E?"

Nathan sospirò e guardò l'altra donna. Indossava una canottiera bianca che le faceva risaltare i tatuaggi colorati sulle braccia, creando un netto contrasto. In quel modo gli ricordava Bailey. Sembravano simili, tra le braccia tatuate e la stessa altezza, ma le somiglianze finivano lì.

Nathan non conosceva la storia di Felicity; non era cresciuta in zona, ma aveva circa la sua età, forse un anno o due in più. Nonostante il tempo trascorso da Bailey con la banda degli Inca Boyz, lei aveva ancora uno sguardo innocente. Felicity, invece, aveva perso la sua innocenza molto tempo prima. C'erano lampi di profondo dolore nei suoi occhi, che non riusciva proprio a nascondere. Non si era fatta degli amici facilmente - Grace e il compagno di Felicity, Cole - erano le uniche eccezioni. Lavorava sodo e andava in palestra il più delle volte.

Nathan osservò Felicity per un lungo periodo. Per qualche ragione, aveva la sensazione che lei e Bailey sarebbero andate molto d'accordo, e non solo perché entrambe avevano tatuaggi. C'era qualcosa, in Felicity, che gli faceva venire voglia di prenderla in braccio e di farle sapere che tutto sarebbe andato bene. Lei non lo avrebbe mai permesso, ma pensava che anche Bailey avrebbe avuto la stessa reazione. Nathan sapeva leggere bene le persone, il dolore che a volte appariva negli occhi di Felicity corrispondeva a quello di Bailey. Sì, probabilmente avevano molto più in comune di quanto potessero sapere.

Nathan sospirò e rispose alla prima domanda. "E mi piacciono entrambi, ok?" le disse, a bassa voce. "Ma lei non vuole avere niente a che fare con me, né con nessun uomo. Non posso biasimarla. Quindi sto solo aiutando un'amica."

Felicity lo guardò a lungo, prima di annuire e di cambiare argomento. "Pensi che Grace avrà mai quei bambini?"

Nathan sorrise, pensando ai suoi nipoti non ancora nati. "Spero che si trattenga un'altra settimana. Questa è la data che ho scelto per la scommessa."

Felicity si mise a ridere. "Non mi interessa quando li avrà. Non vedo l'ora di tenerli in braccio e di strizzare le loro guanciotte paffute. Sono pronta ad andare avanti con i miei doveri di madrina."

Nathan si voltò verso uno dei sacchetti delle decorazioni, ricordando quanto Felicity fosse stata contenta quando Grace le aveva chiesto di essere la madrina dei bambini. All'epoca, Felicity non aveva idea di cosa facesse una madrina, ma era stata contenta per la richiesta. Per quanto la riguardava, significava che le era permesso di viziare i bambini da far schifo.

I due continuarono ad appendere striscioni, a coprire i tavoli con le tovaglie a tema Star Wars e a mettere i centrotavola su ogni tavolo. Felicity aveva comprato delle bomboniere tipiche per feste da bambini, finte sciabole e scatoline di Lego da portare a casa a fine giornata.

Nathan aveva ordinato dei cupcake al posto di una torta completa, pensando che sarebbe stato più facile da mangiare per i bambini. La pasticceria avrebbe dovuto consegnare i dolci in mezz'ora.

"Buon Dio, Nathan. Hai comprato il negozio?" chiese Felicity quando diede un'occhiata al tavolo dei regali.

Anche lui si fermò per guardare il tavolo. "Mmh," mormorò. "Pensi sia troppo?"

"Troppo? Nathan, ci devono essere almeno venti regali qui!" esclamò Felicity.

"Ma è troppo?" ripeté Nathan.

L'amica di Grace lo guardò a lungo prima di dire: "Se stai cercando di impressionare Bailey, non credo proprio."

Nathan si volse verso l'amica. "Non sto cercando di impressionarla."

"Uh-uh. Puoi negarlo quanto vuoi, ma è facile capire che ti piace."

Quando Nathan si irrigidì, lei aggiunse velocemente: "È una buona cosa!"

"È troppo," disse lui, raccogliendo tre regali tra le braccia. "Vado a metterli in macchina. Sono sicuro di poterli restituire."

Felicity gli mise una mano sul braccio, fermandolo. "Nathan, va tutto bene. Mettili giù." Dopo che lui fece la mossa, lei gli disse dolcemente: "Prendersi cura di lei e di Joel non è una brutta cosa. Avrei fatto qualsiasi cosa per avere un uomo come te nella mia vita, quando avevo l'età di Bailey."

Nathan guardò Felicity negli occhi. Il dolore, che di solito era pungente, improvvisamente non lo era più. Vide sincerità e agonia. "Cosa ti è successo?" sussurrò Nathan, volendo aiutarla. Odiava vedere qualcuno che soffriva, soprattutto una donna che era vicina non solo a lui, ma anche al resto della sua famiglia.

La sua domanda la scosse da qualsiasi ricordo avesse preso il sopravvento, sbatté le palpebre, mostrando di nuovo solo un cortese interesse.

Dannazione. Era quasi riuscito a sfondare la barriera.

"Sto bene. Comunque, tutto questo è fantastico. Joel sarà proprio al settimo cielo," disse Felicity, mentre si allontanava per armeggiare con uno dei centrotavola.

"Ehi, ragazzi!" disse una voce femminile poco distante.

Nathan si voltò per vedere Alexis dirigersi verso di loro. Aveva con sé tre bottiglie di Coca-Cola da due litri. "Ce ne sono circa altre venti di queste in macchina, se vuoi darmi una mano."

Felicity colse l'occasione per fuggire dallo sguardo penetrante di Nathan, salutando Alexis e affrettandosi a prendere le altre bevande.

Quaranta minuti dopo, Nathan guardò nervosamente il suo orologio. Erano le dieci e non c'era traccia né di Bailey né di Joel. I cupcake erano stati consegnati e sembravano deliziosi e soffici, gli ricordavano stranamente la stessa Bailey, un'opera d'arte all'esterno e morbida all'interno. Soffici, ma reali.

Logan e Grace erano arrivati, Grace seduta su una sedia da campeggio che suo fratello aveva portato. Logan l'aveva assistita, poi l'aveva avvertita che non doveva muoversi di un centimetro. Sembrava a disagio, Nathan sperava di perdere la scommessa sui suoi bambini il prima possibile. Sembrava che Grace stesse per scoppiare. Ma sperava che aspettasse fino a dopo la festa.

Tre delle quattro famiglie erano arrivate, c'erano già sei bambini che correvano in giro giocando con le loro spade giocattolo. C'erano biciclette e skateboard sparsi per la zona, una delle famiglie aveva portato anche un gioco in scatola.

Mancava solo il festeggiato.

Nathan andò verso il parcheggio, tirò fuori il telefono e compose il numero di Bailey.

Squillò due volte prima che lei rispondesse.

"Pronto?"

"Ciao, sono Nathan. Tutto bene?"

"Uh... ciao, Nathan." Fece una pausa. "Perché mi chiami?"

"È sabato. Sono al parco, per la festa di Joel."

"Oh sì, beh, l'abbiamo annullata. Non vuole farla."

"Posso parlare con lui?"

"Non credo sia una buona idea. Non è di buon umore."

"Bailey, sono qui al parco con i miei fratelli, le loro donne e una dozzina di altre persone. Siamo tutti qui per augurare buon compleanno a Joel."

"Oh, mio Dio," sussurrò lei. "Mi dispiace tanto. Avrei dovuto chiamarti."

"Non dispiacerti," le disse Nathan con voce gentile. "Fammi parlare con Joel."

"Ok, ma ti ho avvertito," disse Bailey, sembrando insicura.

La sentì camminare, poi battere un colpetto su una porta. "Joel? Tesoro? Nathan è al telefono e vuole parlare con te."

Joel disse qualcosa che Nathan non riuscì a sentire perché era attutito; poi sentì una porta aprirsi, con un acuto cigolio.

"Ha detto che non ci vorrà molto. Qui," disse Bailey al fratello, ovviamente mettendogli il telefono in mano.

"Stronza, ti ho detto di non disturbarmi."

Nathan si irrigidì alle parole di Joel. Erano irrispettose e offensive. Strinse i denti, sperando che il ragazzino prendesse il telefono dalla sorella.

Infine, in quella che molto probabilmente fu una battaglia di spintoni, con Bailey ferma e con il telefono in mano, Joel sbuffò "va bene" e prese il telefono.

"Cosa c'è?" abbaiò il ragazzino al ricevitore.

"Ciao, Joel. Buon compleanno," disse Nathan, con calma.

"Come vuoi," brontolò Joel.

"Allora... non avevi organizzato una festa?"

"Sono stupidate per i bambocci. E tanto non veniva nessuno."

Nathan sentì il dolore nella voce di Joel. "Davvero? Che strano. Perché sono qui al parco e ci sono un sacco di persone. C'è un tavolo che si sta piegando, talmente è stracolmo di regali, ci sono bambini che corrono in giro, abbastanza bibite gassate per una gara di rutti spaziale, e spade laser di Star Wars per tutti."

Joel rimase in silenzio per un attimo e Nathan se lo immaginava seduto sul letto con la bocca spalancata. "Davvero?" chiese alla fine il ragazzino.

"Davvero. Io e i miei fratelli non vedevamo l'ora di festeggiarti, ma se non vuoi venire..." Si interruppe, non sentendosi minimamente in colpa per aver manipolato il ragazzino.

"Ci sono anche i tuoi fratelli?"

"Sì, te l'avevo detto che saremmo stati qui. E ci siamo. Io mantengo le mie promesse."

Nathan sentì i passi veloci di Joel; poi disse alla sorella: "Ho cambiato idea. Voglio andare. Possiamo andare adesso?"

"Nathan è ancora al telefono?" chiese Bailey, fuori campo.

"Oh sì, ecco, parlaci tu. Devo trovare le mie scarpe!" disse Joel.

Nathan udì uno schianto e dei rumori smorzati provenienti dal telefono, prima che Bailey gli rispondesse. "Scusa. Mi è caduto il telefono. Immagino che tu abbia sentito che ha cambiato idea."

"Sì, l'ho capito."

"Cosa gli hai detto?"

"Solo che ero qui ad aspettarlo."

La voce di Bailey si ammorbidì. "Grazie, Nathan. Sul serio. Credo che questa settimana abbia scoperto che nessuno dei suoi compagni di classe sarebbe venuto, ed era molto triste per questo. Non posso biasimarlo. Non vorrei andare a una festa, se nessuno si presentasse."

"Sbrigati e vieni qui, Bailey," le disse Nathan con dolcezza. "Sono qui, e possiamo iniziare i festeggiamenti." Non le disse di proposito del piccolo drappello di persone che li aspettavano.

"Ok. Non ci vorrà molto. Lo sento gridare nella sua stanza."

"A presto, folletto."

"Sì. Ok. Ci vediamo tra poco."

Nathan chiuse la conversazione e fissò a lungo il telefono. Non sapeva perché continuava a chiamare Bailey "folletto"... a parte il fatto che gli sembrava adatto. Una delle prime cose che aveva notato di lei era la sua altezza. Accanto a lui, sembrava piccola e delicata. Quindi folletto sembrava proprio adatto. Inoltre, non si era mai lamentata del soprannome, il che gli faceva sperare che non le dispiacesse.

Venti minuti dopo, Nathan era ancora in piedi vicino al parcheggio, camminava avanti e indietro, quando vide la classica Chevelle accostare. Le fece un gesto verso un posto libero che aveva tenuto solo per lei. Nathan riuscì a vedere l'espressione scioccata dei due fratelli, mentre vedevano il numero di persone che si aggiravano intorno allo spazio decorato. Le stelle filanti nere e blu sventolavano dolcemente nel vento e lo striscione, che diceva CHE LA FORZA SIA CON TE: BUON COMPLEANNO sventolava allegro, come se li stesse salutando con la mano.

Bailey spense il motore, poi lei e Joel scesero dall'auto. Il ragazzino corse verso Nathan e gli gettò le braccia intorno alla vita.

Nathan fece un passo indietro per la sorpresa, ma poi chiuse le gambe per non cadere e mise con calma le braccia intorno alle spalle di Joel. "Ehi, piccoletto."

"È tutto per me?"

"Certo. Vedi qualche altro festeggiato, da queste parti?"

"No!" Joel alzò la testa per incontrare gli occhi di Nathan. "Chi sono tutte queste persone?"

"Perché non ci avviamo e ti presento a tutti, così puoi continuare la tua festa?"

"Ok!" disse Joel felice, allontanandosi da Nathan. Si voltò verso sua sorella. "Bail, guarda!"

"Ho visto, tesoro," disse Bailey a Joel, prima di guardare Nathan. Aveva gli occhi scintillanti di lacrime, ma gli disse semplicemente: "Ehi."

"Ehi," le rispose Nathan; voleva prenderla in braccio, invece si mise le mani in tasca. Si ricordò che lei non voleva niente da lui. L'unica ragione per cui lei era lì in quel momento era suo fratello, voleva renderlo felice.

Non poté comunque non osservare che aveva un bell'aspetto. Indossava un paio di jeans aderenti e scarpe da ginnastica. Aveva un top turchese, con sopra un cardigan a maniche lunghe che le copriva i tatuaggi sulle braccia e, mentre lui la osservava, si stringeva le braccia intorno al busto, come se si stesse dando conforto. Non gli piacque quel gesto. Voleva essere lui a confortarla. Inoltre, voleva essere al suo fianco a sostenerla, in modo che non avesse alcun bisogno di conforto.

"Venite, voi due," disse Nathan, con più forza nella voce, "andiamo a presentarci a tutti. Bailey, dopo puoi prenderti una pausa mentre tuo fratello si mette a giocare."

Allungò una mano, per indicare che avrebbero dovuto precederlo. Joel corse su per il vialetto di cemento, Bailey lo seguì con un passo più tranquillo.

"Non c'era bisogno di prendersi tutto questo disturbo," gli disse dolcemente, una volta che Joel non era più in grado di sentire.

"Non è stato un problema, folletto," le disse Nathan. "È stato divertente."

Lei lo guardò dubbiosa. "Ne dubito."

"Hai fatto la parte difficile nel prenotare la zona. Tutto quello che ho fatto è stato prendere qualche decorazione e organizzare il cibo," disse Nathan, semplificando un po' com'erano andate le cose.

"Wow! Guarda quanti regali!" urlò Joel, davanti a loro.

Proseguirono la camminata, ma Bailey guardò Nathan. "Regali? È troppo, Nathan."

"No. Non lo è. Ora non dire altro e divertiti!" le disse Nathan.

Quando giunsero a destinazione, Nathan richiamò l'attenzione di tutti su Bailey e Joel, presentandoli. Notò che Bailey era estremamente reticente sia nei confronti di Grace che di Alexis, ma sembrava essere in sintonia con Felicity, il che non sorprese affatto Nathan.

I tatuaggi di Felicity funsero da buon rompighiaccio, presto le due erano sedute a un tavolo da picnic a chiacchierare tranquillamente.

Nathan rimase con Logan e guardò Joel salutare gli altri bambini che erano lì, per poi iniziare subito a giocare con loro, come se li conoscesse da sempre.

"Sembra un bravo ragazzo," osservò Logan, avvicinandosi al fratello.

"Lo è," rispose subito Nathan.

"Nessun effetto collaterale dal vivere all'ombra degli Inca Boyz?"

"Non ho detto questo."

Logan guardò Nathan per un lungo momento, prima di girare la testa per controllare sua moglie, per poi tornare a guardare Joel. "Lo aiuterai a superarlo."

Nathan non riuscì a non rivolgere uno sguardo scettico al fratello.

"Lo farai," insistette Logan. "Tra tutti noi, tu sei il più paziente. Quello che ha meno probabilità di perdere la pazienza, se fa retromarcia con Bailey. Sei quello che riesce a rimanere calmo in mezzo al caos. È una cosa che ammiro molto, in te."

Nathan deglutì rumorosamente. Quando era piccolo, si sentiva come il fratello a cui gli altri dovevano badare. Odiava quella sensazione, di conseguenza aveva fatto quello che poteva per prendersi cura degli altri, specialmente delle donne e dei bambini, che venivano maltrattati o presi in giro. Aveva cercato in tutti i modi di non essere un peso per i suoi fratelli, da quando avevano fondato la Ace Security. Forse non era forte come loro, ma aveva tenuto duro in qualche rissa. Ma sentirsi dire dal fratello, senza esitazione, che credeva in lui e che lo ammirava, lo fece sentire bene. Non che pensasse che Logan o Blake non gli volessero bene, ma sentire quelle parole... significava il mondo, per Nathan. "Grazie," fu tutto quello che riuscì a dire.

"Prego. Hai sentito parlare di Donovan o degli Inca?"

Nathan scosse la testa e cercò di riprendere il controllo delle proprie emozioni. "No, ma sono sicuro che è solo questione di tempo. Più facciamo cose del genere," disse, usando la testa per indicare la festa che li circondava, "più velocemente troverà Bailey e farà la sua mossa. Mi ha accusato di volerla usare come esca, ed è proprio l'ultima cosa che voglio fare."

"Quindi vuoi tirarti indietro? Vuoi lasciarla in pace?" chiese Logan.

"Onestamente? No, ma dovrei farlo."

"Fanculo," disse suo fratello, a voce molto bassa. "Guardala. Guarda Joel. Non avrebbero avuto tutto questo, se non fosse stato per te. Vuoi negarle questo tipo di attenzioni?"

Nathan guardò Bailey e la vide ridere di gusto per qualcosa che le aveva detto Felicity. Sembrava così spensierata da fargli male al cuore, sapendo che probabilmente non si divertiva da molto tempo. Poi guardò Joel. Il ragazzino stava inseguendo una bambina, facendo attenzione a non avvicinarsi troppo a lei e a non correre troppo, per non farle male. Poi guardò suo fratello. "Non sono come te e Blake. Non ho idea di come tenerli al sicuro. Ho paura che si facciano male. Posso affrontare Donovan, ma probabilmente non posso sconfiggerlo in un duello uno contro uno."

"Sai esattamente come tenerli al sicuro," rispose Logan senza la minima esitazione. "Ti stai sottovalutando. Ti ho visto abbattere criminali più grandi e più forti di te. Usi il cervello, trovi la loro debolezza, e sfrutti persino la loro forza contro di loro. Farai lo stesso con Donovan. Tra tutti noi, tu sei l'uomo migliore per questo tipo di lavoro. Sei sempre stato il più intelligente. Ricordi al liceo, quando volevamo andare al ballo, ma la mamma non ci lasciava andare..."

Nathan annuì.

"Io e Blake eravamo incazzati per questo, ma tu no. Le hai portato una birra dal frigo, appena siamo tornati a casa venerdì sera, e hai continuato a portargliele, una dopo l'altra. Anche se sapevi che sarebbe diventata più cattiva ad ogni lattina e che ti avrebbe picchiato, l'hai fatto comunque. Cos'avevi... tipo diciotto anni, quando alla fine è svenuta?"

"Qualcosa del genere," mormorò Nathan, ricordando l'incidente come se fosse avvenuto il giorno prima.

"Papà ci ha detto che avrebbe lasciato la porta sul retro aperta, ci ha detto di divertirci. Siamo andati al ballo, faceva cagare, ma dannazione se ci siamo andati. Tu avevi un occhio nero, io avevo un polso contuso per aver bloccato uno dei suoi colpi con la mazza, ma eravamo lì. Ce lo saremmo persi, se non fosse stato per te. Subdolo, ma intelligente."

"Beh, voi ragazzi avete sempre preso le botte per me. Ho pensato che nessuno di noi sarebbe potuto andare, se fossimo stati tutti pieni di lividi."

"È vero," gli disse il fratello, che poi gli diede una bella pacca sulla schiena prima di tornare a controllare Grace e assicurarsi che fosse a suo agio.

Nathan pensò a lungo alle parole di Logan. Aveva ragione. Aveva studiato judo e aveva imparato che, mantenendo le cose semplici e comprendendo le forze dell'equilibrio, del potere e del movimento, anche un uomo di cento chili più leggero del suo avversario poteva comunque vincere in un combattimento corpo a corpo. Ma Nathan aveva la sensazione che Donovan non avrebbe giocato lealmente. Era il tipo di uomo che avrebbe portato una pistola a un combattimento con i coltelli, solo per avere il sopravvento. Così, indipendentemente dalla fiducia di suo fratello nella sua capacità di sottomettere fisicamente Donovan, Nathan aveva la sensazione che avrebbe fatto meglio a superarlo in astuzia fin dall'inizio. Se avesse giocato bene le sue carte, Donovan avrebbe potuto essere sconfitto prima ancora di accorgersi di essere stato battuto. La mente di Nathan era piena di scenari e possibilità.

Prima di quel momento, era pronto a farsi da parte. Era pronto a lasciare in pace Bailey e Joel, a vegliare su di loro da lontano. Ma dopo aver visto quanto poco ci volesse per rendere felici i due Hamptons... Capì che non si sarebbe arreso senza lottare. Non sarebbe stato facile, ci sarebbe voluto molto lavoro da parte sua, ma era disposto a farlo.

Bailey ne valeva la pena.

Joel ne valeva la pena.

A partire da quel giorno sarebbe iniziata l'operazione "Corteggiare Bailey".

CAPITOLO DODICI

NATHAN SI SEDETTE ACCANTO a Joel su una collinetta che si affacciava sulla zona parco dove si era svolta la festicciola. Guardavano Felicity e Bailey che si affrettavano a ripulire il casino che si era creato.

"Hai passato una buona giornata?" chiese Nathan.

"Certo," gli disse Joel, sorridendo.

"Bene. Hai ringraziato tutti per essere venuti?"

"Credo di sì."

"L'hai fatto?" chiese Nathan, guardando il ragazzino con le sopracciglia alzate.

Joel ridacchiò. "Tutti tranne te. Grazie, Nathan. Mi sono piaciuti tutti i tuoi regali."

"Erano da parte di tutti."

Joel scosse la testa. "No, non è vero. Ho sentito Blake dire ad Alexis che hai preso tutto tu, e che non gli hai lasciato pagare niente. Erano un po' incazzati."

"Erano un po' arrabbiati," lo corresse Nathan, che poi scrollò le spalle, non sapendo cos'altro dire.

"Sai che mia sorella ti scoperà, se vuoi saperlo," disse il

ragazzino facendo spallucce. "Lei scopa tutti. Non c'è bisogno di adularla con i regali."

Joel lo disse con lo stesso tono usato prima per dire a Nathan cosa aveva mangiato a colazione quella mattina. Nathan trattenne il respiro, come se gli avessero tirato un pugno. Quelle parole non solo erano offensive, ma anche del tutto irrispettose.

Con tono duro, Nathan disse: "È stato estremamente offensivo, non solo per tua sorella che non è qui per difendersi, ma anche per me. Chiedi scusa."

Joel guardò Nathan, sorpreso. "Mi dispiace," disse subito. Poi in modo più tranquillo, aggiunse: "Non intendevo in senso cattivo."

Nathan era confuso. Come diavolo poteva non volerlo dire con cattiveria? "Spiegati," gli ordinò.

Joel si abbracciò le ginocchia e guardò giù, verso lo spazio della festa. "Donovan dice che le donne sono buone solo per scopare. Che quando hai una donna e la addestri per bene, ad esempio colpendola e urlandole contro, lei fa tutto quello che le dici di fare, sia in camera da letto che fuori. E l'ho visto farlo, e aveva ragione. Le donne facevano quello che voleva, dopo averle picchiate. Ogni volta che mi dava qualcosa, non faceva altro che guardare Bailey e lei entrava nella sua stanza con lui. Tutte le ragazze lo facevano. Donovan diceva che più uomini si scopano una donna, più vale qualcosa."

Nathan sentì un moto di nausea. Sapeva che Donovan era un bastardo, ma dire a un bambino di nove anni quelle stronzate, includendo la sorella, era ripugnante.

"Hai incontrato Grace e Alexis oggi, vero?"

Joel annuì.

"Pensi che una di loro due andrà in una camera da letto con qualcun altro, a parte i miei fratelli? Pensi che Logan o Blake vogliano che qualcun altro le tocchi?"

Il ragazzino lo guardò confuso e scosse lentamente la testa.

"Pensi che le picchiano?"

Di nuovo, Joel scosse la testa.

"Esattamente. Le trattano come regine. Non torcerebbero loro neanche un capello, e né loro né io resteremo a guardare e non lasceremo che qualcun'altro faccia del male a una donna. Joel, il valore di una donna non è dovuto al numero di persone con cui entra in una camera da letto. È nel suo cuore. Nel modo in cui tratta gli altri. È nel modo in cui ti guarda come se tu fossi l'unica persona della sua vita. È il modo in cui tratta la sua famiglia," sottolineò Nathan.

Fece poi un cenno con la testa verso il punto in cui Grace era stata seduta tutta la mattina. "Grace avrà i figli di Logan. Lui la ama così tanto che ucciderebbe chiunque le facesse del male, a lei o ai suoi figli. Il vero valore di un uomo, Joel, si vede in base a quanto bene tratta coloro che ama. Che sia la sua donna, suo fratello, sua sorella o i suoi amici. Esito a dirlo, perché so che hai frequentato molto Donovan e i suoi amici, ma non sono bravi uomini, non dovresti prendere a cuore niente di quello che ti hanno detto," disse Nathan, inchiodando il ragazzino con lo sguardo. "Ora hai dieci anni. Non sei più un bambino. Devi sapere nel profondo del tuo cuore che quello che Donovan ha detto e fatto è tutto sbagliato."

Joel guardò in basso e raccolse dell'erba con le dita. "Poco prima di trasferirci, guardavamo i film insieme."

"Chi?"

"Io e Donovan. Ha detto che voleva insegnarmi come trattare le donne."

Nathan sentì una fitta di mal di stomaco. "Quali film?"

Joel fece spallucce ma non guardò il suo nuovo amico. "Non credo che avessero dei titoli. Erano anche molto brevi. La recitazione era pessima. Erano tutti nudi e si facevano cose disgustose l'un l'altro."

"Porno?" Nathan sperava davvero di sbagliarsi, ma in cuor suo sapeva che non era così.

"Sì, è così che Donovan li chiamava. Non mi piacevano molto," ammise Joel a voce bassa. "Erano disgustosi, le donne non facevano altro che piangere, quando gli uomini le scopavano."

Nathan non pensava che Joel capisse veramente cosa significasse esattamente la parola "scopare". Gli girava la testa, cercando di pensare alla cosa giusta da dire. Si sentiva fuori di sé, ma era felice che Joel gliene stesse parlando. "Hai detto a Donovan che non ti piaceva guardarli?"

Joel scosse la testa. "No, perché sapevo che si sarebbe arrabbiato. Mi ha anche fatto fumare una strana sigaretta. Mi ha fatto girare la testa."

"Guardami, piccoletto," ordinò Nathan.

Ci volle un secondo, ma Joel finalmente incontrò gli occhi di Nathan.

"Donovan non è un brav'uomo, e si sbaglia. Tua sorella, anzi tutte le donne, dovrebbero essere trattate con amore e rispetto. Quello che hai visto non è normale. Quando due persone fanno l'amore, entrambe dovrebbero volerlo fare. Se un uomo costringe una donna a fare qualcosa, non è un brav'uomo. Il fatto che Donovan ti abbia costretto a guardare quei film e a fumare quella strana sigaretta, quando non sei abbastanza grande per fare entrambe le cose, dimostra che non è un brav'uomo."

Il labbro inferiore di Joel iniziò a tremare, ma Nathan continuò il suo discorso.

"Tua sorella ti vuole bene più di ogni altra cosa. Ha paura di Donovan, lo sapevi? Ha fatto quello che lui voleva che facesse, perché aveva paura di quello che lui le avrebbe fatto se avesse detto di no. Proprio come tu non volevi dirgli che non ti piacevano quei film, anche lei la pensava allo stesso modo. Ora ha paura che Donovan la trovi, la ferisca e le faccia fare altre cose che non vuole fare. Ma più di questo, ha paura che lui trovi te. Sai perché vi siete allontanati da Denver?"

Joel scosse la testa, con gli occhi spalancati mentre ascoltava le rivelazioni di Nathan.

"Per proteggerti da Donovan," Nathan prese il mento di Joel e lo strinse dolcemente. "Gli uomini che fanno del male alle donne dovrebbero essere in prigione, piccoletto. Rinchiusi. Ecco dov'era Donovan, per aver fatto del male a Grace. Bella, carina, gentile Grace. I suoi amici hanno fatto del male anche ad Alexis. So che le hai conosciute solo oggi, ma quelle donne sono due delle persone più meravigliose che io abbia mai conosciuto. E se non vuoi darmi retta su quanto detto, lascia che ti dica un'altra cosa."

Nathan si fermò e si chinò verso Joel.

"Mi stai ascoltando?"

Joel annuì rapidamente.

"Un vero uomo non urla contro una donna. Non importa che sia sua sorella, la sua ragazza, sua moglie. Se è arrabbiato, le parla con calma e razionalmente. Non le dà della stronza, come hai fatto tu oggi, quando Bailey non faceva altro che cercare di darti il telefono per parlare con me. Non le urla contro e non la picchia mai e poi mai. So che sei confuso a causa di quello che ti ha detto Donovan, e di quello che hai visto. Ma dovresti ringraziare tua sorella ogni giorno per averti portato via da Denver e lontano da quel viscido di Donovan e dai suoi amici."

"Non capisco. Donovan è stato gentile con me," sussurrò Joel, con il faccino accartocciato dalla confusione.

"Lo è stato?" gli chiese Nathan, lasciandogli andare il mento. "Pensa a oggi. A quanto ti sei divertito. A come Blake ti ha aiutato ad andare sullo skateboard. A come Logan si è alzato e ti ha preso un altro cupcake, quando ti è caduto il tuo. Poi pensa al tempo che hai passato con Donovan e rispondimi onestamente. Avrebbe fatto qualcosa di simile a oggi, per te? Ti avrebbe lasciato andare in giro con la tua spada laser? Si sarebbe assicurato che tu avessi dei regali da aprire e dei bambini con cui giocare?"

Nathan vide chiaramente che Joel era intento pensare. Alla fine, si leccò le labbra e disse con una vocina: "No, una volta mi ha detto che voleva portarmi a sparare. Ma le pistole mi spaventano un po', non volevo sparare. Mi ha dato uno schiaffo quando gliel'ho detto e mi ha detto che ero una femminuccia e che se volevo essere un Inca Boy, dovevo irrobustirmi. Ha anche detto che le donne sono deboli. Che se da grande volevo far parte della sua banda, dovevo assicurarmi che mia sorella sapesse che ero migliore di lei."

"Puoi cambiare una gomma?" senza dare a Joel la possibilità di rispondere, Nathan chiese ancora: "Puoi cambiare l'olio della tua auto? Sai *guidare* una macchina? Guadagni soldi per la spesa o per l'affitto? Lasceresti tutti i tuoi amici e le tue cose, se ciò significasse che tua sorella sarebbe al sicuro? Salteresti davanti a una macchina in movimento, per tua sorella? Joel, non sei migliore di tua sorella. Io non sono migliore di lei, lei non è migliore di Grace o Alexis. In generale, nessuno è 'migliore' di nessun altro. Non per la loro età, non per il colore della loro pelle, non per chi amano. Non è così che funziona."

"Detto questo, so senza dubbio che Bailey è meglio di Donovan e dei suoi amici. Non farebbe del male a nessuno, nel modo in cui lui ha fatto del male a tante persone. Ai miei occhi, questo è ciò che rende una persona migliore di un'altra. Ogni volta che dici cose cattive a tua sorella, la rendi triste. Ciò mi dice che in questo momento, finché non vedi il valore di Bailey, lei è migliore di te. Farebbe qualsiasi cosa per te. Qualsiasi cosa. Non capisci? Non capisci che Donovan le ha fatto del male? E lei gliel'ha permesso, perché significava che avrebbe lasciato te in pace. Tutto quello che ha fatto negli ultimi anni è stato per te. E tu la tratti come una merda. Le urli contro. La fai sentire in colpa. Ma lei non si ferma, vero? Ti compra il cibo, ti procura videogiochi e vestiti, e tu continui a mancarle di rispetto. Vuoi fare il duro? Vuoi essere un uomo, e non un ragazzino? Allora apri gli occhi e vedi l'amore di Bailey per te. Capisci che Donovan non è altro che un bullo."

Joel iniziò a versare diverse lacrime, che gli scivolarono lungo le guance. "Io..."

Nathan non gli permise di continuare. Con un tono gentile, molto diverso rispetto a quello usato con le parole precedenti, disse: "Se tua sorella mi guardasse con metà dell'amore che ha negli occhi quando ti guarda, la amerei. Le farei sapere ogni giorno quanto sono orgoglioso di lei e quanto la ammiro. Le donne non sono deboli, Joel. Le donne devono essere più forti degli uomini, semplicemente per affrontare le stronzate che ricevono quotidianamente da uomini che pensano, come Donovan, di essere 'migliori' di loro. Semplicemente perché è un uomo. Se Bailey fosse mia, smuoverei mari e monti per assicurarmi che niente le faccia più male. Infatti, anche se non è mia, lo farò comunque."

"Mi dispiace, Nathan," disse Joel, ancora piangendo. "Stavo solo dicendo quello che ha fatto Donovan."

"Lo so. E dispiace anche a me."

"Per cosa?"

"Sono stato piuttosto duro con te. Non avrei dovuto essere così schietto."

"Cosa vuol dire?"

"Semplice, avrei dovuto andarci piano con te, quando ti ho spiegato tutto."

"Donovan ha davvero fatto male a Bail?"

"Sì, piccoletto. L'ha fatto."

"Non voleva fumare... ed entrare nella sua stanza con lui?"

"No."

"E le altre ragazze?"

"Cosa?"

"Volevano entrare nella stanza con Donovan?"

Odiando che Donovan avesse apertamente tradito Bailey, anche se non ne fu certo sorpreso, Nathan disse: "Non lo so. Alcune probabilmente sì, altre no."

"Mi dispiace," ripeté Joel, con il rimorso nella voce facile da sentire. Era ovvio che si sentiva davvero dispiaciuto. "Voglio bene a Bailey... A volte mi arrabbio proprio tanto. Mi mancano i miei amici della mia vecchia scuola, non mi piace essere il nuovo arrivato."

"Non dispiacerti per qualcosa che ha fatto qualcun altro," disse Nathan. "Quello che Donovan ha fatto è colpa sua. La cosa migliore da fare è andare avanti. Sii amichevole con i ragazzi della tua classe. Loro non ti conoscono. Se ti comporti con loro come hai fatto con i ragazzi che hai conosciuto oggi, sono sicuro che non vedranno l'ora di essere tuoi amici. Pensa a quello che fai, d'ora in poi. Prenditi la responsabilità di quello che fai. È dura. Dovresti avere il permesso di essere un bambino, ma devi aiutare a prenderti cura di Bailey, invece di lasciare che sia lei ad assumersi tutti gli oneri. Dai una mano in casa?"

Joel scosse la testa. "Donovan diceva sempre che era un lavoro da donne."

Nathan si limitò a guardarlo e alzò le sopracciglia.

"Ma Donovan era cattivo, quindi probabilmente si sbagliava," ammise Joel, con voce tremante.

"Io vivo da solo. Chi pensi che cucini, pulisca, faccia il bucato, faccia la spesa, porti fuori la spazzatura, spolveri e pulisca il bagno?" chiese Nathan.

"Tu," dichiarò Joel.

"Esattamente. Vuoi vivere con Bailey per il resto della tua vita?"

Joel scosse la testa.

"Allora è ora che inizi a imparare a fare un po' di quella roba, no?"

"Sì."

"E un'altra cosa. Beh, due," disse Nathan con delicatezza.

Joel lo guardò in attesa, aveva già smesso di piangere.

"Se vedi Donovan qui in città, devi dirlo subito a Bailey, o a me e ai miei fratelli."

"Perché dovrebbe essere qui?"

"Per nessuna buona ragione. È arrabbiato con Bailey perché lo ha lasciato. Pensa di possederla, e che lei dovrebbe fare tutto quello che dice. Non è contento che se ne sia andata."

Nathan vide Joel rimuginare sulle sue parole. "Le persone non possono possedere altre persone. L'ho imparato a scuola. La schiavitù è un male. Ma, Nathan, anche se Bailey non vuole, Donovan vuole portarla a casa sua e fare... le cose che ho visto nei film... non è vero?"

"Sì, è proprio così. E le farà del male, piccoletto. Ma non solo. Ti rivuole indietro."

"Gli piaccio così tanto?"

Nathan mise una mano sulla spalla del bambino. "Vuole farti diventare cattivo come lui."

Joel inspirò, spaventato.

Nathan continuò. "Vuole farti odiare tua sorella. Vuole metterti contro di lei. Poi glielo sbatterà in faccia, solo per ferirla di più."

"Non posso odiare Bailey," protestò Joel.

"Oggi le hai detto delle cose piuttosto cattive," disse Nathan. "Ti ho sentito chiamarla stronza, quando voleva che mi parlassi al telefono. Mi stai dicendo che non eri arrabbiato con lei? Che non volevi che soffrisse tanto quanto soffrivi tu?"

Joel non rispose.

"Mi piaci, piccoletto. Sei un ragazzino fantastico. So che hai una grande confusione in testa, quindi questa è la seconda cosa. Se mai avessi delle domande, vorrei che tu me le facessi. Puoi parlarmi di qualsiasi cosa. Sono sicuro che anche a tua sorella non dispiacerebbe se parlassi con lei, ma a volte potrebbe essere più facile fare certe domande a un ragazzo. Puoi chiedermi di quei film che hai visto, dei tuoi sentimenti, se sei triste, dei tuoi compiti di matematica, se ti manca Donovan... qualunque cosa sia. Non mi arrabbierò. Non urlerò. L'unica cosa che ti chiedo è di trattare tua sorella con rispetto. Questo è tutto."

"Anche tu mi piaci, Nathan. E grazie... ci sono alcune cose di cui non mi dispiacerebbe parlare con te. Non che non mi piaccia Bailey, ma sarebbe meno imbarazzante parlare con un ragazzo, come hai detto tu."

"Bene. Noi siamo amici. Oggi abbiamo fatto una chiacchierata da uomo a uomo. Non è stato facile, né per te né per me. Ma come vedi non abbiamo urlato, non ci siamo picchiati. E ci piacciamo ancora. Giusto?"

"Giusto," disse Joel, sorridendo timidamente.

Nathan si mise una mano nella tasca posteriore e tirò fuori un telefono cellulare, e lo consegnò a Joel dicendogli: "Un ultimo regalo."

"Un telefono? Per me?" esclamò Joel, prendendolo in mano.

"Sì. C'è già salvato il mio numero. Non solo, ma c'è anche quello dei miei fratelli, di Grace, di Alexis, persino di Felicity e di tutti i ragazzi di Clayson. Ti avverto, però, non è di lusso. Non manda messaggini e non fa giochetti. È solo per le emergenze, o per quando hai bisogno di parlare con me."

"Posso dirlo a Bailey?"

Nathan esitò. Non sapeva come avrebbe reagito Bailey a quel gesto, ma non le avrebbe nascosto ciò che aveva fatto. "Certo. Non mi metterò nei guai, se glielo vuoi dire."

"Fico! Questo è stato il miglior compleanno di sempre," disse Joel con un enorme sorriso.

Nathan non sapeva se avesse gestito la conversazione correttamente o meno. Probabilmente era stato troppo duro con il ragazzino, ma era ora che qualcuno gli dicesse che Donovan non era un bravo ragazzo. Era ovvio che Joel era confuso. Donovan gli aveva detto delle cose piuttosto incasinate, gli aveva permesso di guardare porno, fumare erba, non gli importava se il ragazzino lo vedeva picchiare le donne o portarsele in camera a scopare. Era tutto un gran casino, Nathan era incazzato.

Sperava di avercela fatta, anche solo un po'. Il bisogno di proteggere Bailey, anche solo dalle parole dolorose del suo fratellino, lo divorava.

"Perché non scendi ad aiutare Felicity per finire di pulire?" chiese Nathan a Joel, quando vide Bailey dirigersi verso di loro. Il ragazzino scattò in piedi e lo salutò con la mano, mentre si dirigeva verso il punto dove si era svolta la festa. Nathan lo vide fermarsi un attimo e abbracciare Bailey, prima di continuare la sua corsa.

Incontrò gli occhi confusi di Bailey, mentre la guardava.

Una conversazione difficile era stata fatta, ora mancava la seconda.

CAPITOLO TREDICI

"POSSO SEDERMI?" chiese Bailey a Nathan in modo incerto. L'aveva visto parlare con Joel e non le piaceva l'aspetto del fratellino, sembrava turbato in qualche modo. Felicity le aveva detto di dar loro un po' di tempo, ma alla fine non era più riuscita a restare in disparte.

Mentre saliva la collina, vide Joel sorridere e mettersi qualcosa in tasca prima di correre verso di lei. La sorprese abbracciandola e ringraziandola per la grande festa, prima di scorrazzare di nuovo verso il gazebo.

Bailey si sentiva come se avesse passato le ultime ore a farsi sorprendere. Quando lei e Joel erano arrivati, aveva pensato di aver sbagliato il posto, ma poi aveva visto Nathan che li aspettava.

Era rimasta sorpresa dal numero di persone presenti.

Era rimasta sorpresa dalle decorazioni.

Era rimasta sorpresa quando, intorno all'ora di pranzo, erano state consegnate venti pizze.

Era rimasta sorpresa dal numero di regali che Joel aveva trovato sul tavolo.

Era sorpresa che Nathan e i suoi fratelli fossero amici di

una donna come Felicity. I tatuaggi su tutto il braccio non sembravano il loro genere, ma aveva imparato presto che gli Anderson erano tre degli uomini più gentili e di mentalità aperta che avesse mai conosciuto. Si era persino rilassata, tanto da togliersi il maglione, quando la temperatura si era fatta troppo soffocante. Nessuno l'aveva guardata in modo strano, o aveva sbirciato i suoi tatuaggi.

Nel complesso, la giornata era stata meravigliosa, per questo sapeva di dover ringraziare Nathan. Lei aveva trascorso l'ultima settimana vacillando tra l'essere dispiaciuta, per aver chiuso con tutti gli uomini, e il sapere che era la cosa giusta da fare. Ma sperava ancora che Nathan la chiamasse.

Non avrebbe dovuto accusarlo di volerla usare solo come esca. Dopo aver incontrato Logan e Blake, sapeva senza dubbio che quella era l'ultima cosa che avrebbero mai fatto. La loro intera attività si concentrava sul tenere le persone al sicuro, non sul metterle in pericolo in modo avventato.

"Certo che puoi sederti," le disse Nathan, toccando il terreno vicino, dove Joel era stato seduto fino a poco prima.

Bailey gli si mise accanto, con le gambe distese in avanti. Si appoggiò completamente sulle mani e alzò lo sguardo al cielo. C'era una leggera brezza, deliziosa sulla pelle calda. Si era raccolta i capelli nella solita coda di cavallo, l'arietta era davvero piacevole sul collo leggermente sudato.

"Non avresti dovuto prenderti tutto questo disturbo," disse a Nathan, senza guardarlo.

"Perché no?"

Lei si voltò a guardarlo. "Perché no? Beh, perché no. Hai incontrato me e Joel solo la settimana scorsa."

"E allora?"

Bailey lo fissò, era senza parole. Nathan sembrava davvero confuso. Davvero non vedeva nulla di sbagliato nello spendere probabilmente centinaia di dollari in regali e cibo per un ragazzino appena conosciuto. "Nathan, non è giusto."

"So dove sei cresciuta e chi erano i tuoi amici. E devo dire che sono tutti pezzi di merda. È vero, ti ho incontrata solo la settimana scorsa, ma eri nella mia testa da mesi. E tanto per dire, la realtà è molto meglio della mia immaginazione. Sei stata da sola per molto tempo, lo capisco. Ma ora non lo sei più. Mi piaci. Mi piace Joel. È stato divertente fare acquisti di Lego, auto, roba di Star Wars e pistole della Nerf. Dare calci a un pallone con lui, vedere i suoi occhi illuminarsi con ogni regalo che apriva... è stato un regalo anche per me."

"Grazie," disse Bailey a voce molto bassa.

"Prego. Mi dispiace di non aver chiamato, questa settimana."

Bailey rimase sorpresa dal cambio di argomento, ma fece spallucce. "Va tutto bene."

"Non è così. Ho detto che avrei chiamato, e non l'ho fatto. Ero arrabbiato per quello di cui mi hai accusato e mi sono comportato come un bambino. Non succederà più."

Bailey guardò Nathan, incredula.

"Cosa? Perché mi guardi così?" chiese Nathan.

"Io ho solo... Tu..."

Nathan non riusciva proprio a capire cosa volesse dirgli.

"Sei sorpresa che mi sia scusato e che abbia ammesso di aver sbagliato," affermò correttamente Nathan. Poi le sorrise. "Immagino che tu non sia abituata a uomini che ammettono i loro errori. Fammi indovinare, ogni volta che Donovan o uno degli altri commetteva un errore, incolpava te."

Bailey non aveva proprio idea di come diavolo facesse quell'uomo a sapere esattamente cosa pensasse lei e cosa avesse passato, ma in qualche modo lo sapeva. Le piaceva il fatto che lui fosse uscito allo scoperto e che si rendesse conto di quello che aveva fatto. Non le piaceva averlo turbato, ma era il suo obiettivo, in quel momento. Il fatto che ci fosse riuscita e che lui lo avesse ammesso non le piacque per nulla; si sentì in colpa.

"Sì, mi dispiace di averti accusato di volermi usare come esca. È stato fuori luogo."

"In realtà, no," disse Nathan. "Tu non mi conosci. Avevo appena scaricato un sacco di merda su di te, e tu eri spaventata."

"Di nuovo," insistette Bailey, "mi dispiace."

"Scuse accettate," disse immediatamente Nathan.

Sentendo che c'era bisogno di dirlo, Bailey proseguì: "Ma oggi, tutto questo," gesticolò con una mano per indicare il gazebo e i resti della festa, "non significa che voglio uscire con te."

Sentì il sussulto di Nathan, ma capì che non era arrabbiato; al contrario, sembrava comprensivo ed empatico.

"Bailey, quando faccio qualcosa per te o per Joel, lo faccio perché lo voglio fare. Non perché voglio qualcosa da te. Non è così che mi muovo. Se voglio qualcosa, mi faccio avanti e te lo chiedo. Con me non ti troverai mai in una situazione in cui mi devi un favore per qualcosa che ho fatto. Senti, lo capisco davvero e rispetterò i tuoi desideri. Non sei pronta ad uscire con me. Devi ancora capire che puoi cavartela da sola. Rinsaldare la tua fiducia in te stessa. Ma spero che mi lascerai essere tuo amico. Tuo e di Joel."

Lei lo guardò. "Quindi vuoi continuare a proteggerci?" La domanda le uscì con un tono decisamente troppo irritato, più di quanto volesse, ma Nathan non sembrava per niente offeso.

"Sì, certo. Solo perché non vuoi una relazione romantica in questo momento non significa che i miei sentimenti per te siano smorzati."

"Ho appena detto..."

Lui alzò una mano per interromperla.

"Lo so. E lo rispetto,"

"Non voglio farti del male, Nathan."

"Con tutto il rispetto, non è un tuo problema. È un mio problema."

"Tu meriti di più. Non innamorarti di me," lo avvertì Bailey.

"Troppo tardi," fu la risposta sussurrata di Nathan. Poi, con voce più forte, disse: "Ma è colpa mia. Posso essere tuo amico, Bailey. Te lo assicuro. Ho fatto molta pratica. Terrò le mani a posto e sarò bravo. Voglio solo far parte della tua vita e di quella di Joel, in qualsiasi modo tu me lo permetta."

Bailey guardò suo fratello. Rideva con Felicity e, per una volta, aiutava a raccogliere la spazzatura. In qualche modo lei sapeva che il suo nuovo desiderio di aiutare era dovuto a Nathan.

"Cosa hai detto a Joel per renderlo disposto ad aiutare a raccogliere la spazzatura?"

Per la prima volta, Nathan apparve sconsolato. Si passò una mano tra i capelli e guardò in lontananza. "Lui è... Donovan gli ha detto un sacco di stronzate. Stronzate che nessuno ha il diritto di dire a un bambino di nove anni. Joel è confuso. Ne abbiamo parlato un po', gli ho detto che non importa cosa Donovan possa avergli detto o cosa abbia visto, un vero uomo non parla male di una donna."

Le mani di Bailey cominciarono a tremare. Sapeva che l'atteggiamento di Joel era dovuto a Donovan, ma non sapeva cosa fare. Ogni volta che cercava di parlarne con il fratello, lui si chiudeva a chiave nella sua stanza. Probabilmente aveva bisogno di vedere uno psicologo, ma lei non voleva che il fratello dicesse nulla che potesse coinvolgere la polizia. Era egoista, ma si preoccupava costantemente che lo stato le portasse via Joel, se si fosse saputo a che tipo di vita l'aveva esposto.

La mano di Nathan si chiuse su quella di lei e la tenne stretta. "Esprimeva il suo disprezzo per qualsiasi tipo di lavoro femminile, come lo chiamava lui, gli ho detto che vivevo da solo e che facevo tutte quelle faccende che lui riteneva da donna." Scrollò le spalle. "Immagino di averlo fatto riflettere."

"Immagino di sì," concordò Bailey, che poi si morse un labbro e guardò Nathan. "Tu gli fai bene. Mi piacerebbe essere tua amica, se non altro perché Joel ha bisogno di te. Ma c'è di più. Mi piace starti vicino, Nathan. Mi piace il modo in cui mi fai sentire bene con me stessa. Il modo in cui mi vedi come qualcosa di più, rispetto a una puttanella degli Inca Boyz. Vorrei essere abbastanza forte da dirti che io e Joel ce la caveremo benissimo da soli, ma non credo sia vero. Sono troppo egoista. So che finirò per farti del male e questo mi uccide, ma non posso dire di no alla tua amicizia."

Lei girò la mano e strinse quella di Nathan.

Lui portò l'altra mano sulle loro, e la lasciò lì. "Non sei egoista, Bailey. Sei prudente. C'è una grande differenza. Non devi preoccuparti, non ti farò pressione per ottenere qualcosa di più di quello che vuoi dare. Se tutto quello che posso avere è la tua amicizia e stare seduto a tavola, a guardare film, ad aiutare Joel con i compiti di matematica e a proteggerti quando si tratta del tuo passato, lo accetto. Senza riserve."

"Grazie," sussurrò Bailey, che trattenne il respiro quando Nathan si chinò verso di lei. Aveva paura che lui la baciasse, dopo averle appena detto che gli andava bene essere solo amici, ma avrebbe dovuto sapere che lui non avrebbe fatto nulla per metterla a disagio.

Nathan le diede un bacino delicato sulla fronte, prima di tirarsi indietro. "Dovresti sapere che sono uno a cui non piace messaggiare. Ci vuole troppo tempo. Se voglio parlare con te, ti chiamo."

"Ok."

"Oh, e un'altra cosa. Ho dato a Joel un telefono tutto suo."

Bailey si accigliò. "Ha solo dieci anni, Nathan."

"Lo so. Ecco perché non è uno smartphone. È un cellulare economico che fa solo telefonate. Non c'è internet, ci ho messo sopra il tuo numero, quello della carrozzeria di Clayson e di tutti i ragazzi che ci lavorano, il numero della Ace Security, della Rock Hard Gym, di Logan, Grace, Blake e Alexis. Voglio che sia in grado di contattare qualcuno se succede qualcosa."

Santo cielo, che cosa intelligente. Bailey avrebbe dovuto pensarci.

"Avrei già dovuto farlo io."

Nathan scrollò le spalle. "Ci avresti pensato, prima o poi. Forza, andiamo a vedere se hanno bisogno di altro aiuto," disse alzandosi, poi le tese una mano, aiutandola ad alzarsi a sua volta.

Scesero dalla collina mano nella mano, ma Alexis li intercettò prima che tornassero al gazebo. Si mise davanti a loro per un momento, prima di dire: "Sono proprio felice che Nathan ti abbia trovato, o, beh... che tu abbia trovato Nathan. Ti abbiamo cercata per tanto tempo, eravamo davvero preoccupati per te. Dopo aver passato del tempo con quegli stronzi, non ho idea di come hai fatto a sopportarli per così tanto tempo!"

Bailey non era sicura di cosa dire. Ma anche dopo aver passato solo un pomeriggio con Logan, Blake e Nathan, era ovvio che Donovan e il resto degli Inca Boyz non erano niente, in confronto a loro.

"Ehm..."

"E Kelly! Cacchio! So che una volta eravate amiche, ma che stronza. Sul serio!" continuò Alexis. "Mi dispiace davvero, davvero tanto se pensavi che fosse tua amica, ma voleva Donovan, ed era incazzata perché lui stava con te."

"Non eravamo amiche," disse velocemente Bailey. "Sapevo di non piacerle."

"Ragazza mia, non le piacevi proprio," disse Alexis, e Bailey non poté fare a meno di sorridere. Anche se Alexis sembrava davvero giovane e ingenua, per qualche motivo Bailey la trovava molto simpatica.

"Alexis, stai spaventando l'amica di Nathan?" disse Blake, mentre si avvicinava dietro la sua ragazza, abbracciandola. Lei alzò immediatamente le mani, gli strinse gli avambracci e inclinò la testa all'indietro.

"Certo che no. Volevo solo che sapesse quanto sono felice che sia qui con noi e non su a Denver con quegli stronzi."

Blake guardò Bailey. "Quello che intendeva dire è che è felice di conoscerti e di sapere che sei al sicuro."

"Blake," protestò lei immediatamente, restringendo gli occhi in due fessure. "È quello che ho detto!"

Si misero tutti a ridere. Bailey si aspettava che fosse strano incontrare Alexis, considerando che era quasi morta per mano della banda. Ma Alexis aveva reso il loro incontro molto cordiale, non sembrava nutrire alcun risentimento nei confronti di Bailey, il che era un enorme sollievo.

"Grazie per esservi preoccupati per me," disse Bailey alla coppia che si trovava di fronte, parlando con la massima onestà.

"Dopo aver trascorso del tempo con loro, mi preoccuperei per qualsiasi donna o bambino abbiano coinvolto. Spero che le tipe che erano in giro all'unica festa a cui ho partecipato se ne siano andate via," disse Alexis.

Bailey purtroppo non nutriva le stesse speranze. Non sapeva di chi stesse parlando Alexis, ma dato che Donovan era tornato, le ragazze probabilmente passavano più tempo con chi era rimasto nella banda per cercare di avvicinarsi a lui. Proprio come aveva fatto lei quando era al liceo. Tremava di repulsione, avrebbe voluto poter tornare indietro nel tempo. Avrebbe dovuto ascoltare suo padre, che cercava di dirle che Donovan era una brutta persona.

Come se potesse leggere i suoi pensieri, Nathan si mosse per metterle il braccio attorno alle spalle e disse con fermezza: "Bailey ha bisogno di andare avanti. È stata una lunga giornata, e sono sicuro che ha delle cose da fare."

"Giusto," disse Alexis. "Ma mi serve il tuo numero," disse senza girarci troppo attorno. "Devo riuscire a contattarti per farti sapere quando Grace entrerà in travaglio, così potrai raggiungerci in ospedale."

Bailey rimase sorpresa da quell'invito. Aveva passato un bel po' di tempo a parlare con Grace, scusandosi per come Donovan si era comportato. Sapeva di non esserne responsabile, ma dato che all'epoca lei usciva con Donovan, pensava che avrebbe dovuto essere in grado di dissuaderlo. Grace aveva respinto le sue scuse, dicendo che Bailey non c'entrava niente, e aveva cambiato argomento, dicendo quanto voleva che i bambini uscissero fuori dal suo corpo una volta per tutte. Bailey non pensava che sarebbe mai stata invitata nella loro cerchia ristretta all'ospedale, quando Grace avrebbe partorito.

"Certo," disse con tono quasi tremante, e diede il numero ad Alexis, che si salvò il numero sul cellulare.

"Ti mando un messaggio, così saprai che sono io," le disse. "E spero che Nathan ti abbia detto che è allergico ai messaggi."

Bailey portò lo sguardo su Nathan in tempo per vederlo alzare gli occhi al cielo.

"L'ha fatto," confermò Bailey.

"È ridicolo. È molto più facile mandare un messaggio che chiamare, ma lui si rifiuta di farlo."

"Mi piace sentire la tua voce," disse Nathan ad Alexis, con un sorriso compiaciuto.

A quel punto, fu Alexis ad alzare gli occhi al cielo. "Come vuoi. Non è vero. Ti piace solo rompere le balle. Sei pronto ad andare, Blake?"

"Certo. Hai detto ciao a Joel?"

"Sì, sta guardando il nuovo capitolo di This Is War che gli

ha regalato Nathan. Devo avvertirti, Bailey, è tutto il pomeriggio che non vede l'ora di giocarci."

"Capito. Oggi è stato bravo, quindi si è guadagnato un po' di tempo per giocare," le rispose Bailey.

Blake sollevò il mento al fratello e gli chiese: "Ci vediamo domani?"

"Sì. Alle dieci?"

"Come da programma" confermò Blake prima di spostare Alexis nella sua presa fino a quando il suo braccio fu sopra la spalla di lei, così come quello di Nathan era sopra le spalle di Bailey; la coppia si avviò verso il parcheggio.

Bailey guardò Alexis che avvolgeva un braccio attorno alla vita di Blake e l'altro attorno alla sua pancia, osservando come lo abbracciava mentre camminavano. Era carina e coccolosa; se gliel'avessero chiesto prima, avrebbe giurato che un uomo dall'aspetto di Blake non avrebbe mai sopportato quelle effusioni in pubblico. Anche se le sue esperienze con altre coppie erano ovviamente distorte. Se avesse cercato di mostrare un qualsiasi tipo di affettuosità a Donovan in pubblico, anche solo tenendogli la mano, lui l'avrebbe picchiata a sangue e le avrebbe detto che gli stava rovinando la sua "reputazione da strada". Qualunque cosa intendesse dire.

Ci pensò, mentre Nathan la conduceva al gazebo. Lui le teneva ancora il braccio attorno alle spalle e non sembrava preoccuparsi minimamente di ciò che gli altri avrebbero potuto pensare.

"Ehi!" esclamò Joel quando furono a portata d'orecchio. "Questo gioco è così figo! Ha una modalità team-player dove puoi andare online e giocare con altre cinque persone, fai parte di una squadra di agenti della Delta Force, e devi andare in Iraq a salvare un ostaggio che è un altro Delta e che è ferito. Il suo braccio viene fatto saltare in aria e devi capire come fare in modo che non muoia dissanguato e che non gli sparino e trovare la via d'uscita dal paese allo stesso tempo. Non vedo l'ora di giocarci!"

"Beh, dovrai aspettare fino al nostro arrivo a casa," gli disse Bailey ridendo. "Pensi di poter resistere così a lungo?"

"Credo di sì," rispose lui imbronciato.

"Che ne dici di portare una scatola in macchina?" suggerì Bailey.

Joel aprì la bocca per rispondere, ma Nathan lo bruciò sul tempo.

"Perché non ti siedi e ti rilassi un attimo, Bailey, mentre noi uomini facciamo il lavoro pesante?" suggerì Nathan, guidandola verso un tavolo da picnic.

"Oh, ma io..."

"Siediti, Bailey," insistette lui, interrompendo qualsiasi tentativo di protesta. "Ci pensiamo noi. Giusto, Joel?"

Joel si fermò un momento, chiaramente combattuto tra l'osservare il resto dei suoi regali e l'impegnarsi in quel lavoro manuale, ma il suo desiderio di impressionare Nathan ebbe la meglio, così annuì. "Sì, ci pensiamo noi. Hai lavorato sodo oggi, Bailey. Grazie."

Bailey fissò il fratello sconcertata. L'aveva già ringraziata, ma era stato fugace. Quella seconda volta sembrava sincero nei suoi ringraziamenti. "Non c'è di che. Ma credo che sia stato Nathan a fare la maggior parte del lavoro."

Nathan agitò una mano. "Sciocchezze. Ti sei assicurata che tutti fossero felici, hai distribuito tovaglioli, ti sei assicurata che tutti avessero un cupcake, hai affittato il gazebo, ti sei offerta volontaria per fare Darth Vader e sei stata attaccata da spade laser... hai fatto le cose difficili," disse Nathan con un sorriso.

A quel punto, Bailey si sedette. Guardò il suo fratellino dare una mano, proprio lui che non aveva mai fatto volontariamente alcun tipo di lavoro "domestico" senza essere stato implorato prima almeno una dozzina di volte, e poi minacciato. Proprio lui che di solito si lamentava, mentre svolgeva l'incarico assegnato.

Ma non quel giorno. Lui e Nathan portarono quattro scatole di regali nel bagagliaio della sua Chevelle, e fecero tre corse alla macchina di Nathan per riempirla di tutti i sacchi della spazzatura. Camminarono intorno al terreno del gazebo, assicurandosi che non ci fossero rifiuti vaganti per terra. Bailey sentì Nathan dire a Joel che era la cosa educata e giusta da fare per assicurarsi di lasciare la zona meglio di come l'avevano trovata.

Alla fine, era tutto pulito alla perfezione e arrivò il momento di tornare a casa.

I tre si avviarono verso il parcheggio. Nathan mise la mano sulla spalla di Joel e si inginocchiò davanti a lui. "Ho detto a tua sorella del telefono, così non devi nasconderglielo."

Joel si voltò subito a guardarla. "Sei arrabbiata?"

"No, per niente. Sei abbastanza grande da averne la responsabilità, ed è una buona idea."

"Nel caso in cui Donovan ci trovi." Non era una domanda.

Bailey trattenne il respiro. Nathan le aveva detto che avevano parlato di Donovan, ma non si aspettava certo quell'uscita.

"Giusto," gli rispose in un soffio.

"Non stai più con lui, vero?" insistette Joel.

"No, Joel. Non sto più con lui e non voglio più vederlo. Non è contento che l'ho lasciato, e ho paura che possa venire a cercare me. E te."

"Per farti entrare nella sua stanza con lui," disse solennemente Joel, annuendo con la testa. "Farò in modo di chiamare Nathan o qualcuno, se si presenta."

"Buon compleanno, piccoletto," disse Nathan, stringendogli la spalla. "Vai avanti e sali in macchina mentre saluto tua sorella."

"Ok," disse Joel, ignaro della bomba che aveva appena sganciato su sua sorella.

Nel momento in cui Joel si trovò sul sedile e la portiera si chiuse dietro di lui, Nathan prese la mano di Bailey e la accompagnò dietro la macchina, dove si fermò e la girò, in modo che lei fosse di spalle all'auto e lo guardasse. "Respira, Bailey," le ordinò.

"Voleva dire quello che penso volesse dire?" chiese lei con voce soffocata.

"Sì, è così. Ma, Bailey," disse Nathan, mettendole entrambe le mani sulle spalle e chinandosi in basso per poterla guardare negli occhi, "ti vuole bene ed è felice che tu non debba più fare nulla contro la tua volontà."

Bailey chiuse gli occhi. "Dio, ho fatto un lavoro orribile nel crescerlo."

"No, non l'hai fatto," disse Nathan in modo severo. "Guardami."

Lei aprì gli occhi.

Gli occhi scuri di Nathan brillavano di intensità. "Sei scappata. L'hai salvato. Devi andare avanti. Non si può tornare indietro. Vivi per l'oggi e per il domani, non per il passato. Va bene?"

Lei annuì. Era logico. Per quanto Bailey desiderasse tornare indietro nel tempo, non poteva. Odiava il fatto che Joel sapesse più o meno quello che succedeva dietro la porta della camera da letto di Donovan, ma ormai era al sicuro, lontano da Donovan, e lei avrebbe fatto tutto il necessario per mantenere quell'equilibrio.

"Hai ragione. Grazie per avergli parlato e per avergli dato il telefono. Mi fa sentire meglio."

"Prego. Ti chiamo domani."

"Perché?" La domanda saltò fuori prima ancora che Bailey potesse fermarsi. Sembrava estremamente scortese, anche se non voleva che lo fosse.

"Perché siamo amici. E gli amici si chiamano per chiacchierare," le disse in modo tranquillo.

Bailey ridacchiò. "Andiamo anche a farci fare le unghie insieme?" scherzò.

Nathan sorrise e Bailey si accorse per la prima volta di come gli si illuminò il viso. Sentì diverse farfalle svolazzarle nello stomaco, si ricordò che voleva solo essere amica dell'affascinante uomo che aveva davanti. Solo amici.

"No, ma questo non significa che non ti ci porterò, se ci vuoi andare. Ora vai. Torna a casa. Chiamami se hai paura o se qualcosa ti sembra strano. Sono sempre e solo a una telefonata di distanza."

Stranamente, quella frase la fece sentire più sicura. Era sciocco, probabilmente Nathan viveva un po' lontano da Castle Rock, ma la rassicurazione di poterlo sempre chiamare la fece sentire meno sola.

"Ok. Grazie."

"Prego. Grazie per aver condiviso il compleanno di Joel con me e con la mia famiglia."

Lei scosse la testa, pronta a dirgli ancora una volta che era lei a doverlo ringraziare, quando vide la serietà negli occhi di Nathan. Non lo diceva tanto per dire. Era sinceramente riconoscente di aver potuto passare del tempo con Joel e con lei.

"È stato un piacere," disse lei, poi si mise in punta di piedi per baciare la guancia di Nathan. Sentì le labbra formicolarle dove gli sfiorò la barba. Senza dire altro, si allontanò, alzò una mano per fargli un rapido saluto e salì in macchina.

CAPITOLO QUATTORDICI

IL TELEFONO di Bailey squillò la mattina dopo, lei si lamentò mentre si girava per cercare di vedere l'orologio. Lei e Joel erano rimasti alzati troppo tardi a guardare tutti i regali: il suo fratellino era sovraccarico di zucchero, bollicine ed eccitazione, troppo per andare a dormire presto.

Grazie a Nathan e ai suoi fratelli, Bailey si sentiva in qualche modo al sicuro, tra le mura della sua casetta. Il sistema di allarme le permetteva di non dover perquisire ogni volta la casa prima di far entrare Joel. Una volta entrati metteva in funziona l'allarme; poteva fingere che tutto nella sua vita fosse normale, che non stesse temendo il ritorno sgradito del suo ex fidanzato pronto a ucciderla e a portarle via Joel per sempre, trasformandolo in uno stupratore, in un assassino e in un delinquente.

Bailey strizzò gli occhi e vide che erano quasi le sei del mattino. Attivandosi rapidamente, dato che quello non era certo l'orario delle chiamate destinate alle buone notizie, prese il suo cellulare e rispose.

"Pronto?" disse in modo gracchiante e rude, lasciando che chiunque fosse dall'altra parte sapesse senza dubbio che l'aveva svegliata. Il motivo per cui la gente cercava sempre di far finta di non essere stata svegliata, quando rispondeva al telefono, era qualcosa che Bailey non aveva mai capito. Il maleducato era chi chiamava troppo presto o troppo tardi, quindi perché far finta di essere svegli, per non far sentire in colpa l'altra persona?

"Bailey! Sono Alexis! Grace è in travaglio! Devi venire in ospedale!"

"Adesso?" chiese Bailey con incredulità.

"Sì! Adesso!" insistette Alexis, sembrando emozionata e nel panico allo stesso tempo.

"Ma i bambini in genere ci mettono un po' a nascere," brontolò Bailey.

"Lo so, ma a quanto pare Grace ha iniziato ad avere delle contrazioni questo pomeriggio alla festa, ma non l'ha detto a Logan. Poi lui è stato chiamato per fare un lavoro d'emergenza. È tornato verso le dieci e ha trovato Grace piegata dal dolore."

"Perché non ha chiamato te? O Blake, o Nathan?" chiese Bailey, alzandosi dal letto e cercando i suoi jeans.

"Ha detto che non voleva disturbare nessuno e che pensava che Logan sarebbe tornato prima. Comunque, è stata in ospedale tutta la notte e Logan ci ha appena chiamato. Il dottore ha detto che potrebbe averli da un momento all'altro. Quindi vieni subito qui!" Alexis terminò la frase quasi urlando.

Sentendo il bisogno di andare, anche se non conosceva molto bene Grace o Alexis, Bailey si infilò i jeans mentre diceva ad Alexis: "Ok, ok. Devo far alzare Joel, ma sarò lì il prima possibile!"

"Sono così eccitata che non lo sopporto," le disse Alexis. "Sbrigati. A presto!" Poi riattaccò.

Bailey rimase in piedi, nella sua stanza buia, a fissare il telefono per un momento. Era quasi tentata di tornare a letto, ma sapeva che se l'avesse fatto, Alexis probabilmente avrebbe continuato a chiamarla. E poi... voleva davvero vedere i bambini. Grace e Alexis ovviamente non le volevano del male a causa della sua associazione con gli Inca Boyz e Donovan, e se a loro non importava il suo passato, anche Bailey avrebbe cercato di non preoccuparsene.

Le mancava avere delle amiche, Grace e Alexis sembravano il tipo di donne con cui poteva andare d'accordo... per non parlare di Felicity. Era rimasta sorpresa dal numero di tatuaggi di quella donna. Ma più parlava con lei, più Bailey si rendeva conto che gli occhi di Felicity nascondevano qualcosa di terribile. Era lo stesso sguardo che Bailey vedeva riflesso nello specchio di casa. Ma Felicity sorrideva e affrontava la sua vita come meglio poteva. Bailey voleva conoscerla meglio. Voleva conoscere meglio anche Grace e Alexis.

Così si tolse la camicia da notte e afferrò il reggiseno che aveva lasciato cadere sul pavimento la sera prima. Aprì il cassettone e tirò fuori una maglietta a maniche lunghe. Non era ancora pronta a mostrare i suoi tatuaggi a Castle Rock, per quanto si sforzasse di non preoccuparsene.

Sapendo che la parte difficile stava arrivando, Bailey andò verso la stanza di Joel e aprì la porta. Lo vide disteso sulla schiena, con entrambe le braccia sopra la testa, che dormiva come un ghiro.

"Joel?"

Non si mosse.

"Joel?" riprovò lei, con più forza.

Vedendo che lui rimaneva immobile, lei entrò nella sua stanza e gli toccò una spalla. "Joel, devi alzarti!"

Quella volta, il ragazzino si lamentò.

Bailey lo scosse e parlò più forte. "Joel! Ti devi alzare. Dobbiamo andare in ospedale. Grace sta per avere i suoi bambini."

Alla fine, lui si girò e la guardò in modo cattivo. "Non voglio. Non me ne frega un cazzo dei bambini."

Dannazione. Sembrava che Joel fosse tornato scontroso e irrispettoso. "Per favore? Logan, Blake e Nathan saranno lì." Odiava corrompere il fratello con la presenza degli uomini che ovviamente ammirava. Avrebbe preferito che lui facesse quello che gli chiedeva senza fare capricci, ma avrebbe fatto di tutto, pur di riuscire a sbrigarsi.

"Le donne sono buone solo per scopare, avere figli e pulire la casa," mormorò Joel, mentre si girava e muoveva le gambe sul lato del letto, per allontanarsi da lei.

Bailey fece un passo indietro, sotto shock. Santo Dio. In passato pensava che lasciare suo fratello con Donovan sarebbe stato positivo, ma il ragazzino aveva ovviamente assorbito alcune delle idiozie che dicevano sempre gli uomini della banda, nel breve tempo in cui gli aveva permesso di frequentarli. Quel pensiero la rese triste. Era la sorella peggiore del mondo. Se Joel fosse diventato un membro di una gang, sarebbe stata tutta colpa sua.

Lei però non lo rimproverò; per il momento bastava che si alzasse. "Ti preparo la colazione mentre ti vesti," disse con dolcezza, uscendo dalla stanza, senza dargli la possibilità di aggredirla ulteriormente.

Per un attimo Bailey si appoggiò al muro fuori dalla stanza del fratello. Chiuse gli occhi e immaginò come sarebbe stata la sua vita di lì a quattro anni. Un conto era gestire un ragazzino di dieci anni che le dava una rispostaccia. Ma un adolescente che la trattava come se fosse tornata in mezzo agli Inca Boyz era un altro paio di maniche. Non l'avrebbe mai permesso. Non di nuovo. Ora che ne era uscita, non voleva più tornare indietro.

Doveva fare qualcosa per Joel, ma non sapeva cosa. Decidendo di pensarci un'altra volta, andò in cucina a prendere qualcosa da mangiare per Joel e per sé prima di uscire.

Nel giro di una mezz'ora stavano entrando nel pronto soccorso dell'ospedale di Castle Rock. Appena entrati, Bailey vide Nathan, Blake e Alexis seduti su alcune sedie nell'angolo.

Alexis le si avvicinò di corsa, esclamando: "Era ora! L'ultima volta che Logan è uscito, ha detto che era solo questione di tempo!"

Blake si avvicinò alla sua ragazza, le mise un braccio intorno al petto e la trascinò verso di sé. "Rilassati, Alexis. Cavolo, sei più agitata di Logan, e questo fa ridere!"

Poi si rivolse a Bailey e Joel. "Ehi, siamo felici che siate riusciti a venire."

"Grazie per aver chiamato. So che vi ho appena conosciuti, ma sono davvero emozionata."

Alexis aprì bocca per rispondere, ma Joel la bruciò sul tempo.

"È una cosa stupida," esclamò scontrosamente. "Chi se ne frega dei bambini, comunque."

Nel momento in cui le parole gli uscirono di bocca, apparve Nathan. "Buongiorno, Joel. Anche per me è un piacere vederti,"

Il ragazzino alzò lo sguardo in modo colpevole, fissò Nathan per un attimo e poi grugnì.

"So che sei stanco e non sei abituato ad alzarti così presto, ma vuoi provare di nuovo?"

Era una domanda, ma anche no. Bailey trattenne il respiro. Era imbarazzata dal fatto che Joel si comportasse in quel modo, e ancor più che fosse stato Nathan a rimproverarlo, e non lei.

"Buongiorno," borbottò Joel, solo in modo un po' meno scontroso.

"Meglio, ma comunque irrispettoso," lo avvertì Nathan, senza mai distogliere lo sguardo dal ragazzo. "Ti sei già dimenticato della nostra conversazione di ieri?"

Joel fece un enorme sospiro, poi si morse il labbro e

guardò il pavimento. "Buongiorno," disse in modo decisamente più morbido.

"Buongiorno, Joel," gli risposero Blake e Alexis.

Nathan mise la mano sulla spalla di Joel e disse: "Buon giorno dopo il tuo compleanno. Mi dispiace che ti sia dovuto alzare così presto, ma siamo tutti molto emozionati per i bambini di Grace. Capisco che sei un po' troppo giovane per sentire l'amore per i neonati, e va bene così. Perché non vai laggiù a sederti? Ho portato il mio iPad, se vuoi giocare un po' mentre aspettiamo."

Joel alzò subito gli occhi dal pavimento e guardò Nathan. "Fico. Grazie."

"Non c'è di che." Prima che il ragazzino potesse correre verso le sedie, Nathan si chinò, gli sussurrò qualcosa all'orecchio, poi si alzò e lo avvertì: "Niente più mancanza di rispetto, Joel. Ok?"

Il ragazzino annuì e serrò le labbra.

"Vai allora," gli disse Nathan, stringendogli la spalla una volta e lasciandolo andare.

Tutti gli adulti guardarono Joel che attraversava la sala d'attesa verso le sedie che Nathan gli aveva indicato e si portava l'iPad in grembo. Fu subito coinvolto in qualche gioco.

"Cosa gli hai detto?" chiese Blake.

Nathan scrollò le spalle. "Solo la password del mio iPad."

Poi si rivolse a Bailey. Gli occhi di Nathan erano intensi, lei cercò di leggere le emozioni che ci vedeva... senza fortuna. Per certi versi Nathan era un libro aperto, per altri era un completo mistero.

I quattro adulti si avvicinarono alle sedie e Alexis disse: "Sapete qual è la parte migliore di tutto questo?"

"Cosa?" chiese Blake, con la mano appoggiata leggermente sulla schiena di Alexis mentre camminavano.

Bailey non riusciva a distogliere lo sguardo dalla mano di

quell'uomo. Il tatuaggio sulla schiena le pizzicava e le prudeva. Sentiva Nathan che camminava dietro di lei e immaginava che anche lui avrebbe voluto metterle la mano sulla schiena, con quel tocco delicato. Poi immaginò lo sguardo di disgusto sul viso di lui, quando l'avrebbe vista nuda per la prima volta, mentre si rendeva conto di cosa significasse il tatuaggio marchiato sulla sua pelle. Era stata contaminata dal fetore degli Inca Boyz. Lo sarebbe stata per sempre. Così camminò un po' più veloce, per non dargli alcuna possibilità di toccarla come se suo fratello stava toccando Alexis.

"Ho vinto la scommessa," cinguettò Alexis, guardando Blake con un sorrisetto ironico sul volto.

Nathan ridacchiò mentre Blake alzava gli occhi al cielo.

"Vorrei dire che sono sconvolto, ma non avrei mai voluto vedere Grace sopportare un'altra settimana di gravidanza, prima di avere quei bambini," disse Nathan. "Questa è una scommessa che sono felice di perdere."

"Io avevo già perso," disse Blake senza alcun rimorso nella voce. "Per cosa spenderai i tuoi soldi?"

Alexis fece finta di pensarci prima di dichiarare: "Ci facciamo una bella serata tra donne, appena Grace si riprende. Io, Bailey, Grace e Felicity andremo al *Hideaway Bar and Grill* e ci rilasseremo."

Blake inarcò un sopracciglio rivolgendosi alla sua donna, mentre si sedevano. "Vuoi davvero andare a ubriacarti dopo quello che è successo..." si fermò e diede un'occhiata a Joel, che era impegnato nel suo gioco, poi proseguì, "...le ultime due volte che hai bevuto?"

Alexis fece una smorfia, poi scosse la testa. "Non ci spareremo shot fino alla nausea, Blake," lo ammonì. "Saremo donne civili e ci gusteremo del vino, del finger food e dei pettegolezzi. Poi, quando avremo finito di spettegolare, vi chiameremo e potrete unirvi a noi."

"Mi piace come piano," disse Blake, appoggiandosi ad

Alexis, annusandole il lato del collo e mettendole una mano dietro la schiena.

Per qualche motivo, quel gesto affettuoso imbarazzò Bailey, tanto da farle distogliere lo sguardo, per trovarsi in quello di Nathan, che la divorava come se lei fosse un manicaretto e lui non mangiasse da giorni.

Sapeva che lui le aveva promesso di esserle amico, ma lo sguardo che le stava lanciando non aveva nulla di amichevole. Nessun amico l'aveva mai guardata così... Figuriamoci Donovan. Non era lussuria, era... affetto. Come se il semplice fatto di vederla lo soddisfacesse, a livello interiore.

Poi Nathan sbatté le palpebre e quello sguardo significativo scomparve, come se non ci fosse mai stato. Lui si mise a sorridere e scherzò: "Non so se potrei offrirvi qualche pettegolezzo succulento, ma non rifiuterei un invito ad uscire con le più belle persone di questa città."

Bailey gli rivolse uno sguardo confuso, non apprezzando per niente il suo umorismo autoironico. Ma prima che potesse dire qualcosa, Blake chiese a Bailey dove lavorava.

Per i successivi quaranta minuti circa, continuarono a chiacchierare mentre Joel li ignorava tutti, impegnato a giocare con l'iPad. Infine, quando Bailey pensava che Alexis sarebbe scoppiata di gioia, Logan apparve sulla porta.

"Stanno tutti bene," annunciò con le braccia alzate sopra la testa, come se fosse stato il re dell'ospedale, e tutti i presenti fossero suoi sudditi.

Nathan e Blake, così come Bailey e Alexis, balzarono in piedi e si precipitarono da lui, congratulandosi e chiedendogli di Grace.

"Sta bene. Per un po' hanno pensato di doverla portare a fare un cesareo, ma alla fine è riuscita a farcela, e così sono nati i nostri figli. Sono minuscoli, ma sani. Saranno messi in terapia intensiva neonatale per un po' di tempo per assicurarsi che i loro corpicini funzionino bene, ma il dottore dice che secondo lui hanno un bell'aspetto. Se non mostrano problemi, possiamo probabilmente portarli a casa entro la settimana."

Blake diede una sonora pacca sulla schiena di Logan e Nathan gli diede un semplice pugnetto.

Alexis saltellava eccitata, come se non sapesse chi abbracciare o cosa dire.

Bailey rimase immobile, immergendosi nell'amore emanato dai fratelli Anderson. Era facile vedere quanto i tre uomini si volessero bene l'un l'altro, il fatto che ci fossero altri due piccoli umani da accogliere e inondare d'affetto nella loro cerchia era semplicemente la ciliegina sulla torta.

"Quindi, dai, non fateci aspettare. Come li avete chiamati?" chiese Blake.

"Avevamo in mente qualche nome, ma Grace voleva aspettare di vedere i nostri figli prima di prendere la decisione finale." Logan fece una pausa carica di emozione prima di continuare. "Il più grande sarà Ace Blake Anderson, il secondo sarà Nate Bradley. Volevamo dar loro il nome degli uomini che nella nostra vita significano tutto."

Se Bailey non avesse guardato bene Nathan quando sentì i nomi dei suoi nipoti per la prima volta, si sarebbe persa la sua reazione. Incredulità, shock, e così tanto amore che le colpì il cuore. Gli occhi di lui si riempirono di lacrime e li chiuse immediatamente, cercando di trattenere la sua emozione.

Senza pensarci, Bailey allungò un braccio e gli mise una mano su un braccio per sostenerlo, per congratularsi con lui e per dirgli senza parole che capiva le sue emozioni.

Blake afferrò Logan e gli diede un abbraccione. I due uomini si diedero pacche affettuose sulla schiena e si misero a ridere di gioia. Alexis seguì a ruota, abbracciando stretto il quasi cognato. Poi fu il turno di Nathan.

"Hai dato a tuo figlio il mio nome," disse, esitando. "Sei sicuro di volerlo fare? Probabilmente finirà per diventare un secchione in matematica come me, se lo farai."

Logan guardò suo fratello negli occhi e disse sinceramente: "Sarei fottutamente fiero se mio figlio fosse la metà dell'uomo che sei tu, Nathan. So che pensi di essere quello strano, che in qualche modo ti senti diverso perché non hai la corporatura che abbiamo noi. Ma, fratello mio, quello che non capisci è che tutti quelli che incontri ti ammirano e ti rispettano."

"Taci," mormorò Nathan, che poi abbracciò il fratello. Rimasero fermi per un lungo momento, tenendosi stretti l'un l'altro. Blake avvolse un braccio attorno alle spalle di Nathan, così i tre fratelli Anderson - gli uomini che in passato nessuno a Castle Rock pensava valessero qualcosa, gli uomini che si erano proclamati protettori di uomini e donne maltrattati e trascurati della zona - celebrarono apertamente il loro amore e la creazione di una nuova generazione di uomini Anderson.

Bailey si asciugò una lacrima da una guancia, era imbarazzata, fino a quando non vide Alexis fare la stessa cosa. Le due donne si sorrisero e aspettarono che i fratelli si ricomponessero.

Nathan si allontanò da Logan e gli disse, con voce leggermente traballante: "Sembra che debba andare a comprare una maglietta di Star Wars per il mio omonimo."

Tutti si misero a ridere e Logan avvolse un braccio intorno alle spalle di Nathan. "Vuoi vedere i tuoi nipoti?"

Sia Blake che Nathan esclamarono "sì!" allo stesso tempo.

"Aspetterò qui con Joel," disse tranquillamente Bailey a Nathan, dal momento che lui la guardava come se la stesse aspettando.

"Starà bene, vieni con noi," le chiese lui con calma.

Bailey scosse la testa. "No, andate voi. Sono sicura che li vedrò presto."

"Andiamo fratello, aspetta di vedere Nate. È un pochino più alto di Ace. Ti assomiglierà sicuramente," disse allegramente Logan.

"Sei sicura?" chiese Nathan a Bailey, i suoi occhi passavano da lei all'ingresso che portava in maternità e dai suoi nipoti.

"Sono sicura. Vai. Saremo qui al tuo ritorno," lo rassicurò Bailey.

Quarantacinque minuti dopo, Nathan uscì dalle porte. Joel non aveva detto molto, ma non era stato scortese con lei, cosa che Bailey pensava fosse un miglioramento rispetto a quella mattina.

Nathan si precipitò da Bailey, e lei si alzò in piedi, in allarme. Sembrava serio, non felice e spensierato come prima di vedere i bambini.

"Oh, è tutto..."

Le avvolse le braccia intorno alla vita, la sollevò e la fece girare in tondo.

"Nathan! Mettimi giù!" esclamò Bailey ridendo.

Quando finalmente Nathan si fermò e la rimise a terra dolcemente, la guardò e disse: "Grazie per essere qui... Per aver condiviso quest'esperienza con me."

Bailey si morse un labbro, invece di protestare per il fatto che non era ancora sicura del perché fosse lì e del perché fosse stata inclusa, si limitò a dire: "Prego. Sono carini?"

"Sono carini?" ripeté Nathan incredulo. Invece di rispon-derle, tirò fuori il cellulare e le fece vedere delle foto.

Erano adorabili. Ma ciò che strinse il cuore di Bailey fu la foto di Nathan che teneva in braccio uno dei bambini, molto probabilmente il suo omonimo Nate. Era seduto su una sedia che cullava il piccolo. C'erano dei tubicini che uscivano dal naso del bimbo, probabilmente dell'ossigeno, ma lo sguardo sui loro volti faceva venire voglia a Bailey di piangere.

Nate aveva gli occhi aperti e fissava lo zio come se potesse davvero vederlo. E Nathan guardava il bambino dall'alto in basso, con un'incredibile espressione di soggezione. Come se non potesse credere che il bambino fosse davvero lì.

I fratelli Anderson non erano cresciuti con l'amore e l'affetto della loro madre, ma avevano ancora molto da dare. Il nodo nella gola di Bailey continuò a crescere, vedendo foto dopo foto i fratelli e i bambini. Ne indicò uno e disse a Nathan: "Questa stampatela."

Logan era in piedi con i bambini in braccio e Nathan e Blake erano in piedi da entrambi i lati. Ognuno di loro aveva un braccio attorno alla spalla di Logan e una mano sotto il bambino più vicino a loro. Nate e Ace stavano dormendo, ma tutti e tre i fratelli avevano enormi sorrisi sul volto. Era facile vedere la somiglianza della famiglia tra i tre uomini nella foto, il loro amore l'uno per l'altro era proprio al centro. Era una foto fantastica. Così fantastica che meritava di stare nella casa di ognuno dei tre fratelli.

"Lo farò," la rassicurò Nathan. "Sei pronta ad andare? Ti accompagno fuori."

Bailey annuì. Era ancora presto, poiché la loro giornata era iniziata alle prime luci dell'alba. Quel giorno non aveva progetti, ma conoscendo suo fratello e il suo stato d'animo aveva bisogno di portarlo a casa per fargli fare un pisolino, sperando di fargli perdere quell'atteggiamento che sembrava ancora aleggiare intorno a lui, come una nuvola che fluttua intorno alla cima di una montagna.

"Andiamo, Joel. È ora di andare," gli disse Bailey.

"Ma sono nel bel mezzo di una partita. Sono quasi al livello successivo," si lamentò Joel senza alzare lo sguardo.

"Tua sorella ha detto che è ora di andare," disse Nathan. "Puoi giocare di nuovo la prossima volta che ci vediamo."

Joel non rispose, ma continuò a toccare lo schermo come se la sua vita dipendesse da quel movimento.

In un rapido movimento, Bailey si avvicinò all'iPad e Joel si mosse.

Orientò il tablet verso l'alto, come se cercasse di tenerlo fuori dalla portata della sorella, ma con quel movimento colpì in faccia Bailey.

Lei si girò, portandosi subito le mani sulla guancia colpita. Il dolore si irradiò dal punto in cui l'iPad l'aveva colpita, inspirò forte. Chiuse gli occhi mentre cercava di respirare attraverso il disagio.

Nathan fu lì in un secondo. In piedi davanti a lei, la sua mano sembrava ancora più grande sul visino di Bailey. "Fammi vedere," le disse con un tono deciso ma tenero.

"Sto bene," protestò Bailey, non volendo ancora rimuovere la mano.

Nathan le afferrò le spalle, la accompagnò fino a farla sedere delicatamente su una delle sedie lì vicino. Poi si inginocchiò davanti a lei e le mise le mani sui polsi, tenendola delicatamente.

Bailey chiuse gli occhi e cercò di ritrovare l'equilibrio. Joel l'aveva colpita. Certo, non era stato intenzionale, ma comunque... L'aveva colpita. Donovan la picchiava sempre, ormai ci aveva fatto l'abitudine. Ma essere colpita dal fratello la devastava.

"Fammi vedere, Bailey," ripeté Nathan, tirandole delicatamente i polsi per cercare di farle allontanare le mani dal viso.

Lei aprì gli occhi e guardò in quelli di Nathan, mentre si lasciava abbassare le mani. Lui non vide nulla di grave sul suo volto, controllò con delicatezza per assicurarsi che non ci fosse nulla di rotto, le tastò la guancia con il pollice, premendo, ma mantenne il tocco leggero in modo da non farle del male.

"Sei rossa, ma non sanguini," le disse Nathan. Le passò il pollice sullo zigomo dove era stata colpita. Non la toccò veramente, produsse una sorta di soffio d'aria, Bailey rabbrividì comunque.

"Non volevo, sul serio," disse Joel, con una vocina spaventata, accanto a lei.

Dimenticandosi del proprio infortunio e volendo solo rassicurare il fratello, Bailey disse: "Lo so, va tutto bene."

"Cosa volevi fare allora?" chiese Nathan, ancora accovacciato davanti a Bailey.

"Io... uh..."

"Hai alzato il braccio come se fossi arrabbiato. Eri arrabbiato perché tua sorella voleva farti smettere di giocare e portarti via?"

"Sì, ma..."

Nathan insistette. "Era arrabbiato e non voleva che gli portasse via l'iPad."

"Nathan," protestò Bailey, a disagio con la pressione che stava mettendo su Joel.

Ma Nathan fissò Joel. "Guarda il suo viso, Joel. È rossa e probabilmente le verrà un livido,"

Gli occhi di Joel si avvicinano al viso della sorella, poi ricaddero rapidamente e si rimise a giocare con l'iPad.

"Donovan faceva sempre così quando era arrabbiato," disse tranquillamente Joel. "Ma non era mia intenzione. Per un secondo ho che pensato che anche tu, Nathan, mi avresti colpito."

Bailey iniziò ad ansimare, mise in secondo piano il dolore sul viso. Gesù. Aprì la bocca per rassicurare il fratello, ma Nathan fu più rapido di lei. Si mosse, accovacciandosi davanti al bambino. Gli prese il mento con una mano e lo costrinse a guardarlo. "Ne abbiamo parlato, piccoletto. So che te lo ricordi. Non è giusto picchiare una donna. Mai. Capito?"

Attese che Joel annuisse prima di continuare. "Non va bene neanche che qualcuno colpisca un bambino. Io non ti picchierei mai. Mai. E abbiamo già stabilito che Donovan non è una brava persona, giusto?"

"Giusto," sussurrò Joel.

"Hai tutto il diritto di essere arrabbiato. Non sto dicendo il contrario. Ma non hai il diritto di colpire qualcuno per questo. O di essere cattivo con tua sorella. Puoi dire quello che vuoi, purché sia rispettoso. Va bene?"

"Ok."

"Ora, stai bene?" chiese Nathan, lasciando cadere le dita dal mento di Joel.

"Io?"

"Sì. Ti sei ferito alla mano con l'iPad, quando hai colpito la guancia di tua sorella?"

Joel si guardò la mano e poi si voltò verso Nathan. "Perché ti interessa, quando è Bailey ad avere un segno rosso in faccia?"

Nathan sorrise. "Perché mi piaci, piccoletto. E voglio essere sicuro che anche tu stia bene."

Allora il ragazzino alzò lo sguardo verso sua sorella. "Mi dispiace, Bail. Non lo farò più. Promesso."

"Grazie," gli disse lei onestamente. "Significa molto per me. Mi dispiace che tu abbia visto Donovan colpirmi. Non è giusto. Non avrei mai dovuto portarti a casa sua."

"Non è simpatico, vero?" chiese Joel.

"No, Joel. Non è simpatico," confermò Bailey.

Come se avesse di nuovo quattro anni, Joel si arrampicò goffamente in grembo alla sorella, le mise le braccia attorno al collo e le appoggiò la testa sulla spalla. Se non fosse stato per la presenza di Nathan, probabilmente lei l'avrebbe fatto cadere, visto che era pesante in braccio. Nathan si sedette accanto a Bailey, aiutandola a sorreggere il peso di Joel sulle sue ginocchia. Ma non disse una parola.

Bailey coccolò delicatamente Joel per qualche minuto, accarezzandogli i capelli e mormorandogli qualche parolina dolce. Alla fine, Joel alzò la testa. "Possiamo andare a casa?"

"Sì. Joel. Ora andiamo," gli disse Bailey.

Nathan aiutò Joel ad alzarsi, poi fece lo stesso con Bailey. Senza dire una parola, si diressero fuori dalla sala d'attesa dell'ospedale e poi verso il parcheggio. Bailey voleva dire a Nathan che non aveva bisogno di accompagnarli fino alla sua macchina, che sarebbero stati bene, ma segretamente era contenta di essere scortata. Non poteva essere sicura che Donovan non la stesse già cercando, avere Nathan di fianco la faceva sentire più sicura.

Nathan parlò solo quando Joel fu al sicuro all'interno dell'auto. "Ha bisogno di vedere qualcuno, Bailey."

"Lo so," sospirò lei. "Ho ancora paura che pensino che io sia una pessima madre e che me lo portino via, ma è ovvio che quello che ha visto e quello che ha fatto Donovan lo hanno turbato molto più di quanto pensassi."

"Grace si vede con una professionista che le piace molto. Mi farò dare il suo nome e vedrò se è il caso che Joel parli con lei. Altrimenti, troveremo qualcuno specializzato in traumi infantili."

Sentirlo dire ad alta voce lo faceva sembrare ancora più terribile.

"Stai davvero bene?" le chiese, riportandole la mano sul viso, le sfiorò ancora una volta il leggero segno rosso sulla guancia con un pollice.

Bailey annuì. "Ho passato di peggio."

"Questo non mi fa sentire meglio," le rispose tristemente Nathan.

Alzando la mano e sentendosi audace, Bailey appoggiò una mano sul petto di Nathan e si lasciò andare al tocco di lui, per un breve momento, prima di dire: "Grazie per aver parlato con lui."

"Quando vuoi. Ero serio quando ieri ti ho detto che volevo essere tuo amico, Bailey. Non ti mentirò dicendoti che non voglio di più, ma sono qui per te. Per entrambi, finché avrai bisogno di me."

"Non ti merito."

"Sono io che non ti merito," replicò Nathan, poi si chinò, le baciò la fronte e fece un passo indietro. "Torna a casa. Rilassati. Vi sentirete entrambi meglio, dopo un bel pisolino. Vi chiamerò stasera per sapere come state."

"Congratulazioni per il tuo nuovo omonimo," gli disse Bailey con un sorriso.

Anche Nathan sorrise. "Grazie. Non riesco ancora a credere che Logan gli abbia dato il mio nome."

"Ti vuole bene."

"Sì. Anche io gli voglio bene. Forza, vai a casa. Magari mettiti un po' di ghiaccio sul viso, così non ti si gonfia. Ci sentiamo dopo," le disse, facendo un altro passo indietro. "Guida con prudenza. Chiama, se hai bisogno di me."

"Lo farò. A presto."

"Ciao."

Nathan agitò la mano per salutare Joel, che restituì con entusiasmo, vedendolo che si allontanava.

Bailey guardò nello specchietto retrovisore mentre si allontanava in macchina, ben sapendo che Nathan non avrebbe smesso di salutare e non sarebbe tornato in ospedale prima di averla persa di vista.

Sospirò. Se mai fosse stata pronta ad avere di nuovo una relazione, sarebbe stata sicuramente con un uomo come Nathan.

Compassionevole.

Comprensivo.

Protettivo.

Amorevole.

E totalmente fuori dalla sua portata.

CAPITOLO QUINDICI

DUE MESI dopo

Bailey si perse alla vista di suo fratello e Nathan chinati sui compiti. Le loro teste erano quasi commoventi, i capelli neri di Joel fornivano un contrasto impressionante contro il marrone chiaro di quelli di Nathan. Nathan era diventato una presenza costante nella loro vita, fin dalla festa di compleanno di Joel. Bailey cercò di ripensare a un giorno in cui lei o Joel non avevano visto o parlato con Nathan, ma non ci riuscì.

Nathan era un perfetto gentiluomo, un amico, proprio come aveva detto che sarebbe stato. Non l'aveva mai spinta a fare di più, non l'aveva mai toccata in modo inappropriato, in qualche modo negli ultimi due mesi era diventato una necessità nella sua vita. Bailey non era sicura di come fosse successo, ma ogni volta che lo vedeva, continuava a sperare che lui facesse qualcosa che rafforzasse il suo voto di non farsi mai più coinvolgere da un ragazzo... ma lui non lo faceva. In realtà, accadeva sempre il contrario. Tutto quello che lui faceva per lei e per suo fratello faceva sembrare sciocco quel voto.

Non era Donovan.

Neanche lontanamente.

Nathan era onesto fino al midollo, tanto da rivelarle sempre le informazioni che aveva su Donovan e il resto della sua banda, faceva lo sciocco per giocare, rideva molto e non aveva paura di farlo davanti ad altre persone. Gli piaceva la fantascienza in modo quasi ossessivo, e la condivideva con Joel. Non trattava Joel come un bambino piccolo, ma non condivideva con lui nulla che fosse troppo maturo per i suoi anni. Portava Joel da uno psicologo e lo portava a cena fuori. Non le nascondeva nulla, e non aveva mai perso la calma né con lui, né con lei. Passava il tempo in carrozzeria con i suoi amici, anche se non aveva niente in comune con loro... e, sorprendentemente, piaceva a tutti. Nathan era quello che era e non si scusava mai di essere se stesso.

Non era perfetto. Per niente. Ma i suoi difetti non erano così gravi da non poterci convivere, nemmeno lontanamente. Tendeva a non sciacquare i piatti dopo aver mangiato, lasciandoli nel lavandino troppo a lungo, il che li rendeva più difficili da pulire in lavastoviglie. Lasciava le luci sempre accese. Erano stati a casa sua diverse volte, ogni volta trovavano una luce accesa in ogni stanza. I suoi vestiti erano sempre stropicciati, il che onestamente non la irritava, ma dimostrava che non era perfetto. Non poteva fare più di una cosa alla volta, come parlare e guardare la TV, ma dato che gli uomini che conosceva per la maggior parte erano così, Bailey non se la prendeva troppo. E poi, Nathan si cambiava continuamente i vestiti. Magari lei poteva indossare la stessa maglietta ogni sera per una settimana quando tornava a casa dal lavoro, o indossare lo stesso paio di jeans due o tre giorni prima di lavarli, ma aveva notato che la sua cesta del bucato traboccava di biancheria e che lui parlava sempre di doversi cambiare i vestiti, quando pensava di puzzare, e invece aveva un bell'aspetto.

Bailey aveva chiesto delucidazioni in merito, una volta; Nathan le aveva detto che quando lui e i suoi fratelli erano più giovani, non avevano molti vestiti, alla loro mamma non importava certo che aspetto avessero o che odore avessero. Era stato preso in giro a tal punto che da adulto voleva sempre essere sicuro di essere pulito. Le si spezzò il cuore.

Tutto sommato, Nathan era un amico straordinario. Ma Bailey sapeva che lui voleva comunque di più. Si era accorta degli sguardi colmi di desiderio che le lanciava, le facevano stringere lo stomaco, ma lui non diceva nulla per cercare di farle cambiare idea sullo stato della loro relazione. Non le faceva mai pressioni e non la faceva sentire in colpa per aver preso tutto quello che lui poteva dare a Joel e a lei. Nathan le aveva donato il suo tempo, la sua energia e la sua amicizia liberamente, senza vincoli, proprio come le aveva promesso.

Quindi erano amici. Punto. Ogni volta che Nathan rideva con Joel, o quando lei lo sentiva sbadigliare al telefono mentre negava di essere stanco, dicendole che parlare con lei era meglio che dormire in qualsiasi giorno della settimana, o quando si presentava da Clayson e chiacchierava con Ozzie o con Bert come se non fosse stato dieci volte più intelligente di quanto lo fossero loro... tutto ciò non faceva altro che far cadere i suoi muri difensivi.

In quel momento, Nathan e Joel stavano ridendo, si divertivano mentre Joel faceva i compiti di matematica. Mai una volta, nella storia della scuola, Bailey poteva immaginare che qualcuno si divertisse mentre cercava di capire i problemi matematici.

Ma Nathan ci era riuscito con Joel. Aveva reso i suoi compiti scolastici divertenti e interessanti. Inoltre, fu piacevolmente sorpresa di constatare che suo fratello era intelligente. Davvero intelligente. Lei aveva a malapena superato il liceo, ma sapeva senza dubbio che Joel sarebbe andato avanti a studiare. Oh, i suoi voti non erano ottimi, per lo più sei e sette, ma lei pensava che ciò fosse in parte dovuto a quello che Nathan gli aveva detto, il primo giorno che aveva incontrato suo fratello. Ma Bailey non era minimamente arrabbiata, perché era ovvio che Joel sapeva quello che stava facendo. Semplicemente preferiva fare le cose a modo suo, piuttosto che nel modo "ufficiale".

"Ok, vuoi imparare qualcosa di divertente?" chiese Nathan dopo che avevano finito i compiti, con quel piccolo sorriso che Bailey aveva imparato ad amare sul suo volto.

"Sì!" gridò Joel con entusiasmo.

"Ok, sai come arrotondare, vero?"

Joel annuì. "Sì."

"Quindi se ti dicessi che hai tre dollari e quarantotto centesimi, quanto sarebbe arrotondato?" chiese Nathan, mettendo alla prova il ragazzino.

"Tre e cinquanta," disse subito Joel.

"Giusto. L'arrotondamento entrerà in gioco tra un po'. Ma prima, diciamo che usciamo tutti a mangiare e il conto arriva a ventidue dollari, e sessantotto centesimi e Bailey vuole sapere quanta mancia lasciare. Ti dice che vuole lasciare il quindici per cento. Come fai a capire quant'è?"

"Uh..." disse Joel, con il faccino contratto in quella che si potrebbe chiamare solo confusione totale.

"C'è un modo semplice per farlo. Guarda," disse Nathan, scrivendo l'importo in dollari su un pezzo di carta davanti a lui. "Ripensa alla base dieci; è lo stesso con i soldi. Ci sono dieci decine in cento. E dieci decine di centesimi in un dollaro. Sei con me?"

"Hm," disse Joel, gli occhi fissi sul foglio di fronte a Nathan.

"Giusto, quindi quando si guarda questo numero, per trovarne il dieci per cento, basta spostare la decina."

Bailey alzò lo sguardo dalla poltrona dove era seduta a

leggere un libro, mentre la mano di Nathan si muoveva sul foglio, disegnando una freccia per mostrare a Joel cosa intendeva dire.

"Allora, cosa ti risulta?" chiese Nathan a Joel.

Suo fratello osservò il foglio, il giornale, poi guardò il suo amico fico. "Due dollari e ventisei centesimi."

"Bene. Quindi hai due dollari e ventisei centesimi. È il dieci per cento. Ora, non pensarci troppo... qual è la metà?"

Joel guardò di nuovo il foglio, contando per un attimo sulle dita, e disse in modo incerto: "Un dollaro e tredici centesimi?"

"Perfetto!" esclamò Nathan, stupendo sia Joel che Bailey.

"Allora cos'è il dieci per cento del ventidue e sessantotto?" chiese Nathan, indicando di nuovo il foglio con la matita.

"Due e ventisei,"

"E la metà di questo?"

"Uno e tredici,"

Nathan scarabocchiò entrambi i numeri sul foglio. "Ora sommali insieme,"

Joel fece una pausa, poi disse: "Tre e trentanove."

Bailey sorrise. Santo cielo, Joel era un pupetto intelligente.

"È il quindici per cento di ventidue e sessantotto," disse Nathan con un sorriso. "Puoi arrotondare facilmente fino a tre e quaranta per rendere più facile lasciare la mancia, se vuoi. Quando vuoi trovare una percentuale, è facile calcolare il dieci per cento, perché basta spostare il decimale. Poi ne prendi la metà, ed è il cinque per cento. Li sommi insieme e ottieni quindici. Questo è quello che diresti a Bailey di lasciare, come mancia."

Joel alzò la testa per guardare sua sorella, lei si morse un labbro per mantenere la calma. Se solo avesse potuto avere un insegnante come Nathan, quando era più giovane. La scuola non sarebbe stata così difficile. Lo sguardo negli occhi di Joel era di assoluta gioia. Come se Nathan gli avesse mostrato una porta segreta che conduceva direttamente al Millennium Falcon, e potesse incontrare Luke Skywalker in persona.

"Che ficata! Hai visto?" disse lui, con il fiato sospeso.

"Sì. Forte," gli disse lei, sorridendo.

"Sì, fico. Dai, fanne un'altra!" chiese Joel a Nathan.

Senza dire una parola, Nathan scrisse un altro numero sul foglio di fronte a lui. Fece i conti con Joel nello stesso modo di prima, Joel fece i conti e rispose ancora più velocemente.

Quando Joel ebbe capito il quindici per cento, Nathan chiese: "E se il servizio fosse stato davvero buono e Bailey avesse voluto lasciare una mancia del venti per cento?"

Joel guardò il foglio e si morse un labbro. Qualche istante dopo diede a Nathan la sua risposta con un sorriso, sicuro di sé.

"Come sei arrivato a questa risposta?" chiese Nathan.

"Oh, non è giusta?" chiese Joel, deluso.

"Non ho detto questo, ti ho solo chiesto come ci sei arrivato, piccoletto," lo rassicurò Nathan.

"Beh, se il dieci per cento è questo...," ha detto Joel, indicando una serie di numeri sul foglio, "...l'ho solo raddoppiato."

Nathan si chinò verso Joel, sfiorandogli il nasino, e disse: "Ding, ding, ding! Proprio così! Ottimo lavoro!"

Il sorriso sul volto di Joel avrebbe potuto illuminare una stanza. "Di più. Dammi di più," chiese.

Nathan lo assecondò e scrisse molti altri numeri sul foglio. "Comincia con quelli. Vado a chiacchierare con tua sorella, visto che ovviamente non hai più bisogno di me."

Joel non gli rispose nemmeno, perso nella gioia dei numeri sulla pagina, si mise subito a fare i conti.

Bailey guardò Nathan spingere indietro la sedia e arruffare i capelli di suo fratello prima di alzarsi. Non sembrava diverso dalla prima volta che l'aveva visto, ma per qualche ragione lo trovava più attraente in quel momento di quanto non fosse un paio di mesi prima.

I suoi capelli castano chiaro erano disordinati, aveva una leggera ricrescita di barba. I muscoli delle braccia si flettevano mentre prendeva un libro dal tavolino su cui l'aveva appoggiato prima, al suo arrivo. La sua corporatura sottile e slanciata non poteva essere paragonata a quella dei suoi fratelli, o a quella di Donovan, ma in qualche modo le piaceva più di quanto avesse mai pensato.

Bailey l'aveva visto solo una volta senza maglietta, e ovviamente lui si era imbarazzato che lei l'avesse visto. Lui e Joel avevano fatto esperimenti "scientifici" in cucina, combinando un oggetto domestico con un altro per vedere cosa sarebbe successo, e mentre disquisivano, uno dei loro intrugli era letteralmente esploso. Non aveva provocato grandi danni, ma il liquido nella ciotola era gorgogliato con forza e aveva spruzzato sia Joel che Nathan. Avevano riso istericamente e dichiarato l'esperimento un fallimento. Joel era andato in camera sua a cambiarsi, ma Nathan non aveva niente con cui cambiarsi, lei sapeva che gli avrebbe dato fastidio indossare la camicia sporca e umida.

Così Bailey gli aveva offerto la maglietta extra-large che lei di solito usava per dormire, fino a quando la sua camicia non si fosse asciugata. Lui aveva accettato e si era chiuso nella sua camera da letto per mettersi la maglietta. Bailey aveva aperto la porta per dirgli qualcosa - non si ricordava più cosa fosse - e lo aveva sorpreso a petto nudo.

Aveva le spalle larghe e qualche accenno di peletti castano scuro sul torace. La vita era stretta, non aveva un filo di grasso addosso. Non aveva gli addominali a tartaruga, ma Bailey riuscì a vedergli chiaramente i muscoli dello stomaco contrarsi mentre si trovarono a fissarsi a vicenda.

Nathan aveva reagito per primo, arrossendo e dandole le spalle indossando allo stesso tempo la camicia sopra la testa. Bailey si era scusata e aveva chiuso la porta velocemente, prima di ritirarsi nel soggiorno.

Era più che ovvio che Nathan non si sentiva abbastanza attraente, ma per quel che riguardava Bailey, non aveva assolutamente nulla di cui preoccuparsi. Non aveva l'aspetto di un culturista, ma non era nemmeno troppo esile. Diventava sempre più difficile per lei tenere le mani a posto, ogni volta che lui era nei paraggi, ecco perché aveva iniziato a sedersi sulla vecchia e comoda poltrona, invece che sul piccolo divano. Meglio tenere Nathan lontano, così lei non avrebbe fatto accidentalmente qualcosa di stupido, come saltargli addosso e implorarlo di fare l'amore con lei.

Le era sempre piaciuto il sesso... beh, almeno prima che Donovan iniziasse a prenderla quando e come voleva, senza pensare se fosse eccitata o meno, o addirittura pronta per lui. All'inizio il sesso era stato eccitante. Donovan le aveva mostrato cose che lei non sapeva fossero possibili. L'aveva trattata come se gli piacesse davvero la sua compagnia. Avevano riso molto in camera da letto. Ma più lui si inseriva nella banda, più diventava violento con lei. Man mano che cresceva, Bailey aveva lentamente cominciato a capire che solo perché un uomo aveva fatto sesso con lei non significava che gli piacesse o che la rispettasse.

Era passato molto tempo per lei, quasi un anno, da quando era stata con un ragazzo, ed era eccitata e frustrata. Non voleva il tipo di sesso che Donovan le aveva imposto, ma desiderava l'intima connessione che si creava tra due persone. Bramava di sentirsi come era solita sentirsi quando era nuda con un uomo. Stare vicino a Nathan tutti i giorni non aiutava le sue voglie. Nemmeno masturbarsi quasi tutte le sere.

"Un buon libro?" le chiese tranquillamente Nathan mentre si sedeva sul divano.

Bailey fece spallucce. "Non è male."

Ecco un'altra cosa. Nathan aveva portato Joel in biblioteca un pomeriggio e gli aveva fatto avere una tessera della biblioteca tutta per lui. Invece di giocare ai videogiochi tutte le sere, il più delle volte Joel leggeva romanzi illustrati di fantascienza. Siccome era stata Bailey a portarlo a restituire quelli che aveva letto e a prenderne di nuovi, aveva preso una tessera anche lei e aveva scoperto che le piaceva davvero leggere, dal momento che non era obbligatorio e che non doveva scrivere un saggio su tutto quello che aveva letto, come aveva dovuto fare al liceo.

"Grazie per aver aiutato Joel," gli disse tranquillamente. "Ogni volta che cercavo di aiutarlo, lo confondevo di più. La scuola non fa per me."

"Non sottovalutarti, Bailey," le disse Nathan, fissandola sempre con i suoi occhi intensi. "C'è di più nella vita che saper coniugare un verbo o estrarre la radice quadrata di un numero primo."

"Dato che non ho idea di come fare quelle cose che hai appena detto, dovrò crederti sulla parola," lo prese in giro Bailey.

"Non farlo," disse Nathan, non sorridendo al tentativo di scherzo.

"Non fare cosa?"

"Non abbatterti. Mi piaci esattamente come sei. Non hai bisogno di avere una tonnellata di diplomi sulla parete o di sapere come calcolare la tassa trimestrale stimata, o conoscere la differenza tra la formattazione MLA e APA per essere una brava persona."

"È una buona cosa," borbottò lei, guardando le pagine del libro nelle sue mani, senza leggere davvero le parole.

"Bailey."

Aveva solo pronunciato il suo nome, ma lei sapeva che

significava che Nathan voleva che lei lo guardasse. Alzò gli occhi verso di lui.

"Tutti sono bravi in qualcosa. Solo perché siamo bravi in cose diverse, non significa che quelle cose siano migliori o peggiori."

"Lo so," sussurrò Bailey.

"Davvero?"

Lei annuì.

"Non credo che tu lo sappia. Non credere che non abbia notato che non ti senti a tuo agio con Grace e Alexis, quando usciamo insieme."

"Grace è così elegante," disse Bailey. "Sa esattamente quale forchetta usare con quale pasto. È tranquilla e dignitosa. E Alexis è estroversa, quando Blake la prende in giro, lei risponde subito pan per focaccia. Non ha paura di lui, né di nessuno. Sono in soggezione con la tua famiglia, Nathan. So che me l'hai detto cento volte, ma non posso fare a meno di sentirmi come se fossero fuori dalla mia portata."

"Che ne dici di andare a giocare un po', piccoletto? Devo parlare con tua sorella," disse Nathan a Joel a voce alta, senza distogliere lo sguardo da Bailey.

"Posso prendere questi problemi di matematica con me e finirli, prima?" chiese Joel.

"Certo. Assicurati però di pulire il tavolo prima di andare," gli ricordò Nathan.

Bailey chiuse gli occhi di fronte al desiderio che la travolgeva. Da quando Nathan aveva iniziato a passare la sera a casa sua, aveva iniziato a comportarsi più come un padre per Joel che come un amico. No, non era proprio così. Non un padre, ma più un mentore. Se Joel si sbagliava e diceva qualcosa di inappropriato a lei o in generale, Nathan si schiariva la gola e guardava Joel intensamente, suo fratello arrossiva e si scusava subito.

Lo aiutava a fare i compiti e lo incoraggiava ad aiutarlo a preparare la cena e a dare una mano a pulire. Joel aveva anche iniziato ad aiutare a fare cose come portare fuori la spazzatura e senza dover essere prima assillato a morte.

Nathan era un bene per Joel. Diavolo, Nathan era un bene per entrambi. Bailey lo voleva. Ma non aveva idea di come fargli sapere che aveva cambiato idea sul fatto di essere solo amici. Non voleva che lui vedesse l'orribile tatuaggio sulla schiena, ma pensò che se avesse tenuto le luci basse, o meglio ancora spente, e avessero fatto l'amore solo nella posizione del missionario, probabilmente avrebbe potuto farla franca.

La spaventava il solo pensiero di fare sesso con Nathan, ma più lo conosceva e più lo desiderava. Era bagnata anche in quel momento, solo pensando a lui che la baciava e le esplorava il corpo con le labbra.

Bailey guardava in modo assente Joel, che raccoglieva i suoi libri e i suoi fogli e metteva tutto nello zaino, fatta eccezione per un foglio, che portò all'ingresso e appoggiò contro il muro, pronto ad afferrarlo al mattino.

"Buonanotte, piccoletto," lo salutò Nathan mentre Joel si dirigeva verso la sua stanza.

"Notte, Nathan," rispose il piccolo.

"Quaranta minuti," gli disse Bailey. "Poi a letto."

"Ok."

"Buonanotte," gridò Bailey, mentre Joel usciva di scena.

Il bimbo non le rispose e si chiuse in bagno. Finalmente, Bailey guardò Nathan.

"Vieni qui, Bailey," le ordinò lui gentilmente.

Non si fidava, sapeva che avrebbe finito per saltargli addosso se si fosse seduta accanto a lui, soprattutto considerando che aveva finalmente ammesso di volerlo, così Bailey scosse la testa e disse: "Qui mi sento a mio agio."

"Vieni qui," ripeté Nathan, in modo severo.

Bailey ebbe un brivido. A vederlo, nessuno lo avrebbe mai creduto una figura autoritaria. Ma Nathan aveva ovviamente captato alcune tendenze alfa dei suoi fratelli, perché non c'era dubbio che se lei si fosse rifiutata di obbedire, lui si sarebbe alzato, sarebbe andato da lei e l'avrebbe presa in braccio per portarla sul divano. Non le avrebbe mai fatto del male, né l'avrebbe mai costretta a fare qualcosa che non voleva fare, ma in alcuni casi non aveva problemi ad incoraggiarla a fare ciò che voleva lui. Come in quel momento.

"Bene," brontolò lei. Si sgranchì le gambe, fece pochi passi verso il divano e si sedette.

Senza indugio, Nathan la spinse delicatamente verso di sé. Le mise un braccio intorno alle spalle e le mise una mano sulle ginocchia. Era la loro posizione abituale quando si sedevano insieme sul divano. La testa di lei appoggiata sulla spalla di lui, le braccia accoccolate tra i loro corpi, le gambe di lei sollevate su quelle di lui. Era estremamente confortevole, Bailey si era abituata a stare con lui in quel modo. Nathan non aveva mai superato la linea di confine tra amici per farle pressione per ottenere di più.

Ma quella sera, Bailey *voleva* di più. Oh, voleva molto di più. Inspirò profondamente, portando il profumo di lui nei polmoni. Pulito. Fresco. Nathan. Non si era mai resa conto, prima di conoscerlo, che il profumo di un uomo poteva essere eccitante.

Donovan non si era preoccupato molto della sua igiene personale, perché ogni volta che voleva fare sesso non seduceva una donna, non cercava di attirarla nel suo letto, ma le ordinava solo di andarci. Di solito puzzava di sudore, fumo di sigaretta, alcool o erba.

Ma Nathan. Dio. Bailey fece un altro respiro profondo, amava il dopobarba che usava. Bailey sentì i capezzoli contrarsi e si contorse leggermente, accanto a lui.

Senza dire una parola, Nathan si chinò, prese il telecomando e cliccò sulla TV. Regolò il volume in modo che fosse abbastanza forte da mascherare la loro conversazione a Joel, ma non abbastanza forte da disturbarlo o da farlo uscire dalla sua stanza per indagare.

Santo cielo, era così premuroso. Bailey sapeva che lo aveva fatto senza pensarci due volte. Ciò lo rendeva ancora più fantastico.

Come se la loro conversazione di cinque minuti prima non fosse stata interrotta, Nathan riprese da dove erano arrivati. "Per la centesima volta, non sei fuori dalla portata di Grace, di Alexis o dei miei fratelli, Bailey. Gesù, siamo cresciuti facendoci prendere per il culo ed eravamo conosciuti come i ragazzi Anderson, i ragazzi bianchi e straccioni. Vuoi sapere perché Grace è così elegante?"

Senza aspettare la risposta di Bailey, continuò. "Perché sua madre e suo padre hanno abusato di lei emotivamente. Si assicuravano che fosse sempre corretta - quando mangiava, cosa indossava, chi erano i suoi amici - non poteva fare nulla a loro insaputa. Era un inferno per lei, e non si è liberata da quei mostri finché Logan non è tornato nella sua vita."

Bailey si morse un labbro. Non lo sapeva. Si sentì subito malissimo.

"E Alexis è così com'è, perché è così che è. I suoi genitori sono meravigliosi, suo fratello è fantastico, lei ha una visione della vita naturalmente solare. Ha rischiato di cambiare quando è stata quasi sepolta viva, ma Blake l'ha aiutata a ritrovare se stessa."

Nathan proseguì. "Tu sei incredibile, Bailey. Hai avuto un'educazione difficile, hai perso i tuoi genitori da giovane. Ma quando la situazione è diventata critica, hai preferito tuo fratello a te stessa. So che non è stato facile, ma hai perseverato. Ti sei guadagnata tutta la nostra eterna gratitudine quando hai salvato Grace e i miei nipoti, il mese scorso."

"Non era niente di che," sussurrò Bailey. "Non potevo certo ignorarla, quando mi ha chiamato."

"Non era niente di che per te," replicò Nathan. "Ma quando Logan ha sentito che aveva una gomma a terra sull'interstatale, con Ace e Nate in macchina con lei, e non è riuscita a raggiungerlo... è enorme."

"Era solo un cambio di gomme," protestò Bailey.

"No. Non lo era. La moglie di Logan era bloccata sul ciglio della strada con le macchine che le sfrecciavano davanti a centotrenta all'ora. I suoi figli erano in macchina e lei era spaventata. Tu hai lasciato tutto, hai lasciato il lavoro in anticipo, hai guidato per trenta chilometri fuori mano, e non solo le hai cambiato la gomma, ma l'hai seguita fino all'uscita e alla stazione di servizio successiva. Hai intimidito i meccanici quando hanno cercato di farle pagare troppo per riparare la gomma, poi hai fatto in modo che ti lasciassero supervisionare per rimetterla sulla sua auto. Dici niente!"

Bailey arrossì. Non aveva quasi risposto al telefono quando aveva visto che era Grace, ma poi si era sentita in colpa per aver cercato di evitarla. Quando aveva sentito Grace ansimare in preda al panico, aveva detto a Clayson che doveva andare via e così aveva fatto. Il veicolo su cui stava lavorando era ancora solo a metà, ma non importava.

Cambiare la gomma e assicurarsi che Grace non venisse derubata non era niente, per lei. Ma l'abbraccio che Grace le aveva dato quando erano tornati a Castle Rock era stato molto importante per Bailey. E quando Logan aveva scoperto cosa fosse successo, aveva insistito per portare lei e Joel a mangiare fuori, e ogni volta che la incontrava, la ringraziava di nuovo.

"E quando Alexis ti ha chiesto se volevi fare un'escursione con lei, ci sei andata, anche se so che non sei una patita. Ti ha preso alla sprovvista volendo parlare degli Inca Boyz, ma invece di zittirla, le hai lasciato dire quello che aveva bisogno di dire. Non so di cosa avete parlato, ma ha detto a Blake che si è sentita più leggera dopo il vostro discorso. Non si sentiva più sola. Blake poteva entrare in empatia con lei, ma tu *sapevi* cosa aveva passato. Questo è fottutamente incredibile," disse Nathan con tono concitato, Bailey sapeva che si era emozionato, perché di solito non usava parolacce.

"Alexis ha parlato con degli specialisti per un po' di tempo, nessuno è stato in grado di aiutarla tanto quanto hai fatto tu in quell'unica escursione. E quel giorno ti sei guadagnata la fiducia di Blake. Non era del tutto sicuro di te, visto che hai fatto parte degli Inca Boyz per così tanto tempo, ma ora ti difenderebbe da chiunque osi dire qualcosa di dispregiativo su di te."

"Lo farebbe davvero?" chiese Bailey a voce bassa.

"Certo. Ma quello che voglio dire è che tu non sei assolutamente fuori dalla nostra portata. Siamo solo persone, Bailey. Abbiamo tutti delle storie, alcune migliori di altre, ma ci stiamo solo sforzando, cerchiamo di fare il meglio che possiamo in questo momento. Guarda al futuro, non al passato."

Bailey non disse nulla, lasciando che quelle incredibili parole le penetrassero nel cuore. Cercava di cambiare le sue convinzioni, ma era difficile. Era una cittadina di seconda classe agli occhi degli Inca Boyz, una delle loro puttane per così tanto tempo, che non era sicura di chi fosse esattamente.

Nathan le alzò il mento con un dito e la guardò negli occhi.

Il desiderio era facile da leggere, nei suoi occhi scuri. Bailey l'aveva già visto prima, certo, ma quella sera era la prima volta che voleva fare qualcosa. Bailey non era ancora sicura di molte cose della sua vita. Finché la minaccia di Donovan non sarebbe stata scongiurata, chiunque le stava intorno era in pericolo. Aveva cercato di dirlo a Nathan il mese prima, lui si era limitato ad alzare gli occhi al cielo e a dire: "Come se questo mi spaventasse."

Doveva avere paura, ma Nathan era coraggioso. Dal momento che lei aveva citato i suoi nipoti, e come potevano essere in pericolo, lui chiese: "Pensi che Logan lascerebbe che accadesse qualcosa ai suoi figli?"

Mettendola in quel modo lei dovette dire di no, ma si preoccupò comunque. Si sarebbe odiata ancora di più se Nate, Ace, Grace, Alexis, i suoi fratelli, o anche Felicity si fossero fatti male per colpa sua.

"Baciami...?" sussurrò lei. Era più una domanda che un'affermazione, ma negli ultimi due mesi aveva sentito Nathan dire così spesso che erano solo amici da chiedersi se si stesse immaginando il desiderio negli occhi di lui.

Il respiro di Nathan accelerò immediatamente e si leccò le labbra, ma non protestò. Non le chiese se era sicura. Era come se avesse deciso di cogliere l'opportunità che lei gli aveva dato, prima che potesse cambiare idea.

Lentamente le fece scivolare la mano dal mento al lato del collo, accarezzandole i capelli, tenendola con tenerezza, ma immobile. Si fissarono per qualche istante, poi lui si chinò e appoggiò le labbra a quelle di lei. Bailey non riuscì a trattenere un piccolo gemito. Era come se fosse stata colpita da un fulmine. Le venne la pelle d'oca sulle braccia, alzò le mani e gliele portò subito attorno al collo.

Non fu un bacio dolce, per conoscersi. Fu carnale e passionale. Le loro lingue duellavano, i loro denti battevano insieme mentre si leccavano ed esploravano a vicenda.

Muovendosi in modo da mettersi a cavalcioni su Nathan, Bailey si rifiutò di lasciare che lui si allontanasse da lei mentre il bacio continuava, non che lui volesse sottrarsi. Le mise le mani sui fianchi per tenerla ferma sopra di lui, lei gli mise le mani nei capelli e poi lo abbracciò dietro la nuca.

Il bacio continuò, Bailey ondeggiò i fianchi sul suo

grembo, spingendosi contro l'erezione che sentiva tra le gambe. Proprio quando era pronta a sfilare gli indumenti dai loro corpi per sentire la sensazione delle loro calde pelli insieme, Nathan mosse le mani sui fianchi di lei per incoraggiarla a strusciarsi contro di lui. Le fece due carezze sulla schiena, una verso l'altro, una verso il basso.

Fu con la carezza verso il basso che lei si bloccò. La mano di Nathan era grande, lei poteva sentire le dita di lui sul fianco, mentre la tirava a sé. Ma il suo tocco le ricordava i segni sulla pelle. Le ricordava che non avrebbe dovuto incoraggiare Nathan. E il perché.

Nel momento in cui lei si irrigidì, Nathan ritrasse la mano. Tirò indietro la testa, appoggiandola sul retro del divano; si fermò completamente, rimanendo poi immobile.

Bailey si spostò, cercando di divincolarsi, ma lui la tenne ferma.

"Perché non ti piace che ti tocchi?" le chiese Nathan con calma, ma lei riuscì a vedere la rabbia nei suoi occhi. Sentì la mascella di lui stringersi mentre digrignava i denti.

"Io... Non mi dispiace se mi tocchi," disse Bailey in modo semiautomatico. Le piaceva quando la toccava in alcuni punti, ma non sulla parte bassa della schiena.

"Col cavolo, non è così. Non sono un idiota," Nathan le premette la mano sulla parte bassa della schiena, lei si irrigidì ancora di più. "Quello stronzo ti ha violentata?"

Bailey trattenne il respiro. Dio, a volte dimenticava quanto Nathan potesse essere schietto.

"No, non proprio."

Quando Nathan inarcò semplicemente le sopracciglia, lei cedette. "Ok, ci sono stati momenti in cui non ero dell'umore giusto, ma ho accettato, ma non è la stessa cosa..."

"Col cazzo che non lo è." Avvicinò il viso a quello di lei, i loro nasi si sfioravano. "Se non volevi, e lui l'ha fatto lo stesso, allora è stupro. Se ha preso quello che voleva senza assicurarsi che tu fossi al cento per cento d'accordo e pronta per lui, è stato stupro."

"Nathan," boccheggiò Bailey, non sapendo nemmeno lei cosa volesse dire con quella parola.

Lui si rilassò all'indietro, lasciandole un po' di spazio, poi le tolse le mani dal corpo e le allungò in modo che fossero distese sul divano, di lato.

Anche se era quello che voleva lei, che lui smettesse di toccarle la schiena, lei si sentì da schifo. Si sentì subito fredda e goffa, appollaiata sulle sue ginocchia senza che lui la toccasse.

Mentre lei oscillava la gamba per spostarsi e per sedersi accanto a lui, lui disse con voce bassa e roca: "Non ho mai imposto la mia volontà su una donna e mai lo farò. Soprattutto su di te."

"So che non lo faresti, Nathan, e seriamente, il problema sono io, non tu."

"Sbagliato. Non sei tu. È quello stronzo. Me ne vado, se ne hai bisogno. Non voglio mai che tu associ il mio tocco a qualcosa che ha fatto lui."

"Non farlo," disse subito Bailey, appoggiandogli una mano sul braccio prima che potesse alzarsi. "Non voglio che tu te ne vada."

Nathan la guardò a lungo, facendola sentire come un insetto al microscopio, prima di dire dolcemente: "Volevo sapere che sapore avessero le tue labbra dalla prima volta che ti ho incontrato. Ma non ho insistito. Ho aspettato che facessi tu la prima mossa. E stasera l'hai fatta. Non ho ancora intenzione di spingere, ma devi sapere che ti voglio. Questo cambia le cose tra noi."

Bailey annuì.

"Ma il fatto è questo. Voglio che tu mi voglia per quello che sono. Non perché ti dispiace per me o per qualche altro motivo di merda. Sono un uomo adulto, Bailey. Posso sopportare di stare con te e Joel e di essere solo amici. Sarebbe un peccato, non voglio mentire, ma posso farcela. Ma quello che non posso sopportare è che tu mi permetta di toccarti, baciarti, fare l'amore con te, se questo ti fa tornare dei brutti ricordi. Posso stare con te senza che tra noi due succeda niente di fisico. Posso aspettare tutto il tempo necessario perché tu ti senta a tuo agio con me. Posso andare lento quanto vuoi, anche se questo significa anni. Decenni. Mi piaci, Bailey. In questo momento sono qui per la persona che sei. Non per il tuo aspetto o perché spero che finiremo a letto insieme. Mi sono innamorato di te. Non c'è una cosa di te che non ammiri. Sono perfettamente consapevole che tu e Joel avete dei problemi da risolvere a causa degli Inca Boyz. Non ne dubito nemmeno per un secondo. Ma io non sono loro. Non devi avere paura quando sono vicino a te."

"Non ho paura quando sono con te," rispose subito Bailey. "Sono io. È solo che... mi ha segnato, Nathan."

"Ti ha segnato."

Le narici di Nathan si allargarono, serrò le mani in pugni. Ma come aveva appena detto, Bailey non aveva paura di lui. Non si sentiva come quando stava con Donovan. Nathan non fece una mossa verso di lei. Era ovvio che era incazzato per lei, non con lei. Per quanto ciò la rendesse strana, Bailey amava quel lato di Nathan. La faceva sentire come la principessa ingenua di un film per bambini, con il bel principe azzurro che voleva tenerla al sicuro da tutto il male del mondo. Era uno schifo che fosse troppo tardi.

Lei guardò in basso, lontano dai suoi occhi. "Mi ha marchiato, Nathan. Mi ha fatto un tatuaggio sulla schiena che non volevo. Che odio. È ... orribile, e me ne vergogno. Di quello che ho fatto, di chi ero."

"Quello stronzo," imprecò Nathan, poi fece un respiro profondo dal naso. "Mi dispiace tanto che sia successo a te. Vuoi parlarne?"

Lei scosse la testa. "Vorrei davvero dimenticare tutto. Ma non ci riesco. Lo sento ogni volta che mi muovo. È come se mi bruciasse attraverso la pelle, mi fa ancora male come se loro lo avessero appena fatto."

"Loro?"

"Donovan e i suoi amici mi tenevano ferma. Non ero entusiasta, sai," disse Bailey con dolcezza.

"Posso abbracciarti, per favore?"

Non era quello che Bailey si aspettava di sentirsi dire. Così guardò Nathan. Non sapeva bene nemmeno lei cosa si aspettava, forse un animale rabbioso, forse pietà. Ma tutto quello che vedeva era compassione, premura. Ne aveva bisogno.

Bailey annuì e si strinse al suo fianco, notando che Nathan stava molto attento a non toccarle la schiena, mentre la tirava verso di sé.

Rimasero abbracciati così per un lungo momento. Ad ogni minuto che passava, Bailey capiva di sentirsi più forte. Nathan non parlava, non cercava di far saltare fuori quello che le era successo, né di far finta di sapere quello che aveva passato. Lui era semplicemente lì per lei, lasciandola lavorare sui propri sentimenti, a modo suo.

Dopo lunghi minuti passati in silenzio, Bailey disse: "Donovan non è sempre stato uno stronzo. All'inizio era gentile con me. Mi ha aiutato a finire il liceo. Mi ha fatto sentire bene con me stessa. Mi sentivo parte di qualcosa. La banda era divertente, un po' pericolosa, ma niente di troppo terribile."

Nathan la abbracciò, ma la lasciò parlare.

"La prima volta che ha voluto fare sesso e gli ho detto di no, gli andava bene. Ma quando è successo di nuovo, non era così felice. Alla fine, il sesso è diventato tutto per lui. Non gli importava affatto di me o di quello che volevo. Ha cominciato a vedermi come una sua proprietà. Per questo credo che mi abbia fatto quel tatuaggio."

"Non mi interessa cosa quello stronzo ti ha inciso sulla pelle," rispose Nathan. "Quello che hai sulla schiena non è quello che sei. Ma, detto questo, è ovvio che ti fa male. Se vuoi, ti metto in contatto con Felicity. Lei conosce un sacco di grandi tatuatori che probabilmente potrebbero fartelo coprire."

Lei si irrigidì tra le sue braccia. "È brutto, Nathan. Non sarà una cosa semplice, come disegnarci sopra una rosellina."

Nathan si mosse fino a prenderle il viso tra le mani. Si chinò in avanti e le baciò la fronte con un tocco così dolce, così amorevole, che gli occhi di Bailey si riempirono di lacrime. "Odio tutto questo. Farei qualsiasi cosa per far tornare indietro l'orologio e sistemare tutto."

"Non si può. Ho preso io le decisioni che mi hanno portato qui. Devo conviverci."

"L'hai detto tu stessa, folletto. Donovan non è sempre stato uno stronzo. E tu eri un'adolescente. Non sono esattamente noti per prendere le decisioni più razionali. L'ho già detto in passato, e lo dirò di nuovo. Tutti abbiamo cose che vorremmo aver fatto diversamente. Sono così in soggezione nei tuoi confronti che non è neanche divertente."

Bailey si ritrasse una frazione di secondo e lo guardò sorpresa. "Soggezione? Di me?"

"Ho visto alcune delle donne che frequentavano la banda, Bailey. Ho visto com'erano. Non sei affatto come loro. Neanche lontanamente."

"Lo ero," protestò Bailey.

"No. Non è vero. Se lo fossi stata, saresti ancora lì. Al fianco di Donovan. Avresti lavorato con Kelly per rapire Alexis. Avresti riso di quello che Donovan aveva fatto a Grace. Invece, quando le violenze sono diventate troppe, ne sei uscita. Ci vuole coraggio. Una volontà di ferro."

Bailey pensò molto alle parole di Nathan, invece di mandare tutto all'aria. Aveva ragione? Pensò a Kelly. Quella tizia era cattiva e manipolatrice. Avrebbe fatto qualsiasi cosa per essere nei panni di Bailey, per stare con Donovan. Non le sarebbe importato di aver fatto soffrire qualcuno, nel frattempo. Se avesse avuto un fratello, probabilmente l'avrebbe usato per ottenere quello che voleva nella banda.

E poi, era giovane. Aveva ancora ventiquattro anni, ma si sentiva come se avesse vissuto una vita intera negli ultimi dieci anni. Se avesse potuto tornare indietro e dire alla Bailey quattordicenne una cosa, l'avrebbe obbligata a stare alla larga da Donovan e dagli Inca Boyz. Se quel giorno avesse potuto consigliare un'adolescente, avrebbe detto la stessa cosa. Allora perché si tormentava ancora sul suo passato? Stava cercando di fare la cosa giusta. Rimettersi in piedi. Non era una persona cattiva.

Per la prima volta dopo tanto tempo, Bailey si sentì più leggera. Le sembrò finalmente di poter andare avanti. Forse si sarebbe fatta coprire il tatuaggio sulla schiena. Non l'aveva chiesto. Non aveva chiesto di essere trattata come una merda.

La serata era iniziata con lei che voleva di più da Nathan. Voleva stare con lui intimamente. Non voleva che Donovan glielo portasse via. Non era pronta a fare sesso in quel momento, ma per la prima volta dopo tanto tempo, aveva la sensazione che ci sarebbe arrivata. Con Nathan.

Si sedettero un attimo l'uno nelle braccia dell'altra, prima che Nathan sospirasse e la baciasse di nuovo sulla fronte. "Devo andare."

"Puoi restare," disse subito Bailey, quasi sciogliendosi per lo sguardo tenero sul viso di Nathan.

"Lo apprezzo, ma no. Voglio che ci pensi bene. Su di noi. Assicurati di voler stare con me, folletto. Dicevo sul serio, posso essere tuo amico per tutto il tempo di cui hai bisogno. Non ho bisogno del rapporto fisico tra noi, per stare con te."

"Sono sicura, Nathan. Negli ultimi due mesi non hai fatto altro che mostrarmi che tipo di uomo sei. Non mi costringi a fare niente. Sei gentile, premuroso, paziente, duro quando serve, ma ti rilassi altrettanto facilmente. Non permetti a Joel o a nessun altro di mancarmi di rispetto, ma non ti importa se qualcuno ti prende in giro o ti dice stronzate. Mi piace come sei. Mi piaci, Nathan. Ho combattuto per mesi, ma adesso basta. Se mi volessi, sarei un'idiota a continuare a tenerti a distanza."

Nathan non le rispose verbalmente, ma lentamente abbassò la testa verso di lei.

Bailey alzò il mento e lo incontrò a metà strada.

Passarono altri dieci minuti a baciarsi. Fu appassionante come lo era stato prima che si fermassero a parlare del tatuaggio. Nonostante l'estasi del momento, Bailey notò che Nathan si assicurava di tenere le mani lontane dalla sua schiena. Che uomo sensibile.

Non prendeva quello che voleva e ignorava i suoi stessi bisogni.

Si lasciava dire da lei cosa le piaceva e come muoversi.

E lei avrebbe avuto la possibilità di restituire il favore. Voleva mostrargli cose che non aveva mai provato prima. Dio, era eccitante. Le aveva detto più di una volta che non aveva molta esperienza, si chiedeva se qualcuna gli avesse mai succhiato l'uccello. Le venne l'acquolina in bocca, al pensiero. Voleva essere la sua prima volta.

Oh sì, voleva Nathan Anderson.

Bailey sentì tornare la sua libido. Quando era fuggita da Denver, pensava che non avrebbe mai più voluto fare sesso, ma quello che non aveva capito era che sarebbe bastato l'uomo giusto per farle cambiare idea. E Nathan era l'uomo giusto. Ne era sicura.

Fu Nathan a tirarsi indietro. Bailey gli era salita di nuovo in grembo mentre si baciavano, strusciandosi sull'uccello in tiro. Lui si lamentò, ma le sorrise mentre le afferrava il culo e la tirava più forte su di lui.

"Dovrai fare qualcosa, stasera," scherzò Bailey, guardandolo brevemente tra le gambe, prima di sorridergli e guardarlo di nuovo negli occhi.

"Non c'è niente che non abbia fatto ogni sera da quando ti ho incontrato," disse lui tranquillamente.

Gli occhi di Bailey si spalancarono per lo shock. "Davvero?"

"Davvero," confermò lui.

"Wow." Poi, con voce più dolce, lei disse: "Anch'io. Almeno, nelle ultime due settimane circa. A me... piace fare sesso... e tu, tu cominci a piacermi."

Il sorriso sul viso di Nathan era così bello che lei lo avrebbe ricordato per sempre. In parte compiacimento, in parte soggezione, in parte timore, e molto piacere.

Con un'ultima stretta sulle natiche di lei, Nathan la spinse gentilmente indietro di qualche centimetro. "Devo proprio andare, e tu devi controllare Joel. È passata un'ora. Dovrebbe essere a letto."

Bailey sorrise.

"Cosa c'è?" chiese Nathan, inclinando la testa.

"Tu sei arrapato da morire, ma pensi ancora a mio fratello e a ciò che è meglio per lui."

"Ci tengo a lui, Bailey. È un bravo ragazzino."

"Sì."

Nathan si chinò in avanti e le baciò la punta del naso prima di spingerla dolcemente giù dal suo grembo.

Bailey si spostò e si alzò, prendendo la mano di Nathan, mentre si alzava anche lui. Lo accompagnò alla porta e digitò il codice dell'allarme prima di aprirla. Lui le strinse la mano ancora una volta, poi la lasciò andare e fece un passo indietro. "Ti chiamo domani."

Lo diceva sempre, e l'aveva sempre fatto.

"Ok."
"Dormi bene, folletto."
"Anche tu."
"Ciao."
"A domani."
Bailey guardò dalla porta mentre Nathan si avviava velocemente verso la sua auto e ci saliva. Poi, come ogni volta che si allontanava, si voltò verso di lei e la salutò con la mano. Che nerd. Ma Bailey lo amava già.

CAPITOLO SEDICI

"Cosa sappiamo di ciò che Donovan ha fatto di recente?" chiese Nathan a Blake e Logan il giorno dopo, al lavoro. Era giovedì mattina, quel pomeriggio erano tutti liberi per la prima volta dopo un paio di settimane, quindi volevano aggiornarsi a vicenda prima di uscire. Di solito, Nathan e Alexis avevano l'ufficio tutto per loro mentre Logan e Blake erano fuori per lavoro, ma quel giorno tutti i fratelli erano riuniti a Castle Rock. Alexis avrebbe passato il pomeriggio con Grace e i bimbi.

"Niente. Il che non mi piace," rispose Logan.

"Forse non sappiamo cosa ha fatto di recente," aggiunse Blake, "ma Alexis ha scoperto che Donovan non è un bravo ragazzo."

"Questo lo sapevamo già, credo," disse Nathan.

"Giusto, ma non sai ancora tutto," disse Blake al fratello. "Prima di tutto, Donovan ha quarantadue anni."

"Cosa?"

"Ci dev'essere un errore."

Blake alzò la mano per prevenire altre domande da parte dei suoi fratelli. "È così. Sappiamo tutti come ha iniziato la sua vita criminale, ma Alexis ha scavato più a fondo. Quel tipo ha fatto un sacco di stronzate per cui non è stato beccato. Ha ucciso delle persone solo perché lo irritavano. Ha perseguitato adolescenti per oltre vent'anni. Bailey non è stata la sua prima vittima, ma l'ha tenuta in giro molto più a lungo di altre ragazze."

"Alexis le ha trovate? Ha parlato con loro?" chiese Logan.

"No. Sono scomparse. Un giorno erano in giro, il giorno dopo non c'erano più. Nessuno dei membri della banda parlava di loro, una volta scomparse."

"Cazzo," boccheggiò Nathan. "Le ha uccise lui?"

Blake scrollò le spalle. "Si dice che le abbia vendute. Ha fatto in modo che i suoi fratelli organizzassero gli affari e ci guadagnassero."

Calò un lungo silenzio in ufficio, prima che Nathan chiedesse: "Schiavitù sessuale?"

"Da quello che ha trovato Alexis, è molto probabile."

Nathan pensò al tatuaggio sulla schiena di Bailey. Non l'aveva visto, ma perché Donovan avrebbe fatto una cosa del genere se voleva venderla come schiava sessuale? Non sembrava una scritta che un idiota avrebbe voluto guardare in futuro sulla schiava che aveva acquistato.

Come se potesse leggere la mente del fratello, Blake disse: "Alexis si è imbattuta in un muro di gomma mentre faceva ricerche su di lui, così ha chiesto aiuto al suo mentore, sai, quel tizio della marina in pensione. Ha trovato le prove che quelli della banda stavano incastrando Bailey per farle prendere la colpa di una rapina in banca."

"Ma che cazzo?" sibilò Nathan stringendo i denti. "Pensavo che Donovan volesse tenere Bailey... anche in base a come si comporta adesso. Allora perché incastrarla? Per non parlare del fatto che la banda era nota per rapinare i minimarket... ma una banca?"

Blake annuì. "È un casino, questo è sicuro. Donovan vuole

Bailey adesso, ma forse è perché lei lo ha abbandonato. Forse voleva che Joel diventasse un vero Inca Boy più di quanto volesse sua sorella. Non ne ho idea. Comunque, sul computer di Donovan è stata cancellata un'intera conversazione tra lui e i suoi fratelli su come avrebbero ucciso tutti nella banca, per poi andarsene, assicurandosi che Bailey fosse colta in flagrante."

"Come?" chiese Logan.

"Le avrebbero sparato alla gamba, in modo che non potesse scappare con loro. I poliziotti l'avrebbero catturata, avrebbero visto il tatuaggio della banda sul suo corpo e l'avrebbero sbattuta in prigione per omicidio."

C'era così tanto di sbagliato in quel piano asinino, che non era nemmeno divertente. Nathan non si sentiva per niente meglio, per il fatto che Donovan non voleva vendere Bailey come schiava del sesso, ma fare in modo di farle passare il resto della vita dietro le sbarre, sapendo che Donovan si sarebbe preso cura del fratello e l'avrebbe trasformato nel tipo di uomo che era lui, non andava per niente bene.

"Dobbiamo abbattere Donovan," disse Nathan, infuriandosi gradualmente.

"Ieri ho parlato con Ross, ha detto di non avere notizie su di lui da più di una settimana. È in fuga," disse Logan, la sua stessa voce traboccante di rabbia, dopo aver sentito quanto Donovan fosse realmente una minaccia.

"È possibile?" chiese Blake. "Voglio dire, lui è praticamente l'unica cosa che tiene insieme quella banda, ora che tutti i fratelli sono morti. Ha fatto incazzare il resto della banda, l'ultima volta abbiamo sentito che erano pronti ad ammutinarsi. Pensi che lo farebbero fuori?"

Logan scosse la testa. "No, forse c'è del dissenso, ma credo che tutti abbiano troppa paura di lui per tentare qualcosa."

"La task force ha sentito qualcosa dalle donne che sono

ancora in giro? E alcune delle liceali?" chiese Nathan preoccupato.

"No. Non parla nessuno."

"Dannazione," imprecò Blake. "Avverto Alexis... anche se probabilmente lo sa già. Sta diventando una hacker spaventosamente brava. Penso che ci siano le stesse probabilità che Donovan dia la caccia a lei o a Grace, oltre che a Bailey."

Nathan scosse la testa. "Penso che ti sbagli. Voglio dire, sì, Grace e Alexis devono stare attente, ma Grace era solo un lavoro per lui," alzò la mano per fermare la protesta che sapeva sarebbe arrivata da Logan. "Ho capito. È andato in prigione per il lavoro che ha fatto per lei, ma ho la sensazione che per lui il carcere fosse solo una parte del fare affari, e non una cosa personale."

"E Alexis?" chiese Blake.

Logan scrollò le spalle. "Non c'era nemmeno, quando le è successo quel brutto fatto. Sì, i suoi fratelli sono stati uccisi, ma non erano poi così uniti. Ricordi che Ross ha detto che Donovan ha minacciato sia Damian che Dominic che se avessero fottuto la sua banda mentre era in prigione, li avrebbe uccisi quando fosse uscito? Ma Bailey era sua, aveva dei piani per lei. Dev'essere stato un colpo per il suo ego, il fatto che lei gli sia sfuggita. È proprio il tipo di stronzo che pensa di possederla. E probabilmente la rivuole indietro per farne un esempio e ferirla tanto quanto ritiene che lei abbia ferito la sua posizione di boss."

"Joel," disse Logan in modo definitivo.

"Sì. Joel. Era sulla buona strada per trasformarlo in uno dei membri della sua banda. E onestamente, cazzo se stava facendo un buon lavoro. Ci sono voluti due mesi di terapia perché Joel ammettesse finalmente che Donovan non gli piaceva, prima si comportava come se gli piacesse. È un inizio, ma ho la sensazione che ci vorranno diversi anni perché tutti i danni mentali che ha fatto al fratello di Bailey si risolvano completamente."

"Dobbiamo fare un piano. Quello stronzo si farà vivo qui, prima o poi. E senza che nessuno sappia dove si trova al momento, temo che sia solo una questione di tempo."

"Possiamo proteggere Bailey," disse Blake.

Nathan scosse la testa. "No, non possiamo. No, a meno che non restiamo al suo fianco ogni secondo, e sapete entrambi che non succederà."

"Allora puoi proteggerla tu, fratello, sei più a casa sua che a casa tua. Prima stavi qui a lavorare fino a notte fonda; ora scappi prima delle cinque, a volte nel bel mezzo del pomeriggio," disse Logan, senza alcun tono di rimprovero nella voce.

"Sapete bene quanto me che se Donovan vuole contattarla, lo farà. Potrebbe strappare Joel da scuola e aspettare che Bailey torni a casa. Oppure potrebbe presentarsi in carrozzeria e costringerla ad andare via con lui. Diavolo, potrebbe anche causare un incidente d'auto come ha fatto con te, Logan. No, in questo caso, la cosa migliore da fare è prepararsi ad affrontarlo, così saremo tutti pronti quando alla fine si farà vivo."

Sia Blake che Logan guardarono il loro fratello con occhi pieni di rispetto, un rispetto che brillava nei loro occhi.

"E allora, un'imboscata?" chiese Logan.

"Qualcosa del genere, sì," confermò Nathan. "Ma ho bisogno dell'aiuto di entrambi. Ho alcune idee, ma ho bisogno della vostra competenza in materia di sicurezza e della vostra esperienza di combattimento dell'esercito."

"Siamo pronti."

"Assolutamente."

"E abbiamo bisogno di una sorta di segnale silenzioso l'uno per l'altro. Bailey vive in Wolfensberger Road. Probabilmente posso prendere tempo con Donovan, quando si presenta, ma se ci vorranno più di trenta minuti per arrivare, niente di quello che farò avrà importanza. Ucciderà Bailey e se ne andrà con Joel, oppure farà del male a uno di loro... o a entrambi. Per non parlare del fatto che io sono un imprevisto, per lui. Non sappiamo come reagirà se io sarò lì, quando si presenterà."

"Nessun problema. Possiamo impostare alcuni allarmi silenziosi che fanno scattare entrambi i nostri cellulari. Se scattano, contatteremo immediatamente la polizia, anche se dovrebbero già saperlo, dato che l'allarme che hai installato è programmato per chiamare il 911 in caso di irruzione."

"Dovranno essere informati in anticipo in modo da sapere a cosa andranno incontro," avvertì Nathan.

"Già fatto," disse Blake, rassicurando il fratello. "Abbiamo lavorato a stretto contatto con loro ormai per un anno. Abbiamo alcuni amici poliziotti. Agenti che fanno parte della squadra speciale, gli SWAT. Saranno pronti."

Nathan tirò un sospiro di sollievo. "Bene. Allora... pianifichiamo?"

"Certo," gli disse Logan. "Cos'hai in mente?"

Per le due ore successive, i tre fratelli discussero, crearono e respinsero diversi scenari per quello che sarebbe dovuto accadere quando Donovan avrebbe prima o poi raggiunto la sua ex fidanzata. Erano tutti piani rischiosi, e avevano tutti un punto in comune: che lo stronzo volesse fare del male a Bailey facendole sapere che avrebbe portato Joel con sé, dopo averla torturata e probabilmente uccisa. Ma che in realtà non avrebbe ucciso il ragazzino o Bailey, nel momento stesso in cui li incontrava.

Una volta finito, dopo aver pianificato tutto quello che potevano, Logan si alzò e si avvicinò a Nathan. Gli mise una mano sulla spalla e disse dolcemente: "Ce la puoi fare, fratello."

"Per quel che vale, sono d'accordo e penso che farà la sua mossa, prima o poi," disse Blake. "Ma non c'è modo che quello stronzo abbia la meglio su noi tre. E non c'è modo che dopo quello che Grace e Alexis hanno passato, lasceremo che Bailey soffra ancora di più per mano sua. È finito."

Nathan annuì. "Puoi dirlo forte."

Logan sorrise e strinse una volta la spalla del fratello prima di fare un passo indietro, afferrando la sua giacca e scrollando le spalle. "Allora... hai sfondato alcuni di quei muri che aveva alzato?"

Nathan sorrise, ma non rispose.

"L'hai fatto!" esclamò Blake. "Buon per te!"

"Lo fa per te?" chiese Logan.

Nathan sapeva esattamente cosa volesse dire. "Sì. Prima era una donna misteriosa che era riuscita a sfuggire alla banda, ma ora che la conosco... Sapete cosa ha passato con loro? Da cosa è fuggita? Sono in soggezione. È la persona più forte che conosco. Il fatto è che è così sorprendente e non ne ha la minima idea. Non sono alla sua altezza, ma spero di riuscire a convincerla a darmi la possibilità di dare a lei e a Joel il tipo di vita che avrebbero dovuto avere fin dall'inizio."

"Lo farai," disse subito Blake.

Gli occhi di Nathan si rivolsero al fratello, sollevò le sopracciglia confuso.

"Ho visto il modo in cui ti guarda. Certo, è prudente, e non posso biasimarla. Ma le hai dato spazio, non le hai fatto pressioni e... sei tu."

"Che cosa significa?" chiese Nathan.

"Solo che è più che ovvio che la volevi, ma ti sei preso il tuo tempo e ti sei guadagnato la sua fiducia. Hai passato del tempo con lei e Joel, e sei stato te stesso." Scrollò le spalle. "Immagino che abbia avuto esperienza con un sacco di stronzi. Ma tu non sei uno di loro. Non le torceresti neanche un capello. La maggior parte delle volte sei più attento ai bisogni degli altri, che ai tuoi."

Suo fratello aveva ragione, e non solo sull'indovinare il

background di Bailey con gli uomini. Nathan di solito sapeva di non voler andare a letto con una donna al primo appuntamento. Voleva conoscerla, prima che si spogliassero insieme. Ma con Bailey non aveva avuto quella reticenza. Se avesse potuto, l'avrebbe portata a casa con sé alla prima occasione, ma dato che era quello che lei si aspettava che facesse, aveva aspettato. Non che fosse difficile passare del tempo con Joel e lei.

"Non sono sicuro..." iniziò Nathan, poi si fermò, non era sicuro di volerne discutere con i suoi fratelli.

"Cosa, fratello?" chiese Logan, piegandosi in avanti. "Puoi dirci qualsiasi cosa."

"Non voglio deluderla," Nathan si bloccò di nuovo, ma poi si decise di continuare. Se non poteva chiedere ai suoi fratelli, a chi poteva chiederlo? "Ho fatto sesso, ma ho sempre avuto l'impressione di non farlo bene. Le ultime esperienze di Bailey non sono state buone, e l'ultima cosa che voglio fare è ferirla con la mia inesperienza. Ho pensato che forse..." Arrossì, ma si affrettò ad andare avanti. "Voi ragazzi siete sempre stati popolari con le ragazze. Potete darmi qualche consiglio?"

Nathan era preparato a qualsiasi tipo di reazione da parte dei suoi fratelli. Risate. Derisione. Esasperazione. Ma quello che ottenne fu incredibile. Vide rispetto e accettazione. Non risero di lui e non lo presero in giro. Logan si alzò dalla sua sedia e si avvicinò a quella di Nathan, e Blake fece lo stesso.

Passarono i trenta minuti successivi a dirgli i posti migliori per toccare Bailey, i punti che l'avrebbero eccitata. Dove leccare e succhiare, e quanto duramente. Gli dissero quali erano le posizioni migliori per le donne, e dopo che lei aveva avuto un orgasmo, cosa avrebbe dovuto provare lui per farla godere di più. Gli diedero indicazioni su come durare più a lungo in modo da non venire prima di lei, e lo avvertirono che le donne a volte diventano emotive, dopo l'orgasmo.

La conversazione avrebbe potuto essere imbarazzante, i suoi fratelli avrebbero potuto farlo sentire stupido per averlo chiesto, ma quando finirono, Nathan si sentì davvero sicuro di poter far sentire bene Bailey. Avrebbe potuto fare l'amore con lei e sarebbe stato memorabile per tutte le giuste ragioni.

"Grazie, ragazzi," disse Nathan ai suoi fratelli. "Solo che... Voglio essere sicuro di non fare nulla che possa ricordarle di lui."

"Non c'è modo che lei possa mai ritenerti simile a quello stronzo," insistette Blake, fissando Nathan intensamente. "Fare l'amore è molto diverso dal fare sesso, e penso che sia tu che Bailey farete l'amore per la prima volta... insieme. Fidati di lei, ti farà sapere cosa ti fa sentire bene e cosa le piace. Segui i suoi spunti, e non puoi sbagliare."

"E poi," aggiunse Logan, "se non puoi chiedere ai tuoi fratelli consigli sul sesso, a chi puoi chiederli?"

Nathan ridacchiò. "Questo è quello che mi sono detto, prima di aprire bocca."

"Dannatamente vero," disse Logan con un sorriso. Il suo telefono vibrò con un messaggio, lo lesse con un sorriso. "Grace dice che ho avuto abbastanza tempo per legare tra fratelli, ed è ora che torni a casa."

Nathan inarcò un sopracciglio.

Logan allargò il suo sorriso, fece spallucce e disse: "Ha avuto l'ok dal dottore per 'riprendere le normali attività' come meglio crede, e sembra che la mia signora non veda l'ora di riprendere il nostro rapporto coniugale."

Sia Nathan che Blake sorrisero al fratello.

"Lungi da noi trattenerti dal letto di tua moglie," gli disse Blake, alzandosi in piedi. "E, visto che abbiamo questo raro giorno libero, e che Grace sarà occupata, penso che vedrò cosa combina la mia ragazza stasera. Potrebbe essere stanca, dopo la visita ai tuoi figli. Potrebbe aver bisogno di un pisolino..."

Tutti e tre gli uomini si misero a ridere, poi Logan si fece serio quando si rivolse a Nathan. Gli mise una mano sulla spalla e gli disse con tono concitato: "Stai attento. Quel figlio di puttana è pericoloso. Se anche solo sospetti che sia vicino, fai scattare l'allarme o chiamaci."

"Lo farò," lo rassicurò Nathan. "Non darò per scontata la vita di Bailey o di Joel. Voglio che si lasci tutto questo alle spalle, per poter andare avanti una volta per tutte, anche se non con me. Ha passato un anno molto difficile."

"Ti chiamo domani e ti faccio sapere se e cosa ho sentito di Donovan da Ross, solo per controllare. Ricordati di cosa abbiamo parlato. Rilassati, sii te stesso. Andrai alla grande. Sei un Anderson," gli disse Logan, sempre serio.

Sforzandosi di non arrossire, Nathan si limitò a fare un cenno al fratello maggiore.

"Oh, e di' a Bailey che Felicity e Grace stavano parlando molto bene di lei, Grace ha suggerito a Felicity e Bailey di uscire a pranzo," disse Logan mentre raccoglieva le sue cose.

"È una grande idea. Non ha avuto molte amiche, per quanto ne so. Grazie."

Nathan raccolse le sue cose dopo che i suoi fratelli se ne andarono. In passato sarebbe rimasto in ufficio a lavorare, ma era ansioso di vedere Bailey. Controllò il suo orologio. Aveva il tempo di fermarsi a prenderle qualcosa da mangiare, prima di passare dalla carrozzeria. Poi sarebbe andato a prendere Joel e lo avrebbe riportato a casa per il pomeriggio, come aveva fatto nelle ultime due settimane.

Gli avrebbe fatto fare i compiti, poi avrebbe guardato il ragazzino intento a giocare al suo nuovo This Is War, perché lui non era molto bravo a giocarci, poi sarebbero andati a prendere Bailey. Nathan avrebbe preparato la cena e poi sarebbero usciti.

Poi, forse, con un colpo di fortuna, avrebbe iniziato a mettere in atto alcuni consigli e suggerimenti dei suoi fratelli.

Il solo pensiero di fare alcune delle cose di cui gli avevano parlato Logan e Blake era sufficiente a renderlo mezzo duro e a fargli venire l'acquolina in bocca. Era troppo presto, soprattutto dopo aver saputo di quanto fosse stata trattata male da Donovan, ma lui voleva stare con Bailey. Voleva cancellare ogni brutto incontro sessuale che aveva avuto, con la sensazione dei loro corpi vicini.

Non era uno stallone, ma forse se fosse riuscito a darle un orgasmo, lei lo avrebbe apprezzato e ne avrebbe voluti di più.

Poteva sperare.

Nathan lasciò la Ace Security con emozioni contrastanti. Era entusiasta di vedere Bailey e Joel, ma allo stesso tempo nervoso per la loro sicurezza. Si guardò in giro mentre guidava lungo Wolfensberger Road e non poté ignorare la sensazione che Donovan sarebbe arrivato, prima o poi. Più prima che poi.

CAPITOLO DICIASSETTE

BAILEY FISSÒ FELICITY dall'altra parte del tavolo. Non sapeva cosa dire alla sua nuova amica. Era rimasta sorpresa e lusingata quando Nathan le aveva detto che Felicity voleva pranzare con lei. Ma una volta al ristorante, si sentiva a disagio.

"Allora... come stai?" le chiese Felicity, rompendo il silenzio mentre aspettavano l'arrivo del pranzo.

"Tutto bene," rispose automaticamente Bailey.

Felicity la fissò, poi scosse la testa. "No, davvero. Sinceramente, voglio saperlo. Hai un aspetto migliore, meno stressato rispetto alla festa di Joel, ma vedo che sei ancora appesa a un filo."

Bailey sbatté le palpebre. "Davvero?"

"Sì." Felicity appoggiò i gomiti sul tavolo davanti a sé e si piegò in avanti. "Ci sono passata, Bailey. Puoi fidarti di me."

Bailey voleva ignorare le parole dell'altra donna, ma per qualche motivo non ci riuscì. C'era qualcosa di speciale, nei suoi occhi. Erano infestati, proprio come quelli di Bailey. Felicity poteva sembrare spavalda e sicura di sé, ma sotto la sua corazza... c'era molto di più.

"Ci sei passata anche tu?" chiese Bailey dopo un attimo.

Felicity annuì. Abbassò la voce. "Pensavo di essere sola al mondo... che non sarei mai stata al sicuro. Non importava quale decisione avessi preso, sarebbe stata quella sbagliata. A differenza di te, il mio incubo non è iniziato quando ero adolescente. È stato più tardi, ma da allora ho sempre avuto la capacità di riconoscere un animo affine. Prima Grace, ora tu. Tutto quello che dirai resterà tra noi."

Bailey aprì la bocca, ma la cameriera scelse quel momento per arrivare con i piatti. "Ecco qua. Panino con lattuga, pancetta, pomodoro e maionese e un contorno di patatine fritte per lei, e un cheeseburger con le patate dolci fritte per lei. Posso portarvi qualcos'altro, signore?"

Bailey guardò l'enorme hamburger nel suo piatto e le venne l'acquolina in bocca. Con Nathan così tanto intorno, non lesinava sui pasti come una volta, dato che lui insisteva a pagare o a cucinare quasi sempre, ma il cheeseburger davanti a lei sembrava assolutamente invitante.

"Siamo a posto, grazie," disse Felicity alla cameriera.

La ragazza fece un cenno, si girò e si allontanò per dare il benvenuto gli ospiti appena seduti a un tavolo vicino.

Felicity prese il suo panino come se non avesse appena scosso Bailey fino al midollo.

"Non sono all'altezza di Nathan," squittì Bailey.

Felicity non reagì, se non per mettere giù il panino e pulirsi la bocca. "Perché?"

"Perché?" ripeté Bailey, confusa.

"Sì. Perché non sei alla sua altezza? Cosa lo rende migliore di te?"

"Ehm... tutto?"

"Andiamo, Bailey. Sii specifica. Dimmi tutto."

Mentre elencava le sue risposte, Bailey si contò le dita. "Sono andata a letto con quasi tutti gli Inca Boyz. Ho quasi fatto risucchiare mio fratello nella banda. Sono una codarda che è scappata, piuttosto che consegnare Donovan alla polizia. Mi sono a malapena diplomata al liceo e Nathan è una specie di genio. E non sono sicura di potergli dare quello che vuole."

Felicity diede un altro grande morso al suo panino e masticò il boccone. Dopo averlo ingoiato, disse: "Ok, affrontiamo questi punti uno alla volta. Tuo fratello non è nella banda, quindi questo è un punto discutibile. Nathan è proprio l'ultima persona al mondo in grado rinfacciarti la tua mancanza di laurea. Non potrebbe fregargliene di meno di questo genere di cose. E ora i più difficili."

Allungò una mano per afferrare quella di Bailey. "A volte la cosa più coraggiosa che una persona può fare è scappare. Quando non riesci a gestire le cose da sola, e sai che se ci provi finirà male, scappare è l'unica cosa che puoi fare."

Bailey fissò la donna dall'altra parte del tavolo. I capelli neri di Felicity le sfioravano le spalle, i suoi occhi blu sembravano ancora più luminosi sul suo viso pallido. Per la prima volta dopo tanto tempo, Bailey si sentiva come se qualcuno la capisse veramente.

Felicity continuò. "E per quanto riguarda l'andare a letto con altri, quando hai incontrato Donovan per la prima volta, era uno stronzo? Ti ha costretta a fare sesso con lui?"

Bailey scosse la testa, si era dimenticata già del suo panino. "No, non mi sarei fatta coinvolgere da lui se fosse stato un bastardo. Almeno, mi piace pensare che non l'avrei fatto. Era simpatico. Mi accompagnava a casa da scuola. Impediva ai bulli di prendermi per il culo."

"E ti piaceva? Era buono?"

"Sì," sussurrò Bailey.

"Non vergognarti della tua sessualità," le ordinò Felicity. "Il fatto che ti piaccia il sesso non fa di te una persona cattiva. Il doppio standard riguardo al sesso, nella nostra società, è disgustoso. Non c'è ragione per cui agli uomini è permesso scoparsi chiunque vogliano e sono considerati maschi, e le donne invece sono etichettate come troie e puttane se fanno la stessa cosa. Avere un sano impulso sessuale non è nulla di cui vergognarsi."

Bailey si leccò le labbra e pensò alle parole di Felicity. Sapeva che aveva ragione, ma era difficile non pensare a se stessa come a una puttana, quando Donovan le aveva tatuato quello sgorbio sulla schiena.

"Giudichi Nathan inferiore perché ha meno esperienza di te?"

"No, per niente. Io... vorrei solo essere pura per lui."

"Stronzate," dichiarò Felicity. Si guardò intorno al ristorante come per assicurarsi che nessuno la ascoltasse, poi si chinò di nuovo in avanti. "Essere puri significherebbe solo che il sesso farebbe male la prima volta, e non sapresti cosa ti piace e cosa no. Bailey, sarai tu l'esperta quando sarai con Nathan. Hai la possibilità di mostrargli quello che ti piace. Pensaci su. Puoi aiutarlo a diventare il tipo di partner sessuale che vuoi. Vuoi fare sesso una volta al mese? Ottimo, questo è quello che puoi abituarlo ad aspettarsi. Lo vuoi due volte al giorno? Bene, mostragli che è quello che vuoi. Hai in mano tutte le carte. Ho la sensazione che, nella tua situazione, questa sia una buona cosa. Giusto? Sei mai stata la persona più esperta a letto?"

Bailey ci pensò un istante "No."

"Giusto. Ora lo sei. Un bel problema. Ma Bailey, il punto è che ti è permesso di amare il sesso. Ti è permesso di essere arrabbiata per il tuo passato, ma è proprio questo il punto. È nel passato. Lascia perdere. Abbraccia il tuo futuro. Tu sei assolutamente all'altezza di Nathan. Anzi, sei perfetta per lui. Sei esattamente la donna di cui ha bisogno. Fidati, è un brav'uomo. Uno dei migliori. Mi dispiace solo che non ci siano più Anderson per me," ridacchiò, dopo l'ultima frase.

Bailey le sorrise.

"Dico solo che non hai motivo di vergognarti delle tue

decisioni passate. Eri una ragazzina. Datti un po' di tregua. Lasciati andare alla felicità, adesso, con Nathan."

Bailey era già arrivata alla stessa conclusione, ma sentirlo dire da Felicity la aiutò molto a realizzare che il futuro poteva essere bello. "Hai ragione. Non ho chiesto di essere violentata. Solo perché mi piaceva il sesso con Donovan, non gli dava il diritto di passarmi ai suoi amici. Non meritavo quello che mi ha fatto. Era lui a sbagliare, non io."

Gli occhi di Felicity si inumidirono. "Esattamente."

"E tu stai bene?" chiese Bailey, allarmata dalle lacrime della sua nuova amica.

"Sto bene. Sono solo felice che tu sia forte, così come sei. Credimi, non tutte le donne che sono state maltrattate dal loro ragazzo lo sono," rispose Felicity, con una leggera nota tremula nella voce.

Bailey voleva chiedere a Felicity di chi stesse parlando, ma si sentiva piuttosto vulnerabile per tutto quello che avevano appena condiviso e non era sicura di poter reggere altre emozioni. "Allora, Nathan dice che conosci dei bravi tatuatori," indicò le braccia di Felicity. "Adoro i tuoi tatuaggi. Stavo pensando di farne ancora un po', magari per coprire un po' di roba della gang."

Felicity girò il braccio di Bailey, mentre le esaminava i tatuaggi. Dopo un po' disse: "La maggior parte di questi sono abbastanza buoni. Ce ne sono solo alcuni che coprirei, se fossi in te. Ma se fai sul serio, conosco un paio di artisti che sono fantastici a fare cover up. Potrei presentarteli, se vuoi."

Bailey fece un respiro profondo. Poi le chiese: "Ne ho uno, nella parte bassa della schiena che mi piacerebbe cambiare. È grande, però. Possono lavorare anche su disegni grandi?"

Felicity annuì "Sì. Sono bravissimi. Non ho avuto bisogno di cambiare nulla, ma ho visto alcuni quadri prima e dopo, nel loro studio, non si vedeva neanche il vecchio disegno."

"Anche se era grande?"

"Anche se era grande," confermò Felicity. "Se ti fa piacere vengo con te quando vuoi, in qualsiasi giorno. Basta chiedere, io ci sono."

"Grazie," disse Bailey, poi fece un altro respiro profondo. "Sto morendo di fame. Anche tutto questo parlare pesante non aiuta. Da quanto tempo conosci Grace?"

Detto ciò, la conversazione si alleggerì. Chiacchierarono mentre mangiavano. Bailey apprese di più sull'amicizia tra Grace e Felicity, su come era nata la palestra di cui era comproprietaria con il suo amico Cole e su alcuni dei progetti che avevano in mente per il futuro della loro attività.

Fu bello parlare con un'altra donna delle cose di tutti i giorni. Bailey non si sentiva per niente in competizione con Felicity, come si sentiva sempre con le ragazze che frequentavano la banda. Si sentiva a suo agio. Per la prima volta nella vita, Bailey si convinse di poter diventare chiunque volesse. E quello che voleva al momento era essere un'amica di sostegno per Felicity, Grace e Alexis... ed essere più che amica di Nathan Anderson.

Aveva fatto la prima mossa la sera prima, ma Nathan si era tirato indietro dopo la loro intensa conversazione. Bailey voleva tornare al punto in cui erano arrivati, prima che lei si spaventasse per il tocco sulla schiena. Voleva abbracciare di nuovo la sua sessualità. Le era piaciuto il sesso una volta, era pronta a farlo di nuovo. Con Nathan. Doveva solo convincerlo di essere pronta.

CAPITOLO DICIOTTO

"VOLETE PASSARE LA NOTTE QUI?" chiese Nathan, con quello che sperava fosse un tono disinvolto. Non voleva andare troppo veloce con Bailey, ma dopo la loro conversazione dell'altra sera, e dopo che lei aveva pranzato con Felicity, sembrava aver guadagnato molta fiducia. Aveva cominciato a toccarlo di più, la sera precedente avevano persino iniziato un'intensa sessione di pomiciata.

Nathan la voleva. Tantissimo. Ma voleva che lei fosse a suo agio, pronta per una relazione sessuale più di quanto lui volesse soddisfare i suoi bisogni. Dopo quello che lei aveva passato, lui non voleva fare nulla che potesse far riaffiorare brutti ricordi. Continuava a lasciarle prendere l'iniziativa quando si trattava di qualcosa di sessuale... anche se faceva comunque tutto il possibile per passare del tempo con lei. Compreso chiedere a lei e a suo fratello di passare la notte da lui.

"Davvero?" disse Joel entusiasta, prima di rivolgersi alla sorella. "Per favore? Sarebbe fantastico!"

Bailey deluse entrambi. "Non lo so... è un giorno di scuola..."

"Prometto di andare a letto alle nove," la supplicò Joel. "Tanto siamo qui quasi tutte le sere!"

Bailey provò di nuovo. "Non abbiamo le nostre cose per la notte."

"Joel può indossare una delle mie maglie a letto," disse tranquillamente Nathan. "Possiamo passare da casa tua domani, prima di andare a scuola, così può prendere dei vestiti puliti e io posso accompagnarti per cambiarti prima del lavoro."

Bailey sorrise, Nathan si lasciò scappare un silenzioso respiro di sollievo. Era davvero teso.

"E il dentifricio, lo shampoo e tutto il resto?"

"Possiamo fare un salto in farmacia. È vicina."

Bailey rimase in silenzio per un momento, Joel la supplicò di nuovo: "Per favore, Bail?"

"Senza impegno," le disse Nathan a bassa voce. "So di averti fatto un po' di pressione. Ma posso dire che siete entrambi stanchi, puoi sempre decidere. Giuro che domani vi porterò entrambi al lavoro e a scuola in orario."

Infine, Bailey annuì, senza mai distogliere lo sguardo da Nathan. "Ok, se sei sicuro che ti vada bene."

"Per me va più che bene," la rassicurò Nathan.

"Evviva!" urlò Joel. "Un pigiama party!"

"Non ho qui il tuo gioco. Ti va bene non giocare per una sera, piccoletto?" lo prese in giro.

"Sì, posso resistere un giorno. Giocherò domani dopo la scuola. Ho il mio nuovo libro della biblioteca, hai detto che mi avresti mostrato la matematica che non aveva una base decimale."

Nathan sorrise a Joel. Amava la mente curiosa del ragazzino. Amava il fatto che volesse risolvere problemi di matematica con lui. Amava assolutamente il fatto che fosse eccitato all'idea di passare la notte in casa sua. Se fosse dipeso da Nathan, quella sarebbe stata la prima di molte notti in cui sia Bailey che Joel avrebbero dormito sotto il suo tetto.

"Facciamo subito un salto alla farmacia prima che sia troppo tardi. Poi possiamo tornare qui e comincerò a mostrarti come si conta in base sei. A seconda della velocità con cui la impari, possiamo forse fare un'addizione e una sottrazione."

"Fico," esclamò Joel prima di correre a cercare le scarpe che si era tolto nel momento in cui era entrato in casa.

Non appena non gli fu più possibile sentire, Nathan si voltò verso Bailey, considerando improvvisamente la sua casa. Era piccola, ma aveva una misura perfetta per lui. La casa di Nathan era di circa 110 metri quadrati. Aveva una cucina funzionale, un soggiorno, un ripostiglio che aveva una porta sul lato della casa, una camera da letto principale e due stanze per gli ospiti più piccole, due bagni completi... e basta così. C'era un garage per un'auto e un cortile che confinava con un terreno aperto. Nathan aveva progettato di recintare la casa, ma non aveva ancora avuto il tempo di farlo, anche perché gli piaceva godersi la vista della natura a perdita d'occhio.

Ma dato che ormai Bailey faceva parte della sua vita, si rese conto che la sua casetta non era abbastanza grande. Aveva bisogno di un ufficio a casa, Joel aveva bisogno di un posto dove poter giocare. Forse una sala multimediale per poter guardare i film o giocare ai videogiochi e invitare gli amici. Voleva almeno un garage per due auto, ma sarebbe stato meglio un garage per tre auto. Bailey doveva avere spazio per armeggiare con un veicolo, se lo avesse voluto, e lo spazio in più le avrebbe dato modo di tenere in ordine tutti gli attrezzi di cui poteva aver bisogno. Avevano anche bisogno di un cortile più grande. Joel non era un ragazzino atletico, ma gli avrebbe fatto bene dello spazio per correre, in modo da rimanere in salute e mantenere uno stile di vita sano ed equilibrato.

La cosa più importante era che la camera da letto principale doveva essere lontana dalla stanza di Joel. L'ultima cosa
che Nathan voleva era che il bambino sentisse sua sorella che
faceva sesso... se non altro, Nathan non voleva che gli ripor-
tasse alla mente brutti ricordi.

Non appena gli passarono quei pensieri per la testa,
Nathan li bloccò. Era troppo presto per pensare al futuro con
Bailey tanto da programmare una nuova casa. Certo,
sembrava che lei volesse stare con lui, ma lui non era sicuro
che fosse solo perché Nathan le ronzava intorno continuamente, o se lei avesse sentimenti più profondi per lui.

Ma solo perché non lo sapeva non significava che non
avrebbe dato alla loro relazione tutto quello che aveva,
cercando di far sì che Bailey si innamorasse di lui, tanto
quanto lui lo era già di lei.

"Grazie per averci permesso di restare," disse Bailey a
voce bassa, interrompendo le sue silenziose riflessioni.

"Oh, è un piacere," le disse Nathan, parlando con
sincerità.

Bailey allora sorrise, un piccolo sorriso malizioso che fece
subito diventare duro l'uccello di Nathan. "Ho notato che hai
detto che Joel poteva dormire con una delle tue maglie, ma
non ti sei occupato della mia mancanza di vestiti, se non per
quello che indosso."

Dopo aver sbirciato verso il luogo in cui Joel era scomparso, Nathan invase lo spazio personale di Bailey, spingen-
dola fino a quando lei colpì il bancone. Lui mise le mani sul
duro granito dietro di lei, ingabbiandola, e si chinò verso di lei
fino a quando le loro fronti si sfiorarono e si fissarono in
modo intenso. Bailey alzò le mani e le portò sul petto di lui,
tracciando dei piccoli cerchi sulla pelle mentre lui parlava.

"Hai una scelta, Bailey. Puoi indossare una delle mie
maglie o dormire nel tuo vestito del compleanno."

"Hmm," iniziò a prenderlo in giro lei, "Io di solito dormo

nuda, ma siccome non sono a casa e dormirò in una stanza accanto a mio fratello, suppongo sia meglio che mi metta la tua maglia."

"Nel caso in cui non fosse chiaro," le disse Nathan, drizzando la schiena e mettendo un po' di spazio tra di loro - lasciando le mani dov'erano, "tu sarai nel mio letto. Non nella seconda stanza degli ospiti. Non sul divano. Nel. Mio. Letto."

Prima di rispondere, Bailey lo guardò sorpresa: "E tu dove sarai?"

"Ovunque tu voglia che io sia," rispose immediatamente Nathan. "Sai che ti voglio. Voglio sentire ogni centimetro del tuo corpo vicino al mio. Voglio stare dentro di te più di quanto voglia respirare, ma è una tua scelta. Non deve succedere stasera. Andremo a qualsiasi velocità tu abbia bisogno per sentirti a tuo agio, ma ti voglio nel mio letto. Sulle mie lenzuola. Se non ti senti ancora a tuo agio, vado sul divano. Se non ti dispiace che dorma accanto a te, ma non sei pronta per fare altro, va bene lo stesso. Prendo tutto quello che puoi darmi."

Bailey trattenne il respiro per un attimo e Nathan si sbrigò a spiegarsi meglio. "Non c'è pressione. Nessuna. Non sono come gli stronzi con cui sei stata in passato. Se facciamo l'amore stasera, bene. Se no, bene uguale. Mi basta sapere che vuoi che succeda, prima o poi, so essere paziente. Dormirò sul divano ogni notte, finché non sarai pronta."

"Lo stai facendo a causa di Donovan? Perché pensi che farà la sua mossa?"

Nathan si irrigidì, ma si costrinse a restare immobile. Prima, quel giorno, aveva parlato con Bailey della discussione che aveva avuto con i suoi fratelli su Donovan. Non era stata contenta di sentirlo, ma non era stata nemmeno sorpresa. Entrambi sapevano che prima o poi sarebbe arrivato.

"Assolutamente no. Dormire sotto lo stesso tetto con te e Joel mi fa sentire meglio. Ma non è per questo che ti voglio qui." Poi mosse una mano, accarezzandole una guancia con il dorso di due dita, per poi intrecciarle nei capelli neri di lei. La tenne ferma, mentre la guardava negli occhi.

"Ti amo, Bailey Hampton. Anche senza aver fatto l'amore con te. Anche con Donovan che aspetta dietro le quinte, per farti del male. Amo quanto sei premurosa. Vedo i sacrifici che hai fatto per tuo fratello, e so che sarai una madre fantastica. Non so nemmeno se vuoi dei figli, ma il pensiero di te che aspetti mio figlio mi fa venir voglia di viverti ancora più di quanto io voglia il mio prossimo respiro. E ucciderò chiunque cerchi di portarmelo via."

Bailey spalancò gli occhi, Nathan si affrettò ad andare avanti. "Il mio amore per te non ha limiti, e spero che un giorno tu possa restituire anche solo una frazione dell'amore che ho per te, ma non c'è assolutamente nessuna pressione. E se, dopo la minaccia degli Inca Boyz, scoprirai che vuoi andare avanti, mi farò da parte."

"Nathan..." lo interruppe Bailey, ma lui le mise un dito sulle labbra.

"Dico sul serio. Nessuna pressione. Il mio amore per te non dipende dal fatto che tu faccia sesso con me. O dal fatto che tu non faccia sesso con me. O da qualsiasi altra cosa. Ti amo e basta. Come ho bisogno di aria per respirare, di acqua da bere e di cibo da mangiare."

Proprio quando lei aprì la bocca per rispondere, Joel irruppe in cucina.

"Sono pronto ad andare, Nathan!"

Nathan si allontanò subito da Bailey, togliendole le mani di dosso con riluttanza, e si voltò verso il frigorifero per prendere una bottiglia d'acqua - più per fare qualcos'altro, non che dovesse davvero bere.

"È fantastico, piccoletto" gli disse Nathan. "Bailey deve solo mettersi le scarpe e poi andiamo."

Guardò Bailey per un attimo. Non aveva idea di quali

fossero le emozioni che turbinavano nel suo sguardo, e nemmeno le sue parole gli davano alcun indizio.

"Prima ci mettiamo in marcia, prima possiamo tornare qui e tu puoi iniziare a imparare a contare in base sei... qualunque cosa sia," disse Bailey al fratellino.

Joel ridacchiò. "Giusto. Andiamo allora, lumacona."

Bailey abbracciò Joel e gli scompigliò i capelli. "Chi è che chiama chi lumacona, lumacone?"

Nathan guardò mentre fratello e sorella uscivano dalla cucina ridacchiando e giocosamente si spingevano l'uno contro l'altro. Bevve un sorso d'acqua e chiuse gli occhi. Ogni parola che aveva detto a Bailey era vera, ma sperava con tutto il suo essere che lei avrebbe scelto lui. Non aveva mentito. L'amava. Più di ogni altra cosa. Era diverso dal tipo di amore che provava per i suoi fratelli e nipoti. Era più profondo. Più intenso. Sapeva senza dubbio che, se qualcosa o qualcuno avesse minacciato Bailey o Joel, avrebbe sicuramente ucciso per tenerli al sicuro.

Nathan non sapeva definire cosa significasse l'essere uomo. Ma non gli importava. Era come se avesse trovato lo scopo della sua vita. Mantenere Bailey e Joel Hampton al sicuro e felici.

Ma prima aveva bisogno di prendere loro del dentifricio, uno spazzolino e uno shampoo. Più tardi avrebbe capito tutto il resto.

CAPITOLO DICIANNOVE

BAILEY CONTINUAVA A RILEGGERE la stessa pagina, ma non riusciva a tenere a mente la storia d'amore che aveva davanti. Lei, Nathan e Joel erano andati al negozio e avevano preso i prodotti da bagno necessari. Nathan era andato oltre e le aveva comprato anche del trucco, a Joel del sapone per la doccia dall'odore forte, insistendo sul fatto che "lo usavano tutti i ragazzi," e lozioni, collirio, medicine per il raffreddore e altre varie cose che normalmente si trovano nell'armadietto dei medicinali.

Quando Bailey gli aveva chiesto cosa stesse facendo, Nathan aveva fatto spallucce e aveva detto che la prudenza non era mai troppa, e se qualcuno di loro si fosse ammalato, avrebbe voluto avere a portata di mano ciò di cui avevano bisogno per farli stare meglio.

Bailey era rimasta immobile, in mezzo alla corsia della farmacia, a fissare Nathan che metteva un oggetto dopo l'altro nel cestino. Stava decisamente comprando troppo, ma lei sapeva perché lo stava facendo. Le sue parole le riecheggiarono in testa anche in quel momento, ore dopo che lui le aveva pronunciate.

Il mio amore per te non dipende dal fatto che tu faccia sesso con me. O dal fatto che tu non faccia sesso con me. O da qualsiasi altra cosa. Ti amo e basta. Come ho bisogno di aria per respirare, di acqua da bere e di cibo da mangiare.

Bailey non aveva mai provato un amore del genere. Mai. Sapeva che suo padre le voleva bene, ma diventando più grande e più difficile da gestire, quello che provava era soprattutto risentimento verso di lui. Nessuno degli uomini con cui era andata a letto l'amava in quel modo, di certo non Donovan. Tutto quello che vedevano in lei era una da scopare.

Ma Nathan. Dio. Non era sicura di amarlo, ma non era nemmeno sicura di non amarlo. Cosa sapeva, lei, dell'amore? Amava suo fratello, ma non era la stessa cosa. L'aveva praticamente cresciuto.

Si sedette sul divano ad ascoltare, mentre Nathan spiegava la matematica in base sei al suo fratellino, la cosa le era totalmente sfuggita di mano. Ma Joel sembrava afferrare facilmente, al momento stava facendo sia la sottrazione che i problemi di addizione per divertimento.

Ascoltando quanto Nathan fosse paziente con suo fratello e come rideva con lui, le vennero le lacrime agli occhi. Non si sentiva frustrato con lui, quando non otteneva qualcosa, non lo sminuiva e non lo faceva sentire in colpa. Semplicemente glielo spiegava in modo diverso, fino a quando Joel non lo capiva.

Nathan era un secchione in matematica, d'accordo, ma era uno degli uomini migliori che avesse mai conosciuto. Bailey ebbe la sensazione di non aver mai incontrato un altro uomo che sembrasse tenere così tanto a suo fratello, o a lei.

"Sei pronto per stasera, piccoletto?" chiese Nathan a Joel.

"Oh, dobbiamo proprio?" piagnucolò Joel.

"Si sta facendo tardi. Non preoccuparti, poi andremo avanti. Forse faremo anche una prova alla base quattro. Ma è più difficile, perché la base è più bassa."

"Posso farcela!" disse Joel con entusiasmo.

"Certo che puoi. Ma devi cominciare a mente fresca," continuò Nathan. "Dai... Lavati i denti e preparati per andare a letto."

"Verrai..." esitò Joel, poi disse velocemente: "Verrai a darmi la buonanotte?"

Bailey si girò appena in tempo per vedere Nathan che baciava dolcemente Joel sulla testa prima di dirgli: "Certo, piccoletto. Arrivo tra circa cinque minuti. Va bene?"

Suo fratello annuì felicemente, poi si alzò dalla sedia e camminò velocemente lungo il corridoio, scomparendo alla vista.

Nathan si girò e Bailey lo fissò a lungo prima di sussurrare: "Il tuo letto. Nudo. Noi due insieme."

Il sorriso che si diffuse sul volto di lui valeva l'imbarazzo che lei avrebbe potuto provare per essere stata così audace, nel dirgli quello che voleva.

Nathan non andò verso di lei, però. Si alzò dal tavolino della sala da pranzo, portando i bicchieri che lui e Joel avevano usato, poi andò in cucina. Bailey sentì scorrere l'acqua, poi lui che apriva e chiudeva la lavastoviglie. Teneva gli occhi sulla porta della cucina.

In pochi istanti Nathan apparve e si rimase lì in piedi, con un'anca appoggiata al tavolo. Teneva le braccia incrociate, la fissò qualche istante prima di dirle dolcemente: "Non muoverti. Rimani lì, proprio così. Tornerò appena l'avrò sistemato."

"Va bene," disse Bailey, con altrettanta calma.

"Arrivo subito." Gli occhi di Nathan erano dolci, ma illuminati dalla stessa eccitazione e attesa che Bailey sentiva divampare tra le gambe. "Non hai idea di quanto sia felice che tu sia qui in casa mia, sul mio divano. E presto sarai nel mio letto. Non voglio affrettare le cose per stasera. Domani saremo entrambi esausti, ma varrà ogni secondo di sonno perduto."

Bailey si mosse e si sentì bagnata tra le gambe. Santo cielo, quell'uomo era letale. Come diavolo era possibile che nessuna donna se lo fosse portato a casa? Era un mistero. A prescindere dalle sue preoccupazioni per la sua performance a letto, Bailey non aveva dubbi che l'avrebbe fatta impazzire.

"Ok. Aspetterò qui." gli disse tranquillamente.

Nathan annuì, e senza un'altra parola si inoltrò nel corridoio, verso la stanza in cui Joel avrebbe dormito.

Mettendo da parte il suo libro, Bailey aspettò il ritorno di Nathan. Mentre aspettava, si rese conto che era la prima volta dopo tanto tempo che si sentiva eccitata all'idea di stare con un uomo, piuttosto che sentire rassegnazione, antipatia o addirittura disgusto.

Ci volle più tempo di quanto pensasse, ma alla fine Nathan tornò. Si sistemò sul divano accanto a lei e la tirò immediatamente verso di sé, abbracciandola come faceva ogni sera. Ma quella volta sembrava diverso... più intimo.

"Perché ci hai messo tanto?" lo prese in giro Bailey. "Mi sono quasi addormentata."

Lui le sorrise, facendole sapere che sarebbe stato allo scherzo: "Joel aveva qualche preoccupazione."

Il piccolo sorriso che aleggiava sulle labbra di lei scomparve all'istante. "Preoccupazioni? Per cosa? Dovrei andare da lui." Fece come per alzarsi, ma Nathan le strinse il braccio intorno.

"È molto più attento di quanto avrei pensato, ma non mi sorprende, dopo essere stato vicino a Donovan e ai suoi amici. Ha visto che non riuscivo a toglierti gli occhi di dosso e ha voluto assicurarsi che non facessi nulla che tu non volessi."

"Porca miseria. Davvero?" Bailey rimase a bocca aperta.

"Davvero. Sa che può chiedermi qualsiasi cosa, e io sono stato onesto con lui."

"Che cosa gli hai detto?"

"La verità."

Bailey si morse un labbro nervosamente. "Ovvero?"

Nathan si sdraiò improvvisamente e tirò Bailey con lui, fino a quando non si trovò sdraiato sulla schiena, con lei sopra. Si toccavano dalle cosce ai fianchi, dalla pancia al petto. La tirò su fino ad avere l'uccello sotto la sua passera e la tenne stretta con entrambe le mani sui fianchi.

"Che ti amo. Ti ho amata praticamente dal momento in cui ti ho visto. Che non ti avrei mai fatto fare qualcosa che non avresti voluto fare. Che non ti avrei mai picchiato. Non ti farei mai del male."

Bailey fissò Nathan. Si rendeva conto di avere gli occhi spalancati, ma non poteva farci niente. Anche se lui le aveva già detto che l'amava, lei rimaneva comunque sconvolta ogni volta che lo sentiva.

"Come l'ha presa?" sussurrò lei.

Nathan alzò la testa e le baciò una tempia, poi una guancia, poi le sfiorò leggermente le labbra. "Voleva sapere se ti avrei portato nella mia camera da letto. Gli ho detto di sì. Ma se avesse avuto bisogno di te nel cuore della notte, sarebbe potuto venire a cercarti. Gli ho solo chiesto di bussare prima."

"Donovan gli aveva detto che non gli era permesso di entrare nella sua stanza in qualsiasi momento, non importa cosa sentisse o se avesse bisogno di qualcosa." disse Bailey a bassa voce.

"Lo so. Me l'ha detto Joel. Per questo volevo assicurarmi che sapesse non solo che saresti stata nella mia stanza di tua spontanea volontà, ma che se in qualsiasi momento avesse voluto controllarti, o se avesse avuto bisogno di qualcosa, sarebbe stato il benvenuto."

Bailey sentì il bruciore delle lacrime negli angoli degli occhi, le ricacciò indietro a forza prima di leccarsi le labbra.

"Dovrei essere imbarazzata dal fatto che stiamo per scopare quando mio fratello è in fondo al corridoio?"

Nathan scosse immediatamente la testa. "No, perché non staremo scopando. Non posso dire che non ci sarà mai un momento in cui scopiamo, ma stasera non sarà quella sera. Bailey, non sono un idiota. So che Donovan probabilmente ha fatto di tutto per fare baccano, così che tutti quelli intorno a lui sapessero esattamente cosa stava facendo... anche se quelli intorno a lui erano bambini di nove anni. Io non sono così. Non lo sarò mai. Quello che succede tra di noi è tra di noi. Punto."

"In tutta la mia vita, non credo che nessuno abbia mai fatto l'amore con me," sussurrò Bailey, poi lasciò cadere la fronte nello spazio tra la spalla e il collo di Nathan.

Le braccia di lui scivolarono verso l'alto, senza fermarsi sulla parte bassa della schiena, dove sapeva che non si sentiva a suo agio a essere toccata; la strinse all'altezza delle scapole, tenendola stretta a lui. "Allora sono contento di essere il primo."

Bailey sorrise e non riuscì a trattenere una risata amara. "È esilarante, considerando il mio passato."

"Non guardare indietro, Bailey. Guarda l'oggi e il domani. Ricordi?"

"Me lo ricordo." Bailey alzò la testa quel tanto che bastava per raggiungere le sue labbra. Lo baciò dolcemente, poi gli disse, sussurrandogli ogni parola contro le labbra: "Portami nel tuo letto, Nathan. Facciamo l'amore. Ho bisogno di te."

Senza dire altro, lui la aiutò ad alzarsi, poi la prese per mano – stringendola con forza – e la condusse lungo il corridoio, fino alla sua camera da letto. Entrambi camminarono nel modo più silenzioso possibile, Bailey notò che Nathan fece attenzione a chiudere la porta senza far rumore. Quella precauzione per Joel non mancò di farle ringraziare mentalmente il destino, e se stessa, per essersi fermata ad aiutare

Nathan con la macchina davanti al negozio di alimentari, qualche mese prima.

Lui la tirò al lato del letto e le mise le mani sui fianchi, tirandola ancora una volta a sé. Bailey sentì forte l'erezione di lui contro la pancia, mentre lui la guardava con un calore negli occhi che quasi la bruciava.

"Vuoi usare il bagno?"

Bailey annuì.

"Ok, io mi sono lavato i denti dopo aver rimboccato le coperte a Joel. Prenditi tutto il tempo che vuoi. Sarò qui ad aspettarti," La strinse leggermente, poi fece un passo indietro.

Bailey annuì e si diresse verso il piccolo bagno nascosto in un angolo della sua stanza.

"Bailey?"

Lei si voltò al richiamo di Nathan.

"Grazie per avermi dato una possibilità."

Non avendo parole per spiegare che le sembrava proprio il contrario, che fosse lui quello da ringraziare, lei si limitò a fare un cenno, poi entrò in bagno e chiuse la porta dietro di sé.

Cinque minuti dopo, Bailey si osservò allo specchio, nuda. Si stava guardando la schiena riflessa nello specchio, le orribili parole tatuate sulla sua pelle.

PROPRIETÀ DEGLI INCA BOYZ
TROIA DI D

Ogni volta che lo vedeva, le sembrava peggio e si sentiva peggio. Chiuse gli occhi e chinò il capo sconfitta. Come poteva anche solo pensare di lasciare che Nathan facesse l'amore con lei? Il ricordo di quando le era stato fatto il tatuaggio le balenò in mente e la uccise.

Donovan, Damian, Dominic e il tizio che aveva fatto il

tatuaggio, qualunque fosse il suo nome, non si erano preoccupati dei suoi sentimenti. Non importava che li avesse supplicati di lasciarla andare. Avevano fatto quello che Donovan aveva voluto senza tenere in minima considerazione la sua opinione, su quel tatuaggio. L'umiliazione di quel momento era stata sufficiente a metterla in ginocchio.

Ma poi si ricordò dello sguardo di incertezza sul volto di Nathan. Si rese conto che lui era nervoso quanto lei. Si rese conto che lui aveva problemi relativi al suo corpo, tanto quanto lei. Non era perfetto, eppure stava facendo tutto il possibile per rendere quel momento perfetto per lei. Per loro. Nascondendo le proprie insicurezze.

Non era pronta a fargli vedere il tatuaggio, ma poteva darsi a lui. E nel darsi a lui, si sarebbe fatta un regalo. Voleva sapere com'era fare sesso quando la persona con cui stava con lei si prendeva davvero cura di lei, dei suoi sentimenti e del suo piacere. In cambio, poteva aiutare Nathan a sentirsi più sicuro di sé riguardo alle sue capacità di fare l'amore.

Leccandosi le labbra, Bailey fece un respiro profondo. Aveva perso abbastanza tempo. Uscì dal bagno, voleva assicurarsi di fargli sapere che voleva farlo solo da sdraiata. In nessun caso si sarebbe messa in una posizione in cui il suo tatuaggio sarebbe stato esposto. Sapeva che Nathan non avrebbe detto nulla a riguardo.

Indossò la maglia che le aveva dato Nathan e poi si avviò verso la porta, la aprì prima che il suo ritrovato coraggio la lasciasse.

Nathan era seduto sul lato del letto e sembrava a disagio. Alzò la testa quando lei aprì la porta. Si era tolto scarpe e calzini, si era slacciato il bottone dei jeans e si era tolto la camicia. Si alzò, spostando il peso da un piede all'altro mentre la fissava.

Bailey osservò il suo corpo, contenta di ciò che vedeva. Proprio come il giorno in cui lo aveva visto cambiarsi, aveva notato la sua incertezza. Sentendosi per una volta in vantaggio, camminò lentamente verso di lui, facendo oscillare i fianchi più del necessario.

Vedendo gli occhi di lui passare dal proprio viso al petto e ai capezzoli, poi giù fino ai fianchi, Bailey sorrise.

Gli si avvicinò e si mise in punta di piedi. Gli mise le braccia attorno al collo e premette il corpo contro quello di lui. Il calore della sua pelle penetrava attraverso il tessuto della maglietta nella sua anima.

"Ehi," gli disse dolcemente.

"Ehi," le rispose subito, le mise di nuovo le mani sui fianchi.

Bailey era più che consapevole del fatto che da quando gli aveva parlato del suo tatuaggio, lui si era impegnato a non toccarle la parte bassa della schiena, quando si abbracciavano. Ciò lo rendeva solo più prezioso, per lei.

"Credevo di essere io quella nervosa, qui," gli disse con un piccolo sorriso.

Nathan scosse la testa. "Voglio farti stare bene. Non voglio fare niente che ti faccia pensare a quello che ti ha fatto quel coglione, e ho una paura matta di rovinare tutto."

"Non rovinerai nulla," lo rassicurò Bailey. "Non posso promettere di non avere brutti momenti, ma so che non sei lui. Non potrei mai scambiarti per Donovan. Mai." Lei fece un passo all'indietro, prese una delle mani di lui e la strinse contro il proprio fianco, poi la spinse lentamente su per il suo corpo fino a fargli stringere un seno attraverso la maglia.

Nathan prese subito il sopravvento e le strizzò delicatamente il seno, poi usò il pollice e le sfiorò il capezzolo duro come la roccia fino a quando non si alzò ancora di più attraverso la camicia. Senza dire una parola, si piegò e prese il capezzolo in bocca, succhiandolo attraverso il cotone.

Bailey lasciò cadere la testa all'indietro, emettendo un piccolo gemito, stringendogli la nuca mentre lui mordeva, succhiava ed esplorava la zona. Lui si tirò indietro, ma i suoi occhi rimasero fissi sul seno di lei. Bailey guardò in basso e vide che il materiale bianco era completamente trasparente, ora che era intriso della saliva di lui. Persino lei dovette ammettere che era una visione erotica inedita. Il capezzolo rosa scuro spiccava, in netto contrasto con il bianco della camicia che lo circondava.

Senza dire una parola, Nathan si spostò dall'altra parte, riservando all'altro seno lo stesso trattamento. Con una mano stuzzicò l'altro capezzolo, stimolandoli così entrambi.

Infine, si tirò indietro ancora una volta ed esaminò il suo lavoro.

"Bello," mormorò, facendo scorrere i pollici su entrambi i capezzoli, sforzandosi di far sentire il proprio tocco anche sotto maglietta di cotone.

Bailey inarcò la schiena, spingendosi verso le mani di lui.

Toccò a Nathan gemere. "Sei così bella. Ogni centimetro."

Lei arricciò il naso e si indicò le braccia con un gesto. "I miei tatuaggi sono stupidi."

"Non lo sono. Sono una parte di te." Le tenne un braccio teso tenendola per mano. Poi procedette a farla impazzire.

Piegandosi in avanti, Nathan sfiorò con le labbra ogni tatuaggio sul braccio di lei, mentre parlava. "La prima volta che ti ho visto chinata su Marilyn, mentre controllavi il motore, ti ho immaginato qui... nel mio letto. Non riuscivo a staccare gli occhi da questi tatuaggi." Le leccò una rosa sul bicipite, poi la strofinò con il naso. "Una rosa per la bellezza." Continuò a leccarle il tatuaggio che le avvolgeva il braccio. "Il filo spinato per tenere tutti a distanza, ma andare sotto quella barriera è il dono più grande."

Nathan continuò leccando la pistola, il coltello e il cranio sull'avambraccio di lei. "Così dura, ma tenera allo stesso tempo." Poi le tracciò con le dita le iniziali di Joel sul polso.

Poi passò all'altra mano, tenendola con la stessa tenerezza della destra.

Continuò a prodigare il suo affetto su ogni centimetro del suo braccio. Non saltando nessun tatuaggio, nemmeno quello stupido logo dei cartoni animati della banda o le iniziali IB. Mormorava bellissime parole d'amore e di adorazione.

Quando ebbe finito, Bailey si sentì sciolta come una pozzanghera. Nessuno l'aveva mai fatta sentire così amata e preziosa come faceva Nathan.

Bailey portò le mani al petto di Nathan, facendole scorrere sui peli leggermente pungenti del petto fino a raggiungergli i capezzoli. Lui portò di nuovo le mani sul seno di lei, senza mai smettere di guardarla negli occhi. Lei imitava i suoi movimenti. Quando lui le pizzicò i capezzoli, lei fece lo stesso. Quando lui la accarezzò leggermente, lei rifletté la stessa carezza sul suo corpo. Ben presto, anche i capezzoli di Nathan erano turgidi. Senza aspettare oltre, lei si chinò in avanti e ne leccò uno. Sentendo il forte brivido che attraversò Nathan, Bailey si fece seria e gli succhiò il capezzolo con forza, colpendolo con la lingua come aveva fatto lui.

Nathan le spinse l'uccello contro la pancia e gemette il suo nome.

Bailey si tirò indietro e gli sorrise. "Dovremmo spostarci sul letto?"

"Probabilmente è una buona idea. Non penso di riuscire a stare in piedi, se continui così."

"Ti è piaciuto?"

"Bailey, mi piace tenerti la mano. Sentire la tua pelle contro la mia rende completa la mia giornata. Mi succhi il petto? È fantastico, cazzo."

Colpita ancora una volta dalla propria mancanza di pudore, Bailey sorrise e disse: "Se pensi che questo sia il massimo, aspetta che ti prenda il cazzo in bocca. Penserai di essere morto e di essere andato in paradiso."

"Mi sento già così. Sdraiati," Le ordinò, la voce gli tremò appena, solo una volta.

Senza distogliere lo sguardo da lui, Bailey si sdraiò sul letto, facendo attenzione a tenere la maglietta tirata giù. Era ridicolo, stavano per fare sesso, ma si sentiva estremamente vulnerabile, per qualche motivo, non voleva che Nathan vedesse il suo tatuaggio. Non quella volta. Forse mai, ma sicuramente non quella sera.

Nathan le sorrise teneramente e si sdraiò accanto a lei. Si appoggiò su un gomito e usò la mano per spostarle i capelli dal viso. "Sei bellissima, Bailey. I tuoi capelli sono la prima cosa che ho notato di te. Come ti si muovevano in faccia, e tu li spostavi con impazienza. Sono lucenti e così dannatamente morbidi."

Mosse la mano e iniziò a tracciare i lineamenti del viso di lei. "Il tuo naso è letteralmente carino, da fatina. I tuoi zigomi ti fanno sembrare delicata, ma è stato un vero piacere farti riparare la mia auto, ti è bastato un solo tocco. E le tue labbra. Dio, le tue labbra. Ogni volta che ti innervosisci e ti mordi il labbro, voglio passarci sopra la lingua per lenire il segno che ti lasci."

Bailey inspirò acutamente mentre lui le faceva scorrere le dita sulle labbra, passandole poi il pollice avanti e indietro sul labbro inferiore. Lei lo leccò, decisa a catturargli il pollice nel frattempo. Alzò la mano e gli afferrò il polso, tenendolo fermo. Poi alzò la testa di qualche centimetro e si prese il pollice in bocca. Nathan dilatò gli occhi mentre lei avvolgeva e succhiava il suo pollice.

"Gesù, Bailey. Dovrei farti stare bene. Ancora un po' di questo e sarà tutto finito prima di cominciare."

Bailey gli lasciò andare il dito e gli disse qualcosa che non aveva mai detto a un altro uomo in vita sua. "Se vieni prima tu, poi durerai molto più a lungo quando entrerai dentro di me."

"Cazzo," boccheggiò Nathan, che poi si spostò velocemente fino a inginocchiarsi su di lei. Le prese entrambi i polsi e li tenne appoggiati al materasso, vicino alla testa di lei. "Sei così dannatamente sexy che mi togli il respiro."

"Usi anche qualche parolaccia, quando sei eccitato," osservò Bailey con un sorriso.

"Non posso farci un cazzo di niente," disse Nathan assente, con gli occhi di nuovo puntati sui capezzoli di lei, duri e bagnati. Le lasciò andare una delle mani e trascinò le dita lungo il fianco di lei, fino a raggiungerle la coscia, poi iniziò lentamente a spingere la maglietta verso l'alto mentre la sua mano avanzava verso il seno.

Bailey si agitò pensando al suo tatuaggio e disse: "Possiamo spegnere la luce?"

Nathan si bloccò sopra di lei, si fissarono per qualche secondo. Lui era chiaramente ferito, ma comunque annuì.

Mentre si chinava per spegnere la lampada sul comodino accanto al letto, Bailey disse: "Aspetta."

Lui si bloccò a mezz'aria e la guardò.

"Io... non vuoi che la luce resti accesa?"

"Non è la prima volta che una donna vuole fare sesso con me al buio," disse lui, con tono piatto.

Bailey inalò con orrore. Non intendeva dire che non voleva guardarlo. E non le piaceva proprio il fatto che all'improvviso avrebbero fatto sesso, e non l'amore.

"Nathan, voglio vederti. Voglio vedere ogni centimetro del tuo corpo. Ti ho parlato del mio tatuaggio... è solo che... è grande... e una parte si avvolge intorno alla vita, e si vede dal davanti. Mi imbarazza, tu sai che non voglio che tu lo veda. So che sarà impossibile tenerlo nascosto per sempre, ma per la prima volta... volevo che fossimo solo noi... non Donovan o gli Inca Boyz."

Nathan smise di cercare la luce e si girò di nuovo verso di lei, appoggiato sui gomiti e sulle ginocchia. "Oh, merda. Mi dispiace. Ho pensato a me, quando ho giurato che non l'avrei fatto. Vuoi che spenga la luce? Non c'è problema. Farò tutto quello che ti serve, folletto. Abbiamo tutto il tempo del mondo. Se stasera facciamo l'amore al buio, sarà perfetto come se le luci fossero accese." Le baciò la fronte. Poi il naso. Poi il mento. Poi, finalmente, le labbra. "Qualsiasi cosa ti serva, Bailey. Qualunque cosa. Quando vuoi. Ovunque."

Bailey aprì la bocca e si baciarono. Il bacio era caldo, bagnato e profondo, entrambi ansimavano quando Nathan finalmente si tirò indietro.

"Voglio fare l'amore con te in ogni posizione che ci viene in mente, e dobbiamo scoprire le cose che ci piacciono di più," disse Bailey.

Gli occhi di Nathan si illuminarono di lussuria.

Lei proseguì rapidamente. "Ma stasera, se lasciamo la luce accesa... ho bisogno che mi lasci stare la schiena. Non perché non ti voglia negli altri modi, ma nasconderà il mio tatuaggio finché non avrò il coraggio di mostrartelo. Va bene così?"

Come tutta risposta, Nathan la baciò di nuovo. Ancora una volta, il bacio fu lungo, entrambi ansimavano quando lui si tirò indietro per dire: "Va più che bene. Posso toglierti la maglia? O vuoi tenerla addosso?"

Dio. Seriamente. Come faceva quell'uomo ad essere ancora single? Bailey non ne aveva idea. Ma era fantastico.

Facendo un respiro profondo, mise le mani tra di loro, costringendo Nathan ad alzarsi per darle un minimo di spazio. Afferrò l'orlo della camicia e rapidamente, prima di cambiare idea, la sollevò in alto e sopra la testa. La gettò a terra, senza curarsi di dove fosse atterrata. Portò immediatamente le braccia verso la pancia e le incrociò, usando le mani per coprire le lettere che sapeva potevano essere viste da davanti.

Con un tenero sorriso, Nathan si mise immediatamente in ginocchio e spinse i jeans e la biancheria intima giù, sopra il sedere, e poi sull'anca, facendoli scivolare impazientemente giù per i polpacci e poi via. Bailey si accorse solo con un rapido colpo d'occhio del suo uccello, prima che lui si sdraiasse di nuovo accanto a lei. Le mise una gamba sulle sue, una mano sul seno, l'altra sulla pancia.

"Ecco," disse lui, quasi senza fiato. "Ora siamo pari." Gli si scaldarono gli occhi, se possibile, e disse: "L'unica cosa che vedo è la tua bellezza. Non ho problemi a prenderti da sdraiata stasera, folletto. Non vedo l'ora di seppellirmi la faccia tra le tue gambe, di succhiarti le tette, e credimi, l'ultima cosa a cui penserò la prima volta che entrerò dentro di te sarà ciò che hai scritto sulla tua schiena."

Bailey annuì e si leccò le labbra. Nathan la baciò velocemente, poi ancora una volta le volò sopra e cominciò a banchettare con i suoi seni.

CAPITOLO VENTI

BAILEY ANSIMÒ e afferrò la testa di Nathan mentre il suo corpo si preparava per un altro orgasmo.

Nathan sorrise mentre sentiva le unghie di lei conficcate nella testa. Aveva quasi mandato tutto all'aria, non considerando i sentimenti di lei per le luci. Tutto ciò a cui riusciva a pensare erano i suoi sentimenti, il che era stupido. Non era lui quello che era stato stuprato. Non era lui quello che era stato costretto a farsi un tatuaggio sulla schiena. Doveva soddisfare Bailey. I propri bisogni e i propri desideri dovevano sempre essere messi in secondo piano, quando si trattava di lei.

Si concentrò sul fare esattamente quello che i suoi fratelli avevano suggerito, il contatto diretto con il clitoride di Bailey. Aveva pensato che leccarle le pieghe le sarebbe piaciuto, ed era stato così, ma non aveva considerato quanto fosse magico il clitoride di una donna.

Ogni volta che la sua lingua lo sfiorava, lei gemeva. Quando lui la succhiava, lei si agitava e spingeva i fianchi più avanti, contro la sua bocca. Quando aggiungeva un dito nel gioco, spingendo lentamente dentro e fuori di lei, riusciva a sentire i muscoli di lei stringersi ogni volta che le passava la lingua contro il clitoride.

Alternava colpi veloci e leccate lente e lunghe, per darle il tempo di rilassarsi un po', per poi riportarla in estasi con altre leccate veloci. Non si era mai sentito così potente come in quel momento. Il suo uccello era duro come l'acciaio, poteva sentire goccioline liquido sulle lenzuola, ma non gli importava. Dare piacere a Bailey era una sensazione inebriante come non ne aveva mai avuta prima.

Era importante che lei si divertisse più di lui. Aveva bisogno che lei si divertisse. Decidendo di averci girato attorno abbastanza a lungo, Nathan girò la mano e cercò il suo punto G. I suoi fratelli gli avevano detto come doveva fare, approssimativamente, per trovarlo. L'avevano avvertito che forse la prima volta non l'avrebbe individuato bene e che non avrebbe dovuto sentirsi in colpa. Ma avevano detto che quando l'avesse trovato, lei gliel'avrebbe fatto sapere con la sua reazione, Bailey avrebbe avuto il più grande e forte orgasmo che potesse mai immaginare.

Mentre lui spingeva delicatamente il dito più a fondo nel corpo di lei e premeva con il dito nella sua parete superiore, lei si irrigidì improvvisamente sotto di lui.

Nathan alzò la testa e spinse di nuovo il dito dentro di lei, tastando la pelle interna. Lei si contorse di nuovo sotto di lui. Nathan la guardò in viso; Bailey si era appoggiata sui gomiti e lo stava fissando.

Il suo viso era coperto di sudore, una ciocca di capelli color ebano le era rimasta attaccata alla fronte, non gli era mai sembrata così bella. L'aveva fatto. L'aveva talmente agitata, succhiandole le tette, che lei lo aveva spinto fino all'inguine e lo aveva implorato di mangiarla.

Nathan aveva obbedito, volentieri. Lei non aveva dovuto

dargli troppe istruzioni. Il suo colloquio con i suoi fratelli era stato di grande aiuto. Ma ovviamente non se l'aspettava.

"È una bella sensazione?"

"Oh mio Dio," gemette Bailey. "Cazzo, è fantastico."

Nathan l'accarezzò di nuovo, sorridendo quando lei sussultò di nuovo. Avvolgendole l'altra mano sotto il culo e premendole la coscia di lato, lasciandola il più possibile aperta, Nathan lasciò cadere la testa ancora una volta. Tenendo gli occhi sul suo viso, le leccò il clitoride con forza e velocemente, premendo ripetutamente con il dito sul suo punto G.

La testa di Bailey cadde all'indietro, poi crollò di nuovo sulla schiena. Lei gli strinse di nuovo la testa, con entrambe le mani, e lo spinse verso di sé. Più velocemente lui la leccava e premeva dentro di lei, più lei muoveva i fianchi. Rinunciando a leccare, Nathan attaccò la bocca al clitoride, che sporgeva dalle labbra inferiori, e lo succhiò con forza.

Fu sufficiente. Bailey raggiunse il limite. Girò la testa e gemette la sua estasi nel cuscino accanto a sé, soffocando i suoni di gioia che le uscivano dalla bocca.

Nathan placò il dito, affascinato dalla sensazione del corpo che lo afferrava mentre lei aveva un orgasmo. Le leccò leggermente il clitoride, sorridendo nel vederla sussultare ad ogni leccata. Solo quando lei gli sussurrò: "Troppo sensibile," lui alzò la testa.

Nathan si sentiva il viso bagnato. Sentiva l'odore di lei sulla pelle. Era incredibile. Aveva letteralmente fatto il bagno nell'eccitazione di lei, che aveva solo aumentato la sua. Vedendo Bailey ancora sdraiata, che respirava forte con un piccolo sorriso sul suo splendido viso, Nathan si sedette.

Si mise in ginocchio tra le gambe di lei, prese il preservativo che aveva messo sul comodino mentre lei era in bagno.

Per la prima volta in vita sua, non si preoccupava del suo

aspetto. Era troppo magro? Le sue gambe troppo lunghe? Il suo cazzo non era abbastanza spesso? Troppo lungo? Pensava solo ad entrare nella donna che amava.

Si infilò rapidamente il preservativo, sussultando per il piacere che sentiva, e si spostò in avanti sul materasso di qualche centimetro, spingendole le cosce più lontane. Guardando giù, Nathan vide la passera di Bailey aperta per lui. Il clitoride era un po' rientrato, ma si vedeva ancora. Ma fu la macchia bagnata sotto di lei che gli fece leccare le labbra con lussuria, per assaggiarla di nuovo.

Bailey Hampton era nel suo letto. Sotto di lui. E le aveva appena fatto avere due orgasmi. Era come se stesse avendo un'esperienza extracorporea. Voleva tanto stare dentro di lei, era come se non avesse mai desiderato fare altro in vita sua. Ma anche lei doveva volerlo.

"Bailey?" la chiamò, massaggiandole con le mani l'interno cosce. Il suo uccello pulsava, ma si impedì di penetrarla con tutta la forza di volontà.

"Mm..." mormorò lei, quasi sonnolenta.

"Apri gli occhi."

Nathan la guardò mentre lei apriva gli occhi. Per un attimo sembrò confusa, prima di rendersi conto di dove si trovava e di cosa fosse successo. Immediatamente i suoi occhi le caddero tra le gambe, e ansimò.

"Nathan. Sei... enorme."

Lui ridacchiò. "Non lo sono, ma grazie lo stesso."

"Non voglio dire spesso, ma è lungo. Davvero lungo."

Nathan fece spallucce. "Posso?" chiese educatamente, volendo tanto ficcarsi dentro di lei, ma voleva prima il suo permesso.

Bailey allargò le ginocchia, puntò i piedi sul materasso accanto a lui. Sollevò il bacino verso l'alto e disse dolcemente: "Per favore. Se non mi scopi, credo che morirò."

"Fanculooo," disse Nathan, afferrandosi l'uccello con una

mano e posizionandosi sulla passera di lei. "Se hai bisogno che mi fermi, lo farò. Non importa come, folletto. Preferirei morire piuttosto che causarti dolore. Fisicamente o emotivamente."

"Lasciami fare," disse Bailey, fissandogli ancora l'uccello e ignorando le sue parole. Lei gli spinse via la mano e gli afferrò la base dell'uccello.

Nathan buttò la testa all'indietro e si mise a gemere. Invece di guidarlo verso di lei immediatamente, Bailey mosse la mano dalla punta dell'uccello fino alla base. Lo fece altre due volte prima di lasciar cadere la mano per stringergli le palle.

"Per l'amor di Dio, Bailey," supplicò Nathan, "Voglio essere dentro di te quando verrò la prima volta. Ti prego."

Senza più girarci attorno, lei posizionò la punta dell'uccello all'ingresso della vagina bagnata. Lui si spinse all'interno nello stesso momento in cui lei alzò i fianchi, ed entrambi gemettero.

"Gesù, folletto. Non ho mai provato niente di simile, in vita mia. Sei così calda e bagnata. Mi stai risucchiando come se non potessi vivere senza avermi dentro."

"Non posso. Voglio di più, Nathan. Riempimi. Fino in fondo."

Lentamente, Nathan spinse dentro e poi si tirò fuori. Lo fece di nuovo, andando più a fondo, prima di tirarsi indietro. "Va bene così?"

"Smettila di cazzeggiare e scopami," lo supplicò Bailey. "Sto bene."

"Nessun brutto momento?"

"No."

"Non voglio farti del male," disse Nathan a denti stretti. Non aveva mentito. Non aveva sentito niente di così straordinario come l'essere dentro il corpo di Bailey. "Non voglio mai farti del male."

Lei alzò entrambe le mani e gliele mise sul collo, costringendolo a guardarla. "Tu. Non. Puoi. Farmi. Male. Scopami, Nathan. Voglio sentire il tuo cazzo dentro di me. Fallo."

Prima ancora che lei avesse finito di parlare, lui sprofondò dentro di lei. Seppellendo tutta la sua lunghezza dentro di lei, per poi scendere con una mano e afferrarle saldamente una natica, aprendola di più e lasciando che lui si sistemasse un altro millimetro dentro di lei. Nathan fece un lungo respiro e rimase fermo, memorizzando quel momento.

Poteva sentire le palle contro il buco del culo di lei, l'umidità del suo orgasmo precedente lo inzuppava. Il sangue gli pulsava nell'uccello seguendo il battito del suo cuore, ogni volta che lei stringeva i muscoli interni contro di lui, Nathan doveva stringere i denti e pensare di aggiungere numeri a tre cifre in base tre per evitare di esplodere come un ragazzino alle prime armi.

"Riesco a sentire ogni centimetro di te dentro di me," ansimò Bailey, fissandolo.

"Va bene così? Devo ritirarmi?"

"Va più che bene. È incredibile. Fantastico. Fenomenale. Se ti tiri fuori, dovrò farti male."

Nathan ridacchiò, poi ansimò mentre il movimento la faceva stringere di nuovo contro di lui. Ricordando quello che gli avevano detto i suoi fratelli, e come lei aveva provato l'orgasmo con il suo dito, Nathan ebbe l'improvviso impulso di sentirla venire con lui dentro.

Si alzò, tenendosi piantato in profondità dentro di lei, e usò il pollice per accarezzarle il clitoride. Prima fece una prova, assicurandosi che quello che faceva le piacesse e non le facesse male.

Quando gli occhi di Bailey si allargarono in stato di shock e lei gli afferrò il bicipite, lui sorrise e aumentò la velocità del pollice, ma non la pressione.

Presto si contorceva contro di lui, cercava di premere contro di lui, voleva un tocco più deciso.

"Vuoi venire di nuovo, Bailey?"

"Dio, se me l'avessi chiesto un minuto fa, avrei detto che era impossibile. Ma ora sono piena di te, mi sento così dannatamente bene... Sì, voglio venire con te dentro di me."

Volendo essere quello che le dava un altro orgasmo, Nathan fu improvvisamente sopraffatto dal bisogno di spingere. L'uccello gli faceva quasi male, con lo sforzo che gli serviva per trattenere il suo stesso orgasmo.

"Ho bisogno di... dannazione.... Puoi..." Si interruppe, per la prima volta si sentì in imbarazzo da quando era entrato in lei. Doveva chiederle di toccarsi? Forse non le piaceva farlo. Non era sicuro se lei pensava che il suo compito fosse quello di farle raggiungere l'orgasmo o meno.

Ma, come al solito, Bailey non lasciò troppo silenzio tra loro. Lo guardò e portò la mano destra tra i loro corpi, spingendogli via la sua. "Ci penso io. Mettimi un cuscino sotto il culo," gli ordinò mentre si strofinava dolcemente.

Nathan prese subito un cuscino e lei lo aiutò, mentre lui glielo infilava sotto. Aveva ragione, le sollevava il bacino quel tanto che bastava per permettere al suo uccello di penetrarla più facilmente. Stringendo i denti, Nathan chiese: "E adesso?"

"Ora fai l'amore con me, Nathan. Fai tutto ciò che ti fa sentire bene, perché adoro sentirti dentro di me."

"Non ti sto facendo del male?" chiese Nathan ancora una volta, volendo essere sicuro. "Ho del lubrificante, se ne abbiamo bisogno."

"Sono bagnata fradicia," lo rassicurò. "Non abbiamo assolutamente bisogno di altro lubrificante." Bailey cominciò ad accarezzarsi più forte e più velocemente.

Nathan non riusciva a staccare gli occhi dalle sue dita. Usava sia l'indice che il dito medio ed era molto più aggressivo e rude di quanto lui non sarebbe mai stato. Prese appunti mentalmente, per il futuro.

Notò vagamente le lettere nere ai lati della vita di lei, ma al momento non gliene poteva fregare di meno, proprio come le aveva detto prima. Qualunque cosa fosse tatuata sulla sua schiena non aveva importanza. Neanche un po'. Tutto ciò che contava era quel momento. Erano loro. Stavano insieme.

"Vieni, Nathan," gli ordinò lei in una sorta di rantolo.

Lui lo fece. Si tirò fuori quasi del tutto, per poi spingere dentro fino a quando non riuscì ad entrare in lei completamente. Lo fece più e più volte, sentendo i muscoli interni di lei stringersi contro il suo cazzo mentre entrava e usciva.

Lei si portò la mano libera al petto e si tirò forte il capezzolo. Ancora una volta, prese un appunto mentale. Ma a quel punto, Nathan perse il controllo per la prima volta. Vederla sotto di lui, che si dava piacere mentre lui la prendeva, era più di quanto potesse sopportare. Si infilò dentro di lei con violenza, grugnendo mentre le palle rimbalzavano sul culo di lei. Lo fece di nuovo. Non usciva fuori del tutto, ma manteneva un costante attrito contro la punta sensibile del suo cazzo.

Ogni volta che lui scendeva fino in fondo dentro di lei, lei sollevava i fianchi, costringendolo a colpire più forte di quanto avesse pensato. Nathan si chiese per un attimo se a ogni spinta la colpisse nel punto G, ma prima che potesse sperimentare, lei crollò.

"Nathan. Dio, sì," disse lei, quasi sbavando dal piacere.

Nathan riuscì a gestire altre quattro spinte, in estasi per i muscoli interni di lei che gli strangolavano il cazzo, prima di ficcarsi dentro di lei fino in fondo e lasciarsi andare.

L'orgasmo fu più lungo, più forte e più devastante di qualsiasi altra cosa mai provata in vita sua. Si sentiva le palle scoppiare, riempiendo il preservativo fino a quando pensava che si sarebbe rotto o sarebbe traboccato. Ma per tutto il tempo tenne gli occhi aperti, fissi sul viso di Bailey.

Sapere di averle dato piacere aveva reso il suo orgasmo molto migliore.

Le tolse il cuscino da sotto il sedere, poi si rilassò accanto a lei, mettendo la maggior parte del peso sul fianco, girandola in modo da restare dentro di lei mentre entrambi si riprendevano dai loro orgasmi.

"Porca miseria," sussurrò Bailey, quando finalmente prese fiato. "Ma almeno, sei reale?"

Nathan ridacchiò. "Hai mai visto il film La Rivincita dei Nerds?"

A quel punto, lei alzò la testa e lo guardò come se fosse pazzo.

"Ah, sì... chi non l'ha fatto? E questo cosa c'entra?"

"Betty chiede a Lewis se tutti i nerd sono bravi a letto come lui. E lui risponde: 'Sì, perché tutti gli atleti pensano sempre allo sport, e tutti i nerd pensano sempre al sesso'."

Bailey scoppiò a ridere per poi dire: "Se mi dici che hai un costume di Darth Vader e vuoi fare sesso mentre lo indossi, beh, passo."

Nathan sorrise alla donna che teneva tra le braccia. Gli faceva male il cuore, per quanto l'amava. "Non ho un casco Darth, ma se vuoi giocare me ne procuro uno volentieri."

Lei ridacchiò di nuovo e strofinò il viso nel petto di lui, gettando una gamba intorno al fianco di Nathan. "Grazie."

"Per cosa?" chiese Nathan, sinceramente curioso.

"Per esserti preso cura di me. Per averlo reso così meraviglioso. Per non avermi trattato come un buco in cui infilare il tuo cazzo."

Nathan si irrigidì, ma si costrinse a rilassarsi. "Ti amo, Bailey. Tu e Joel siete il mondo per me. E chiunque faccia o dica qualcosa per ferirti, dovrà vedersela con me."

Bailey alzò la testa e gli baciò la parte inferiore della

mascella. "E io penserò ad affrontare chiunque ti chiami nerd o dica stronzate su di te, perché scommetto che non reagisci, quando ti dicono qualcosa."

"Non mi dà fastidio," la rassicurò.

"Lo so, ma a me sì," borbottò Bailey.

Nathan sorrise, amava sentirsi valorizzato da lei, tanto da fregarsene se qualcuno lo chiamava spazzatura bianca, o nerd, o in qualsiasi altro modo. Poi sospirò. Non aveva detto di amarlo, ma era un inizio.

Mentre sospirava, il suo uccello ormai morbido scivolò lentamente fuori dal corpo di Bailey, e lei ridacchiò. Nathan brontolò scherzosamente. "Ehi, non è divertente."

Bailey si rotolò sulla schiena e prese il lenzuolo stropicciato che aveva sotto. "Vai ad occuparti di quel preservativo. Sarò qui quando tornerai."

Nathan si alzò, la baciò sul naso e disse: "Sarà meglio per te."

Quando tornò dal bagno, Nathan portò un panno caldo e bagnato. Si sedette sul lato del letto accanto a Bailey e le diede il panno, un po' insicuro. "Ho portato questo per te... è caldo. Non sapevo se volessi pulirti..."

Lei lo fissò, senza dire nulla.

"Non devi usarlo per forza," borbottò lui, e fece per rialzarsi.

"Sì, per favore. Mi dispiace, mi hai sorpreso. Nessuno l'aveva mai fatto per me, prima d'ora." Allungò la mano e Nathan le diede il panno. Lei lo fece scomparire sotto le coperte, mantennero il contatto visivo mentre lei si puliva. Bailey arrossì e riportò la mano fuori da sotto il lenzuolo.

Nathan le prese la salvietta dalla mano per pulirsi rapidamente e la gettò sul pavimento senza pensarci due volte. Tirò indietro il lenzuolo e si sistemò accanto a lei. Gemette soddisfatto quando Bailey si rannicchiò subito contro di lui. La testa di lei appoggiata sulla sua spalla, il braccio di lei attorno al suo ventre e la gamba di lei agganciata alle sue.

"Dormi bene, Bailey," mormorò Nathan.

"Anche tu," rispose lei, già mezza addormentata.

Memorizzando il momento, Nathan rimase a lungo sveglio, ascoltando i morbidi respiri di Bailey che giaceva rilassata e fiduciosa tra le sue braccia.

Alla fine, chiuse gli occhi e si addormentò, più felice di quanto non fosse stato in tutta la sua vita.

CAPITOLO VENTUNO

AD OGNI GIORNO CHE PASSAVA, Nathan diventava sempre più teso. Erano passate più di due settimane da quando aveva parlato di Donovan con i suoi fratelli, e avevano fatto un piano provvisorio. Il fatto che non riuscissero a trovare il capo della banda li stava mettendo tutti in difficoltà.

Quell'uomo era là fuori, da qualche parte, con il fiato sul collo di Bailey. Nathan lo sapeva. Se lo sentiva. La sera precedente, i fratelli Anderson avevano avuto una lunga discussione su ciò di cui Donovan era capace e su cosa avrebbe fatto quando si fosse presentato.

Per quanto Nathan volesse rassicurare Bailey che il suo ex non avrebbe messo le mani su di lei, non poteva farlo. Entrambi sapevano che era semplicemente una questione di tempo. Avevano discusso su cosa avrebbe dovuto fare Joel, quando Donovan finalmente avrebbe fatto la sua mossa. Bailey non voleva affatto parlare con lui di Donovan, mentre Nathan sosteneva che avrebbe dovuto avere un'idea di quello che sarebbe potuto succedere.

"Non è abbastanza forte," aveva protestato Bailey. "Ha

ancora gli incubi, e lo psicologo dice che sta ancora lavorando sulla merda che gli ha buttato in faccia Donovan."

"Me ne rendo conto, ma vuoi davvero che lo stronzo si faccia vivo e Joel non sia pronto? Penso che se gli facciamo sapere cosa stiamo progettando e gli diamo un ruolo, gli daremo un senso di fiducia. Lo farà sentire meno impotente. L'ultima cosa che vogliamo è che Donovan lo sorprenda."

Bailey aveva fatto per opporsi, ma alla fine aveva scosso la testa. Così poco dopo avevano fatto sedere il ragazzino e gli avevano detto che pensavano che Donovan si sarebbe fatto vivo presto e quello che pensavano volesse, cioè usare Joel per fare del male a Bailey.

Il ragazzino sembrava reagire bene con tutto quello che avevano detto, ma il giorno dopo, verso l'ora di pranzo, Nathan ricevette una telefonata da lui.

"Pronto?"

"Nathan?"

"Ehi, Joel. Stai bene?" chiese Nathan con urgenza.

"Sì, sto bene."

"Puoi usare il telefono, in questo momento?"

"È l'ora del pranzo. Mi è permesso," lo rassicurò Joel.

"Ok. Come va, piccoletto?"

Il bambino rimase in silenzio per un attimo, poi disse velocemente: "Non voglio andare via con Donovan."

Nathan chiuse gli occhi e sospirò in silenzio. Pregava di riuscire a dire la cosa giusta per far sentire meglio Joel. "Neanch'io voglio che tu lo faccia. Assolutamente no. Ma piccoletto, dovremmo essere furbi. Probabilmente posso sopraffarlo a breve termine, ma non combatterà lealmente."

"Ho paura," sussurrò Joel.

"Neanche io sono tranquillo," gli disse Nathan onestamente. "Ma il fatto è questo. Tra noi tre, sono sicuro che possiamo escogitare un piano. Ho già parlato con i miei fratelli e abbiamo qualche idea. Una di loro potrebbe funzionare, ma dipende da te per farla funzionare."

"Da me? Davvero?"

Nathan sentì l'interesse accendersi nella voce del ragazzino e fu felice di sapere che per il momento aveva tenuto a bada un po' della sua paura. "Davvero. Ma è complicato, e un po' pericoloso. Per non parlare del fatto che se Donovan capisce cosa stiamo facendo, potrebbe ritorcersi contro di noi."

"Possiamo farcela. Non è così intelligente. Tu sei molto più intelligente di lui," disse subito Joel senza la minima esitazione.

La fiducia che Joel riponeva in lui fece sentire Nathan alto tre metri. Non poteva deluderlo. "Bravo ragazzo. Ok, parlerò con tua sorella tra un po' quando pranzeremo." Fece una pausa, poi chiese: "Starai bene per il resto della giornata?"

"Sì, Nathan. Sto bene."

"Ok, allora. Verrò a prenderti tra qualche ora. Cerca di non preoccuparti. Ci pensiamo noi."

"Sì. Ci pensiamo noi. Ciao."

"Ciao."

Nathan chiuse la chiamata e digrignò i denti. Odiava il fatto che Joel avesse paura di Donovan. Odiava la tensione che sentiva nell'aria. Ma odiava davvero il fatto di dover coinvolgere il ragazzino nel piano per eliminare Donovan. Ma per quanto lo odiasse, sapeva che usare Joel avrebbe funzionato.

Nathan sapeva di dover fare qualcosa con Bailey. Era al limite. Aveva chiamato Clayson e chiesto se Bailey poteva avere il pomeriggio libero, e lui aveva accettato, ovviamente sapendo che Bailey aveva bisogno di una pausa.

Ma quando Nathan entrò in carrozzeria, salutando i ragazzi, e disse a Bailey che l'avrebbe portata a casa per il resto del pomeriggio, lei non fu per niente contenta.

"Ho delle cose da fare. Non posso andarmene," disse a Nathan.

"Sì che puoi. Ho già chiesto a Clayson, e lui ha accettato," le disse con calma.

"Non esiste, cazzo. L'affitto è in arrivo la prossima settimana e devo andare a fare la spesa. Joel ha bisogno di un nuovo paio di jeans perché sta crescendo in fretta, e francamente non voglio andarmene."

Nathan si avvicinò a lei, le mise una mano dietro il collo, appoggiò la fronte alla sua, e le disse tranquillamente: "Hai bisogno di una pausa, folletto. Stai andando a mille all'ora da più di una settimana. Passa il pomeriggio con me. Solo noi due. Pranzeremo, poi dobbiamo parlare. Dopo di che possiamo passare il resto del tempo che abbiamo a letto, fino a quando non dobbiamo andare a prendere Joel... e non devi preoccuparti di non fare rumore..."

Come se il suo tocco e le sue parole fossero magici, lei si sciolse contro di lui, cingendogli la vita con le braccia. Chiuse gli occhi e mormorò: "Sono così stanca."

"Lo so. Lascia che ti aiuti. Appoggiati a me."

"Ok."

"Ok." Nathan si girò immediatamente, le avvolse un braccio intorno alle spalle e la condusse fuori dal portone della carrozzeria, verso il sole del Colorado. Salutando con una mano Clayson, che li stava guardando dalla porta del suo ufficio, condusse Bailey alla sua auto.

Nathan sapeva che Bailey era irritabile. Era irritabile perché era stressata. Ed era stressata perché era nervosa. Era nervosa perché sapeva che Donovan voleva metterle le mani addosso. E perché era preoccupata per suo fratello.

Voleva del tempo solo per loro due. Per parlare di Joel e Donovan, ma anche solo per rilassarsi un paio d'ore.

Nathan andò a casa sua perché era più vicina e la fece accomodare sul divano con un bicchiere di limonata, mentre preparava un pranzo veloce a base di panini al tacchino e formaggio.

Dopo aver mangiato, Nathan prese Bailey tra le braccia nella loro abituale posizione di relax, e avviò il discorso.

"Stasera dobbiamo parlare con Joel su cosa fare quando arriva Donovan."

Bailey si irrigidì e si mise a sedere. "No, non voglio..."

"Mi ha chiamato oggi," la interruppe Nathan. "Era spaventato a morte dal fatto che Donovan lo avrebbe costretto a tornare con lui a Denver. Se potessimo tenerlo fuori da tutto questo, lo farei in un attimo. Lo manderei a vivere con Logan o Blake, ma sappiamo entrambi che questo non fermerà Donovan. È là fuori. Ci sta osservando. Io lo sento, e penso che lo senta anche tu. Sta aspettando il momento giusto. Vuole torturarti. Vuole farti pentire di averlo lasciato. Sa che stiamo insieme, e credo che sia per questo che si è trattenuto. Sta cercando di capirmi e di fare un piano. Ma non abbiamo più tempo, l'ultima cosa che voglio è che Joel dia di matto quando Donovan farà la sua mossa."

Bailey affondò di nuovo tra le sue braccia e gli appoggiò il viso al collo. "Odio tutto questo," disse con fervore. "Lo odio."

"Lo so."

Entrambi rimasero in silenzio per un attimo, prima che Bailey chiedesse timidamente: "Hai un piano?"

"Sì," disse subito Nathan. "Logan e Blake mi hanno aiutato a risolvere dei problemi. Non mentirò. È pericoloso, ma alla luce di ciò che Donovan vuole - e cioè prendere Joel e torturarti, credo che possa funzionare. Ma la maggior parte del piano sarà sulle spalle di Joel. E prima che tu protesti, lui può farcela. Lo so."

Bailey rimase in silenzio così a lungo che Nathan non era

sicuro che lei avrebbe risposto. Alla fine, disse con voce dolce e dolorante: "È tutta colpa mia."

"No," gridò subito Nathan, facendo sobbalzare Bailey. "Non farlo. Non l'hai chiesto tu. Non hai chiesto a Donovan di violentarti. Di segnarti senza il tuo permesso. Di trattarti come una merda e di cercare di corrompere tuo fratello."

"Ma se io..."

"Bailey, no."

Lei si alzò e cercò di strapparsi dalle braccia di Nathan, ma lui non glielo permise.

"Lasciami parlare! Io..."

"Ho detto di no," la interruppe ancora una volta Nathan. "Stai per dire delle stronzate su come eri la sua ragazza e avresti dovuto capirlo prima. Avresti dovuto tenere Joel lontano da lui. Bla, bla, bla, bla. Ma sono stronzate. Si è approfittato di te proprio come si approfitta di tutti quelli che gli stanno intorno. È uno stronzo. Non è un brav'uomo. Tu eri giovane e avevi a che fare con gli ormoni, poi, più tardi, la perdita di tuo padre e il tentativo di crescere un bambino. Non. Hai. Colpa. Di. Niente."

Bailey si divincolò dalle sue braccia e si alzò in piedi. Senza dire altro, sollevò la maglia e voltò le spalle a Nathan. "Sì? E allora questo? Ero la sua puttana, Nathan. Una puttana Inca Boyz. Ho lasciato che mi usassero. Ho lasciato che mi scopassero come volevano, quando volevano. E mi piaceva... almeno all'inizio. Ma questo non ha importanza. Ero e sarò sempre la fottuta puttana di Donovan."

Nathan fissò le parole oscene marchiate sulla schiena di Bailey.

PROPRIETÀ DEGLI INCA BOYZ
TROIA DI D

Nathan desiderò di avere Donovan tra le mani, in quel

momento. Lo avrebbe ucciso. Lentamente. Quell'uomo era malvagio. Era pura malvagità.

Non aveva idea di quali fossero le parole giuste. Non aveva idea di cosa dire per comunicare con lei, per farle sapere che il suo passato non gli importava, perché la rendeva la persona che era quel giorno. La donna che amava con tutto il cuore e con tutta l'anima. Nathan si inginocchiò e si avvicinò a Bailey. Lei respirava forte e teneva le braccia intorno alla vita, in modo difensivo.

"Questo è quello che mi hai nascosto." Non era una domanda, e Nathan continuò. "Non sei proprietà di nessuno, folletto. E di certo non sei una puttana. Non ho mai incontrato una persona forte quanto te."

"Sono contaminata," disse tristemente Bailey. "Non avrei dovuto lasciare che mi toccassi."

"L'ultima settimana circa è stata la più felice di tutta la mia vita," le disse onestamente. "E non è solo perché abbiamo fatto l'amore. Ciò che ha veramente riempito il mio cuore di soddisfazione siete stati tu e Joel. Passare del tempo con te. Ridere. Aiutare Joel a fare i compiti e vedere i suoi occhi illuminarsi quando capisce un problema di matematica per la prima volta. Vederti seduta sul divano a leggere. Dormire accanto a te. Sentire il tuo calore contro di me, sentirti respirare come se ti fidassi abbastanza da addormentarti accanto a me. Non mi è mai successo. Neanche una volta in vita mia, Bailey." Si chinò in avanti e baciò quel brutto tatuaggio, senza curarsi delle parole scritte.

"Non voglio mentire. Voglio uccidere quel bastardo, cazzo. Il pensiero di quello che hai passato per mano sua mi fa venire voglia di dargli la caccia e di ucciderlo lentamente e dolorosamente. Ma questo non ti toglierà i ricordi. Non ti toglierà quello che ti è successo. Ma quello che ha fatto fa di lui lo stronzo. Non sei tu il problema."

Poi Nathan rimase in silenzio, lasciando che le sue parole

affondassero, appoggiando la fronte contro la calda pelle della schiena di Bailey.

Lei tremava, forse in preda alla repulsione. Forse in risposta al suo caldo respiro contro la sua pelle sensibile. Non ne era sicuro, ma non l'avrebbe lasciata andare finché non avrebbero sistemato la faccenda. Finché lei non avrebbe capito nel profondo che a lui non importava cosa le avesse tatuato quel coglione di merda del suo ex.

"Temo che lo vedrai e che ti pentirai di aver fatto sesso con una puttana di una gang." Le sue parole erano a malapena udibili e piene di dolore.

Rimanendo in ginocchio, Nathan girò Bailey fino a quando lei non gli si trovò di fronte. Le mise le mani sulla vita, i pollici sulla pancia e guardò in alto. "Non c'è niente di te che rimpiango. Neanche una cosa. Bailey, siamo un prodotto del nostro passato. Non possiamo tornare indietro e cambiare le cose. Mia madre ha ucciso mio padre. Sono il figlio di un'assassina. Questo ti fa venire voglia di scappare?"

Lei scosse la testa. "Certo che no."

"Mia madre mi picchiava. Pensi che per questo motivo inizierò a picchiare Joel?"

"Nathan, no, ma non è la stessa cosa."

"Il nostro passato è proprio questo. È passato. Il nostro futuro è ciò che ne facciamo. Possiamo essere amareggiati e incazzati... oppure possiamo andare avanti. Voglio andare avanti con te, folletto. L'unica cosa che questo tatuaggio sulla tua schiena mi fa sentire, è più rabbia verso lo stronzo che te l'ha piazzato. Non sei una puttana, Bailey. Neanche lontanamente."

"Non volevo che lo facesse, ma non mi ha dato scelta. Mi ha tenuto ferma e ha riso quando mi sono messa a piangere. È brutto. Lo odio."

Nathan era teso, non voleva sentire i dettagli, ma allo stesso tempo aveva bisogno di sapere esattamente cosa fosse successo, per poter far pagare a Donovan ogni lacrima, ogni segno sul corpo di Bailey, ma mantenne la calma.

"Bailey," disse Nathan con tutto il sentimento che riusciva a esprimere a parole, "Ti amo. Il buono, il cattivo e il brutto - non che tu abbia molto cattivo o brutto. So che non sei perfetta, ma questo..." mosse le mani fino a toccarle schiena, "...non è nessuno dei due. È solo sulla pelle. Questo è tutto."

"Voglio che sia coperto," disse subito lei. "Felicity ha detto che mi porterà da un ragazzo che conosce e di cui si fida. Non so cosa voglio, ma dovrebbe essere qualcosa che rappresenti la mia nuova vita. Lontano da Denver. Lontano dagli Inca Boyz..." fece un respiro profondo, poi disse: "...Con te."

"Ho pensato di farmi un tatuaggio anch'io. Forse sul giorno che ci siamo incontrati, così non lo dimenticherò mai."

A quelle parole, le lacrime che Bailey aveva trattenuto a fatica scintillarono nei suoi occhi, e lei tirò su con il naso. "Non ti merito."

"Non è vero." rispose immediatamente Nathan. "Ci meritiamo l'un l'altra. Abbiamo avuto una vita d'inferno fino ad ora, ma è ora di farci del bene. Non credi?"

Bailey sorrise tra le lacrime e annuì. "Sicuramente."

Nathan le fece un gran sorriso, poi si chinò in avanti e appoggiò la guancia sulla pelle nuda della pancia di lei, Bailey lo abbracciò. Rimasero così per un bel po' di tempo. Si consolarono a vicenda.

Quando fu chiaro che le lacrime di Bailey si erano asciugate e che lei aveva superato la peggiore delle sue emozioni dolorose, Nathan inclinò la testa all'indietro e la guardò. "Mi dispiace che tu abbia passato quelle brutte esperienze, ma da questo momento in poi nessuno ti farà del male. Avrai la vita che avresti dovuto avere fin dall'inizio. Ci penserò io."

CAPITOLO VENTIDUE

DUE GIORNI DOPO, Nathan si svegliò con la bocca di Bailey intorno all'uccello. Anche se l'arrivo di Donovan nella loro vita aleggiava come una gigantesca nuvola nera, il suo rapporto con Bailey non era mai stato migliore. Era come se mostrargli il suo tatuaggio, ed esponendo quella che lei pensava fosse la sua vergogna, l'avesse liberata per essere veramente se stessa.

Era una donna estremamente sensuale che amava toccare, ed essere toccata, insegnò a Nathan come e dove. Non aveva mentito, quando aveva ammesso che le piaceva il sesso; lui si sentiva l'uomo più fortunato del mondo. Non solo Bailey era bellissima, ma andava a letto con lui. Le piaceva svegliarlo succhiandoglielo, cercava di vedere quanto riusciva ad andare vicina a farlo esplodere prima che si svegliasse completamente.

Quella mattina non fece eccezione. Il suo uccello era quasi in fondo alla gola di lei, quando Nathan si rese conto di ciò che stava accadendo. Invece di protestare, come aveva fatto nelle ultime due mattine, decise di partecipare. Nathan le afferrò la testa e si aggrappò a lei, mentre lei gli saltava addosso. In pochi istanti era pronto ad esplodere, le palle tese e strette, il carico pronto per essere sparato fuori.

"Ci sono vicino, folletto," bofonchiò dalla disperazione.

Come tutta risposta, lei chiuse la bocca intorno a lui e lo succhiò a fondo. Fu sufficiente.

"Dio!" Nathan strinse i denti e fece del suo meglio per non spingerle i fianchi in faccia, soffocandola. Ci vollero alcuni lunghi momenti prima che potesse pensarci; quando ci riuscì, si sedette, afferrò Bailey intorno alla vita, la tirò su per il corpo, e lei gli cavalcò avidamente il viso.

L'aveva mangiata in quel modo solo una volta, ma evidentemente era stato qualcosa che le era piaciuto, perché si contorceva molto e non aveva esitato ad usare le dita per strofinarsi il clitoride, mentre lui banchettava. Quella mattina non fu diverso. Lei si era eccitata mentre glielo succhiava, perché era già bagnata fradicia.

Non ci volle molto prima che lei ondeggiasse su di lui ed emettesse un gemito. Tremò su di lui mentre superava il limite, e Nathan leccò e succhiò ogni goccia che riusciva a raggiungere con la lingua.

Lei si abbandonò vicino a lui, appoggiandogli la testa sul fianco, un braccio sulle cosce, respirando forte.

"Buongiorno, folletto," disse Nathan con dolcezza, sapendo che l'enorme sorriso sul suo viso si sentiva anche tramite le sue parole.

Lei ridacchiò, lui sentì il calore del suo respiro sulla gamba. "Buongiorno."

"Penso che potrei iniziare ogni mattina in questo modo," esclamò lui.

Bailey alzò la testa e lo guardò con le sopracciglia alzate.

Lui scoppiò a ridere e la trascinò verso di sé, in modo da trovarsi vicini con la testa. Poi la baciò, non curandosi del fatto che lui potesse assaporare se stesso o che lei potesse senza dubbio assaporare sia se stessa che lui. Il bacio fu dolce e tenero, Nathan aveva voglia di piangere di gioia per quanto era perfetto. Dopo un lungo momento, lei si allontanò e gli appoggiò la testa sulla spalla, facendogli scorrere le dita tra i peletti del petto.

"Non posso pranzare con te oggi," le disse Nathan. "Ma Grace ha detto che le piacerebbe uscire di casa e incontrarti da Clayson. Credo che stia impazzendo con Nate e Ace e che abbia bisogno di cambiare aria."

Bailey alzò la testa e fece l'occhiolino a Nathan. "Sai che non posso protestare, quando la metti così."

"Lo so," disse subito lui, con gli occhi scintillanti di umorismo.

"Bene. Ma solo perché è passato troppo tempo dall'ultima volta che ho visto quelle adorabili creature."

Nathan la baciò sulla fronte. "Vai a farti una doccia. Farò alzare Joel."

Bailey rimase in silenzio per un lungo momento, prima di dirgli dolcemente, guardandolo ancora negli occhi: "Ultimamente ti ho detto quanto ti sono riconoscente?"

"Sì, Bailey. L'hai fatto."

"Beh, lo dico di nuovo. Grazie."

"Non c'è di che," disse subito Nathan, poi continuò con: "Ma sai che non farei nulla che non vuoi."

"Lo so."

"Bene. Ora, forza, alzati. Doccia. Preparati. Vado a prendere Joel e inizio a preparare la colazione."

Bailey gli diede un grande bacio. "Ok."

"Ok."

Nathan osservò Bailey che si alzava dal letto e si dirigeva verso il piccolo bagno. Avevano iniziato a passare sempre più notti insieme a casa sua, in parte perché lui aveva un bagno in camera e in parte perché Bailey si sentiva in qualche modo più sicura. Il fatto che lei si sentisse a suo agio a camminare completamente nuda verso il bagno, sapendo che il suo tatuaggio era in piena mostra, lo rendeva ancora più orgoglioso di lei.

Era terribile. Orribile. Ma quel tatuaggio non era lei. No, era quello che Donovan aveva cercato di farle. Ma lei era molto meglio di quanto lo sarebbe mai stato il suo ex, tanto che Nathan non vedeva più nemmeno le parole odiose sulla sua pelle. Tutto ciò che vedeva erano il suo culo, la sua vita sottile e lo scintillio nei suoi occhi quando lei lo guardava.

Bailey non gli aveva ancora detto che lo amava, ma il sentimento c'era. Nathan lo vedeva nel modo in cui lei lo guardava, nel modo in cui faceva l'amore con lui e nel modo in cui lo ringraziava. Ogni giorno gli diceva quanto fosse grata di far parte della sua vita. Lui sperava, forse stupidamente, che ogni volta che lei diceva "grazie", quello che intendeva dire veramente era "ti amo".

Sapendo di aver passato abbastanza tempo a letto, Nathan si alzò e iniziò la giornata.

———

Bailey fissò Ozzie. L'unico occhio non coperto dalla benda gli scintillava di allegria.

"Non so perché ti preoccupi di pagare l'affitto quando praticamente vivi a casa di Nathan!"

"Stai zitto, Oz. Non è così," protestò Bailey. Aveva appena chiamato Nathan e gli aveva detto che doveva fermarsi a casa sua mentre tornava a casa perché lei e Joel avevano bisogno di prendere altri vestiti. Ozzie aveva ovviamente sentito per caso la sua conversazione e la prendeva in giro.

Lui alzò una mano. "Ehi, non fraintendermi. Penso che sia fottutamente fantastico. Mi piace quel tipo... anche se non conosce la differenza tra i ricambi originali e quelli aftermarket.

Bailey alzò gli occhi al cielo. "C'è di più nella vita che riparare auto, Ozzie."

Il viso del suo amico divenne serio. "Non l'avresti detto qualche mese fa. Non è un supereroe, ma va bene per te, Bailey. Non dico altro."

"Non c'è niente di sbagliato nel suo aspetto!" disse subito Bailey.

"Non ho detto che ci fosse. Ma non è esattamente Mr. Universo," osservò Ozzie.

"E allora?"

"E allora niente. Guarda, è ovvio che ci tiene a te, questo è tutto ciò che conta."

"Dice che mi ama," squittì Bailey, poi chiuse gli occhi in imbarazzo. Non voleva dirlo a Ozzie.

"Se dice che ti ama, allora è così," fu la saggia risposta di Ozzie.

Bailey arricciò il naso. "Ma dai, è troppo presto. Temo che si sia incastrato nel mio dramma e che tornerà in sé, non appena sarà tutto finito."

"Senza offesa, ma gli uomini come lui... non capita spesso che una donna come te li guardi due volte. E questo potrebbe essere sorprendente, ma gli uomini in genere cadono più velocemente delle donne in una relazione. Statisticamente sono più inclini a dire ti amo per primi."

Bailey strinse i denti. Iniziava davvero a stufarsi del fatto che la gente disprezzasse il suo ragazzo perché era un nerd. "Ozzie, giuro su Dio, sei come un fratello per me, ma se dici un'altra cosa sprezzante su Nathan, ti picchio. Sì, è un nerd. Ma chi se ne frega? Ha questo alfa interiore che esce nei momenti più strani. Ho notato che il suo livello di fiducia nelle ultime due settimane è davvero cresciuto. Non so perché, ma è sexy da morire. Non gliene frega un cazzo di quello che gli altri dicono di lui, ma a me sì. Quindi lascialo stare. Va bene?"

Ozzie sorrise in modo enorme, Bailey si mise le mani sui fianchi e gli chiese: "Perché sorridi?

"Niente." Ma continuò a sorridere.

Bailey alzò ancora gli occhi al cielo. "Me ne vado. Di' a Clayson che la Honda è pronta a partire. Non aveva bisogno di un nuovo filtro dell'aria."

"Lo farò. Divertiti con il tuo ragazzo, stasera," disse Ozzie.

Lei alzò una mano e lo salutò con il dito medio, senza guardarsi indietro. "Ho intenzione di farlo," replicò, sorridendo dopo aver sentito Ozzie esplodere in una risata.

Accendendo il motore della sua Chevelle, pensò alla notte che l'aspettava. Nathan e Joel avevano in programma di giocare a This Is War. Anche se Nathan faceva schifo con quel gioco, diceva di voler migliorare. Dato che stava insegnando matematica a Joel, era giusto che il ragazzino cercasse di insegnargli ad essere un giocatore migliore. Era una cosa carina, Bailey sapeva che Joel ci teneva a far diventare Nathan un esperto in qualcosa in cui faceva schifo.

Bailey aveva detto a Nathan che lo avrebbe incontrato a casa sua dopo essersi fermata a casa a prendere dei vestiti, ma lui aveva insistito per incontrarla lì. Le aveva detto: "Oggi mi sei mancata. Non ti vedo da otto ore. Mezz'ora in più è comunque troppo tempo. Porterò Joel e ci incontreremo lì."

Come poteva non essere d'accordo? Anche a lei mancava Nathan.

Stare con lui era incredibile. Aveva imparato molto su di lui, semplicemente osservandolo interagire con gli altri. Rimaneva molto sulle sue, soprattutto intorno ai suoi fratelli, ma era un grande osservatore. Vedeva ciò che sfuggiva a molte altre persone. La sua mente analitica lavorava costantemente.

Quello che aveva detto a Ozzie era vero. Nel tempo in cui uscivano insieme, lei lo aveva visto uscire dal suo guscio. Era più estroverso con gli estranei, più protettivo con lei e Joel, e non si abbatteva più come una volta. Le piaceva pensare di aver contribuito alla sua evoluzione personale.

Una volta superata la timidezza in camera da letto, Nathan aveva superato di gran lunga le sue aspettative. Lei era sempre stata piuttosto carnale, ma col tempo Donovan le aveva schiacciato la libido fino a quando non era diventata altro che una massa raggrinzita nella pancia. Ma l'entusiasmo e l'ovvio amore di Nathan per lei l'avevano fatta risorgere, era tornata più forte che mai. Non aveva pensato alle cose terribili che Donovan le aveva fatto fare per molto tempo. Lei e Nathan avevano fatto l'amore ogni notte, nell'ultima settimana e mezza, e le era piaciuto proporgli nuove posizioni e attività.

In passato, aveva tollerato di avere un cazzo in gola, ma non le era piaciuto molto. Ma Nathan non nascondeva il suo apprezzamento o il suo piacere nel farglielo fare... e veniva sempre velocemente quando lei glielo prendeva in bocca. Amava il fatto che potesse fargli perdere il controllo così facilmente.

Non era mai stata così felice in una relazione. A volte si sentiva male per il fatto che Nathan le diceva costantemente quanto significasse per lui e lei non ricambiava, ma non era sicura di ciò che provava per lui. Le piaceva stargli vicino, lo rispettava, le piaceva, ma non era sicura di come dovesse essere l'amore per un uomo. Non voleva fare nulla che potesse ferirlo, e dirgli che lo amava e poi, più tardi, dirgli che si era sbagliata, lo avrebbe *decisamente* ferito.

Fino a casa sua, che non era poi così lontana, Bailey non pensò ad altro che a Nathan. Alla fine della giornata aveva come delle piccole vertigini, quando si rendeva conto che sarebbe andato a prenderla, o che lo avrebbe visto presto. Era ridicolo, ma era una bella sensazione.

Bailey entrò nel suo piccolo vialetto e sorrise quando vide la Ford di Nathan. Saltò fuori dall'auto e corse fino alla porta, ansiosa di vedere l'uomo che stava diventando rapidamente il centro del suo mondo - finalmente in modo sano e non distruttivo, come aveva sempre fatto in passato.

Aprendo la porta, urlò allegramente: "Ehi, ragazzi!"

Il sorriso sparì subito dal suo volto, dopo aver visto la scena davanti a lei. Nathan era seduto su una delle sedie sgangherate della cucina, con le mani legate dietro la schiena e le caviglie legate alle gambe della sedia.

Joel si trovava a un paio di passi di distanza da lui e sembrava completamente fuori di testa.

E Donovan, il fottuto Donovan, era in piedi accanto a Joel. Lo teneva sul retro del collo. Sorridendo.

"Ti stavamo aspettando, Bailey. Ora la festa può iniziare."

CAPITOLO VENTITRÉ

BAILEY CHIUSE LENTAMENTE LA PORTA, facendo un bel respiro per rafforzare la sua determinazione, prima di dare una lunga occhiata al suo ex.

Donovan aveva un aspetto di merda. Oh, era ancora muscoloso, aveva ancora quel sorriso presuntuoso che pensava gli avrebbe sempre regalato tutto quello che voleva, ma la sua pelle era pallida, sembrava mezzo morto. Non si capiva quando si fosse fatto la doccia per l'ultima volta, a giudicare dal suo aspetto. I suoi jeans erano sporchi, con striature nere e altre schifezze. Sembrava anche che avesse perso peso. Continuava a spostare il peso da un piede all'altro, come se non riuscisse a stare fermo.

Bailey guardò subito Joel. "Stai bene?" gli chiese tranquillamente con voce ferma e decisa. Sapevano che questo giorno sarebbe arrivato, e anche se quell'incontro l'aveva sorpresa, avrebbe fatto esattamente quello di cui lei e Nathan avevano parlato. Sperava solo che anche Joel fosse pronto.

"Sì," disse il ragazzino dolcemente, e fece una smorfia quando Donovan gli strinse la presa sul collo.

"Non pensavi davvero di potermi sfuggire, vero?" chiese Donovan con voce roca.

Bailey fece spallucce. "Pensavo che saresti stato pronto ad andare avanti, una volta uscito di prigione."

"Non proprio. Sei la fregna più sexy che gli Inca Boyz possiedono. Anche se fossi pronto ad andare avanti, questo non significa che tu puoi andare da qualche parte. Ci sono altri Boyz che volevano il loro turno."

Bailey ingoiò la bile provocata da quelle perfide parole. Purtroppo, lui continuò a parlare.

"Dal momento in cui sei entrata in una delle nostre feste a quattordici anni, sei stata segnata. Sapevo che ti avrei avuta. Ho lasciato che alcuni degli altri giocassero con te per un po'. Ti ho insegnato a succhiare il cazzo e a farti scopare. Non sei altro che spazzatura bianca, e non sarai altro che spazzatura finché vivrai. L'unico posto che hai è con i Boyz."

"Uhm... scusami... stai parlando di Bailey?" chiese Nathan con un tono che Bailey non gli aveva mai sentito usare prima. Era mite e traballante.

Donovan si rivolse a Nathan e, senza dire una parola, gli diede un pugno in faccia. Bailey gridò mentre la testa del suo uomo veniva sbattuta di lato dalla forza del colpo, il sangue cominciò immediatamente a uscirgli dal naso.

"Owwww, che male," si lamentò Nathan.

"Se fai domande idiote, ti colpisco," replicò con calma Donovan.

Joel aveva gli occhi spalancati, ma taceva.

"Non sapevo che fosse tua, amico. Non mi ha detto che era in una gang."

"Cosa cazzo credi che significhi quel tatuaggio sulla schiena, stronzo?"

"Quale tatuaggio?"

Donovan scattò di nuovo, colpendo Nathan al lato del viso, sbattendogli ancora la testa di lato.

"Dannazione, smettila!" gridò Nathan in modo piagnucoloso.

"Bailey, hai davvero intenzione di startene lì a dirmi che ti stai scopando questa checca? Prima di tutto, è disgustoso. Guardalo. È magro come uno stecchino e sembra un completo idiota. Fammi indovinare, passi il tempo a guardare Guerre Stellari o qualche stronzata del genere? Dove sono i suoi occhiali da secchione?"

"Lascialo in pace," lo supplicò Bailey. Sapeva che faceva parte del piano, ma odiava vedere il sangue sul viso di Nathan. Lo odiava. Lei e Nathan avevano deciso di lasciare che Donovan pensasse che Nathan non fosse una minaccia, che lo picchiasse, ma era molto di più... reale... vedere il sangue di persona.

Donovan lasciò andare Joel e si avvicinò al punto in cui si trovava Bailey, vicino alla porta d'ingresso. La prese per il bicipite e la trascinò fino a dove era seduto Nathan. Lei si rifiutò di guardare il suo uomo. Non poteva. L'avrebbe troppo ferita e avrebbe mandato all'aria il piano.

Donovan la fece girare, le spinse con violenza la testa verso il basso mettendole una mano sul collo e le sollevò la maglia sulla schiena.

"Questo tatuaggio, figlio di puttana," ringhiò a Nathan. "Questa è la mia puttana. Me la scopo quando voglio, dove voglio e come voglio. E quando ho finito, la do a chi voglio. E lei se lo prende senza una cazzo di parola. Perché non è altro che una stupida puttana. Una puttana buona a nulla. Tutte le donne sono buone solo per scopare e succhiare. Tutto qui. Sono deboli e non sono altro che una rottura di cazzo." Finì il suo discorso farneticante spingendo Bailey più forte che poteva.

Lei provò ad allungare le mani per cercare di afferrarsi, ma non fu abbastanza veloce. Sbatté a terra, faccia in giù, gridando mentre il dolore le esplodeva sulla guancia. Rimase a terra e si voltò a guardare l'uomo di cui un tempo pensava di essere innamorata.

Digrignò i denti. Donovan non avrebbe vinto, quel giorno. La posta in gioco era troppo alta. Il suo rapporto con Nathan, il futuro di Joel, il suo benessere. No, il loro piano avrebbe funzionato. Doveva funzionare.

"Guarda, amico, non ho mai visto quel tatuaggio," disse Nathan con la voce più patetica che Bailey avesse mai sentito. "L'abbiamo fatto solo quando era sdraiata. Non voleva che accadesse in nessun altro modo. Penso che fosse l'unico modo per farla venire."

Donovan scoppiò a ridere, buttando indietro la testa come se Nathan avesse detto la cosa più divertente del mondo. "Venire? Idiota. Non ha senso che una donna venga. Perché ti interessano queste stronzate? No, amico, devi scoparti una tipa come vuoi tu, non come vuole lei."

Bailey detestava il fatto che Joel sentisse quelle vili parole uscire dalla bocca di Donovan, ma non poteva farci niente al momento. Se ne sarebbero occupati dopo.

Come se i suoi pensieri sul fratello fossero stati espressi ad alta voce, Donovan si voltò verso il ragazzino e se lo trascinò verso il fianco, in una stretta poderosa. "Joel, ti sono mancato?"

Il ragazzino annuì rapidamente.

"Ah sì? Quanto?"

"Molto," mormorò Joel.

"Hm, non sono sicuro di crederti." Donovan si accigliò, il suo umore passò da gioviale a sospettoso in un secondo.

Bailey aveva visto quel tipo di umore imprevedibile oscillare, in passato. Guardò le sue braccia e vide i lividi all'interno dei gomiti e sul dorso delle mani. Droghe. In qualche modo sapeva senza dubbio che Donovan aveva superato il limite che diceva non avrebbe mai superato. Aveva sempre detto che la droga incasinava la gente. Faceva prendere decisioni sbagliate. Ma sembrava che avesse cambiato idea.

"Ho trovato un film come quelli che mi hai mostrato online. Ho osservato." balbettò Joel.

Bailey sentì il cuore spezzarsi. Maledetto Donovan per aver fatto ciò a suo fratello. Doveva andare all'inferno.

"Bravo ragazzo," disse Donovan a Joel, scompigliandogli i capelli come se fosse un cane.

"Senti, se è la tua ragazza, non lo sapevo," disse Nathan in fretta. "Se mi sleghi, me ne andrò. Puoi averla. Non voglio mettermi in mezzo a una situazione di gang."

Bailey fissò Nathan e sussultò. Lui la fissava come se non la conoscesse davvero. Sapeva che stava fingendo. Lo sapeva. Ma faceva comunque male, quello sguardo vuoto.

"Pensi che sia scemo?" chiese Donovan. "Non ti lascerò andare. Per prima cosa, chiameresti gli sbirri. Due, so chi sei. Se non chiamassi la polizia, chiameresti i tuoi fottuti fratelli. Quelli forti. Quelli che probabilmente hanno combattuto ogni battaglia per te da quando avevi tre anni. Tu sei l'anello debole. E tre, non ti lascio andare perché è fottutamente divertente vedere il tuo culo da secchione legato alla sedia, e mi piace picchiare i nerd. Fanno dei suoni così divertenti e lamentosi." Detto ciò, sollevò un piede, tenendo ancora Joel, e colpì più forte possibile il ginocchio di Nathan.

Bailey distolse lo sguardo mentre Nathan urlava di dolore. Donovan si mise a ridere. Poi lo fece di nuovo, all'altro ginocchio. Di nuovo, Nathan gridò. Poi cominciò ad implorare.

"Per favore, non farlo più. Lasciami andare. Non chiamerò nessuno. Puoi averla. Ha detto che a letto facevo schifo, comunque. Ti prego, slegami. Ti prego."

Donovan rise ancora di più. "Oh, amico, questo non ha prezzo. Cosa? Mi offrirai la tua collezione di giocattoli di fantascienza? Mi darai il tuo biglietto per il Comic-Con?"

"Tutto, tutto quello che vuoi!" gridò pateticamente Nathan.

Bailey aprì la bocca per fermare quella follia. Il piano non stava funzionando. Donovan avrebbe davvero fatto del male a Nathan. Dovevano fare qualcosa di diverso, mentre aspettavano l'arrivo della polizia e dei fratelli di Nathan. Ma suo fratello parlò prima che lei potesse dire una sola parola.

"Donovan?" chiese Joel con voce tremante.

"Cosa?" abbaiò lui, ovviamente irritato dall'essere stato interrotto.

"Devo... devo fare pipì."

"Oh, per l'amor di Dio," sbraitò Donovan. Poi, afferrò il braccio di Joel con una presa d'acciaio che sollevò il ragazzino da terra e questi dovette mettersi in punta di piedi per togliersi la pressione dai muscoli, poi indicando Bailey disse: "Non muoverti, stronza. Se ti muovi anche solo di un centimetro, gli faccio male." Scosse Joel per farglielo capire.

Bailey annuì immediatamente, freneticamente. "Non lo farò. Lo giuro. Non fargli del male, Donovan."

Donovan sorrise. "Non farò del male al tuo prezioso fratellino, Bailey. Non ho mai voluto fargli del male. Volevo farlo diventare un Inca Boy. Perché pensi che ti abbia tenuto in giro così a lungo? Non preoccuparti, con me è in buone mani. Dovresti preoccuparti di quello che farò con te, non con Joel."

Detto ciò, trascinò il ragazzino in fondo al corridoio, fino al bagno. Diede un calcio alla porta e diede un rapido sguardo all'interno, ovviamente assicurandosi che non ci fossero finestre da cui il ragazzo potesse strisciare fuori. Vedendo solo l'insignificante bagnetto, lasciò andare Joel e gli disse: "Sbrigati, cazzo." Joel chiuse la porta velocemente, e l'ultima cosa che Bailey vide fu il suo viso pallido e spaventato che guardava fuori dalla fessura, prima che si chiudesse.

Donovan tornò nel piccolo soggiorno e andò dritto da

Bailey. La raccolse da terra e la tirò verso di sé, avvolgendola con un braccio intorno alla schiena, e l'altro intorno alla vita. Poi le leccò dalla spalla al collo, per arrivare al viso. Le afferrò il mento con l'altra mano, le girò la testa di lato e le infilò la lingua in bocca. Lei si oppose, odiando in ogni modo la sensazione di averlo dentro. Non solo, ma il suo fiato era orribile. Lei si dimenò e lui si tirò subito indietro.

Non disse nulla, ma la guardò semplicemente con uno sguardo indescrivibile sul viso. Bailey si ricordava di quello sguardo, non era di buon auspicio per lei. Per niente.

"Vuoi sapere quanto piace a Bailey essere scopata? Guarda e impara, frocio figlio di puttana," disse Donovan a Nathan, che stava seduto in silenzio, con la testa bassa.

Dato che Nathan non si muoveva, Donovan ruggì: "Guardami, stronzo."

La testa di Nathan si alzò lentamente, e fissò Donovan. Bailey non vide alcuna emozione, se non dolore e paura sul suo volto. Non sembrava turbato. Non sembrava arrabbiato. Era abbastanza sicura che stesse recitando... ma all'improvviso non ne era più sicura al cento per cento.

Donovan mosse una mano e le afferrò una tetta con violenza. Bailey andò nel panico. Dio, sarebbe successo davvero? Donovan stava per violentarla davanti a Nathan - e forse anche a Joel? Era stata così coraggiosa quando avevano parlato di quello che sarebbe successo quando Donovan l'avrebbe raggiunta, ma la realtà era molto peggiore di quanto lei ricordasse o pensasse che potesse essere.

"Donovan..." Cominciò lei a supplicarlo di non farlo, ma lui non le fece tirar fuori nient'altro che il suo nome prima di farla girare e di colpirla.

L'aveva già colpita prima, ma quella volta le fece più male. Forse perché si era abituata alla gentilezza di Nathan. Forse perché non se l'aspettava. O forse perché era semplicemente passato così tanto tempo da quando era stata colpita. Il dolore le esplose attorno all'occhio, volteggiò, inciampando sul bracciolo del divano e cadendoci sopra.

Esattamente dove Donovan la voleva. Le mise una mano sul retro del collo e la strinse nello stesso momento in cui la spinse giù. La costrinse a piegarsi più in basso sul bracciolo del divano. Bailey riusciva a malapena a respirare mentre lui le spingeva il viso nel cuscino. Lei agitò le gambe, ma Donovan le si avvicinò, spingendole i fianchi contro il lato del divano.

"Stai guardando, nerd?" chiese Donovan.

Bailey non vide la reazione di Nathan, ma pensò che lui annuisse, perché Donovan continuò le sue istruzioni su come stuprare una donna.

"Il fatto è questo. Le troie vogliono il cazzo, anche se non lo ammettono. In realtà è meglio per lei, e per te, se è secca. Più attrito, capisci." Le prese la maglia e le tolse la mano dal collo il tempo necessario per toglierle la maglia, poi l'afferrò di nuovo.

Bailey piagnucolò. Dio, quello non faceva proprio parte del piano. Era una possibilità remota nei suoi pensieri, ma non aveva mai detto niente a Nathan. Non riusciva a sopportarlo.

"La ragione per cui ho fatto tatuare questa troia con il mio nome era per poterlo vedere quando me la scopavo da dietro."

"Ho finito." Bailey sentì la vocina di Joel. No. Dio, no. Non poteva essere lì. Non poteva vederla così. Non poteva vedere Donovan che la violentava.

"Bene, vieni qui, Joel. Voglio mostrarti da vicino e personalmente cosa vuol dire scoparsi una ragazza."

Bailey lottò inferocita. Doveva liberarsi dalla presa di Donovan come se la sua vita dipendesse da ciò. Al diavolo il piano.

"Cazzo," imprecò il criminale, cercando di tenere ferma

Bailey che si dimenava. "Stai ferma, stronza, o le cose non faranno che peggiorare."

"Fottiti!" gridò Bailey, ancora tirando calci e botte nella morsa di Donovan.

A quel punto successero diverse cose contemporaneamente.

Donovan lasciò andare Bailey e urlò di rabbia.

Lei sentì il suo peso lasciarle la schiena.

Joel urlò.

Nathan grugnì.

Bailey si girò subito per prendere la maglia, coprendosi.

Proprio come avevano pianificato - ok, non esattamente come avevano pianificato, ma quasi - Nathan stava trascinando un Donovan in difficoltà verso il bagno. Il criminale non stava collaborando. Forse la droga in circolo nel sangue, o forse il suo istinto che gli diceva di scappare, altrimenti sarebbe stato in grossi guai... Bailey non sapeva. Ma era ovvio che Nathan avrebbe perso la battaglia con il suo ex, se lei non avesse fatto qualcosa per aiutarlo.

Guardandosi intorno, Bailey corse in cucina e prese il coltello più vicino che riuscì a trovare. Quello sicuramente non faceva parte del piano, ma al diavolo. Non avrebbe lasciato Nathan a occuparsi di Donovan da solo. Aveva preso un coltello da bistecca. Non il più grande che aveva, ma doveva bastare. Corse verso il punto in cui Donovan e Nathan stavano lottando e colpì le gambe del suo ex. Non voleva pugnalarlo. Sicuramente non voleva ucciderlo - aveva già abbastanza problemi al momento, un'accusa di omicidio non avrebbe migliorato la sua situazione.

Lui gridò e la spinse, facendole sbattere la testa. Bailey grugnì, ma ignorò il dolore e tornò all'attacco. Lo colpì di nuovo quando le gambe erano libere da quelle di Nathan. Insieme spinsero l'uomo in fondo al corridoio e, con una forza disumana, Nathan lo gettò in bagno e sbatté la porta. Si appoggiò immediatamente ad essa, con tutto il peso del suo corpo.

"Aiutami," disse con urgenza.

Bailey lasciò cadere il coltello insanguinato e si gettò contro la porta, aggiungendo il suo peso a quello di Nathan.

"Joel, hai fatto come avevamo detto, vero?" chiese Nathan con più calma di quanto si aspettasse Bailey.

"S-sì," balbettò il ragazzino.

"E ha funzionato?" chiese Nathan con urgenza.

Joel annuì. "Decisamente."

Bailey girò la testa e vide un sorriso brillante aprirsi sul volto sanguinante di Nathan. "Fantastico. Corri a cercare il tuo telefono, piccoletto. Dovrebbe essere ancora nel tuo zaino. Assicurati che gli altri stiano arrivando, poi resta fuori. Saremo lì tra un minuto o due."

Senza una parola, Joel si girò e corse verso la porta d'ingresso.

"Figli di puttana! Quando uscirò di qui, sarete morti. Mi sentite? Morti!" sbraitò Donovan dall'interno del bagno senza finestre. Tossì, poi la porta tremò mentre si lanciava contro di essa.

"Dico sul serio!" Tossì di nuovo. "Accoltellerò quel secchione di merda, e poi ti ficcherò quella lama su per la figa, stronza!" Ancora tosse. "Poi, quando mi implorerai di smettere, costringerò il tuo prezioso fratello a usarla per tagliarti la gola."

I colpi alla porta erano più forti del previsto, Bailey li sentiva vibrare nel corpo, ma tra lei e il peso corporeo di Nathan, la porta non cedeva. Sentirono altri colpi di tosse, poi imprecazioni, poi ansimi.

"Rallenta il tuo respiro, folletto," disse Nathan con dolcezza, la tenerezza del suo tono quasi a rompere il controllo che Bailey aveva mantenuto a malapena. Lei lo guardò. Aveva del sangue che gli colava giù per il viso a causa di un taglio sulla guancia. Anche il naso perdeva sangue e aveva lividi su tutto il viso. Ma lui la guardava e parlava con lei come se fossero seduti uno accanto all'altro da Scarpetti, a cena.

"Sta funzionando. Joel ce l'ha fatta. Ma non possiamo muoverci finché non siamo sicuri," la rassicurò Nathan.

"I tuoi fratelli stanno arrivando?" chiese Bailey.

"Assolutamente," affermò subito Nathan. "Ho visto Joel dare l'allarme silenzioso quando Donovan ha fatto irruzione in casa. Come pensavamo, era più preoccupato di sottomettermi che di prestare attenzione a Joel. Dovrebbero arrivare da un momento all'altro."

Donovan tossì ancora, Bailey si rese conto che le bruciavano gli occhi. Guardò in basso e vide una leggera nebbia uscire da sotto la porta del bagno. Si girò in preda al panico e guardò Nathan.

"Va tutto bene. Stai calma." Nathan tossì, poi continuò. "Ancora un minuto, poi raggiungeremo Joel fuori."

"Ti amo," gli disse Bailey all'improvviso.

Nathan spalancò gli occhi, ma lei continuò prima che lui potesse dire qualcosa. "Davvero. So di non avertelo mai detto, e non è stato giusto da parte mia, ma volevo essere sicura."

"E ora ne sei sicura?" chiese Nathan dolcemente, tra un colpo di tosse e l'altro.

Con gli occhi arrossati dai fumi tossici che uscivano da sotto la porta del bagno, Bailey annuì. "Quando ti ho visto prendere quei colpi da Donovan per dare ai poliziotti e ai tuoi fratelli il tempo di arrivare qui, ho capito. Non c'è nessuno che preferirei avere con me, quando scoppia un casino. Puoi superare in astuzia chiunque in qualsiasi giorno della settimana, e questo è più sexy di qualsiasi altra cosa mi venga in mente."

"Andiamo," le ordinò Nathan, alzandosi in piedi e afferrandole la mano mentre la conduceva velocemente per il corridoio, nel soggiorno, disordinato come se fosse passato un tornado, e fuori dalla porta d'ingresso. La chiuse saldamente dietro di sé, chiudendo Donovan, e il micidiale gas di cloro che Joel aveva creato nel bagno, all'interno.

Si inginocchiò immediatamente e prese Joel, che si era lanciato contro di lui, e anche Bailey cadde accanto a loro.

Rimasero rannicchiati insieme per un altro minuto o due prima di sentire finalmente le sirene.

"Eccoli che arrivano," mormorò Nathan. Poi si tirò indietro e mise le mani sulle spalle del ragazzino. "Ce l'hai fatta, piccoletto."

Joel non sembrava pronto a sorridere o a smettere di essere spaventato, ma riuscì a fare un cenno con la testa. Nathan lo prese tra le braccia e si alzò in piedi. Le gambe di Joel gli giravano intorno alla vita e il ragazzino seppellì la faccia nel collo di Nathan.

"Stai bene? Riesci a tenerlo in braccio?" chiese Bailey preoccupata, mentre i suoi dolori iniziavano a farsi sentire. Nathan era stato ferito molto più gravemente di lei. Doveva essere un'agonia stringere suo fratello. Non era esattamente un peso morto.

"Onestamente? Mi fa un male cane. Mi sento le ginocchia come se avessero preso delle martellate, la faccia mi fa così male che a malapena parlo. Ma una delle due cose che mi fa sentire meglio è sentire Joel contro di me, e sapere che sta bene."

"E qual è l'altra?" chiese Bailey, appoggiandogli una mano sull'avambraccio.

"Tu tra le mie braccia. Vieni qui, folletto," le ordinò Nathan, tenendo un braccio in fuori.

Bailey si rannicchiò subito accanto al fratello e all'uomo che amava.

CAPITOLO VENTIQUATTRO

BAILEY ERA SEDUTA ACCANTO A NATHAN, alla stazione di polizia di Castle Rock, era nervosa. Non erano in arresto, ma dovevano rilasciare la loro dichiarazione ufficiale alla polizia. Anche Blake e Logan erano nella stanza. In piedi contro il muro, con le braccia incrociate al petto, con le facce accigliate. Se non li avesse conosciuti, Bailey si sarebbe spaventata a morte, ma poiché il loro sguardo feroce era dovuto al fatto che il loro fratellino era stato usato come sacco da boxe, suppose che avessero tutto il diritto di essere incazzati.

Joel era in un'altra stanza con Felicity, Grace, i suoi bambini e Alexis. Bailey era stata rassicurata più volte che non sarebbe stato interrogato senza di lei, ma lei era ancora preoccupata che in qualche modo i servizi sociali glielo portassero via.

Erano stati visitati a casa dai paramedici ed erano stati medicati. Anche se erano entrambi feriti, Nathan e Bailey decisero di non andare in ospedale.

Donovan non era stato così fortunato.

Dovevano raccontare la loro versione della storia. Bailey

sperava che lei o Nathan non finissero per essere arrestati prima che fosse tutto finito.

"Sappiamo che sta tenendo d'occhio Donovan da un po' di tempo," disse il detective con delicatezza. "Perché non cominciate dall'inizio e ci raccontate cosa è successo stasera?"

Nathan mise la mano sul tavolo e parlò immediatamente, non dando una possibilità a Bailey. Lei si sedette sollevata e lo ascoltò raccontare le ultime due ore della loro vita.

"Sapevamo che Donovan aveva Bailey nel mirino. Era arrabbiato perché lei lo aveva lasciato, quando era in prigione. Quando è uscito, vero, i miei fratelli tenevano gli occhi e le orecchie aperte su Donovan. Lui ha cercato di riportare la gang degli Inca Boyz a quello che era prima che i suoi fratelli venissero uccisi. Il nostro contatto nella task force sulle gang di Denver, Ross Peterson, ci ha detto settimane fa che era scomparso dai loro radar. Non era sicuro di dove fosse o di cosa avesse pianificato. Potete verificare tutto questo con lui, naturalmente."

Nathan fece un respiro profondo, guardò Bailey, le strinse la mano e continuò. "Sapevamo che sarebbe venuto per Bailey, così io e i miei fratelli abbiamo fatto un paio di piani, non si sa mai."

"Perché non ne ha parlato con la polizia?" gli chiese il detective.

"Perché avevamo solo un'intuizione. Non sareste stati in grado di fare nulla, con un solo presentimento."

"Abbiamo avvertito alcuni membri delle squadre speciali, gli SWAT, circa una settimana fa, pensavamo che Donovan sarebbe stato in zona per vendicarsi della signora Hampton," interruppe Logan.

Il detective lo guardò per un momento prima di annuire. "Ok. Continui."

"In ogni caso, avevamo dei piani per quello che avremmo potuto fare se avesse rapito Joel dalla scuola per poi contattare Bailey, o se si fosse presentato sul suo posto di lavoro e avesse minacciato i suoi colleghi. E abbiamo anche escogitato un piano nel caso si presentasse a casa nostra," spiegò Nathan.

"E qual era il piano?" chiese il poliziotto, sporgendosi in avanti e poi stringendo gli occhi in due fessure.

Bailey parlò prima che Nathan potesse continuare. "Deve capire quello che ha fatto a mio fratello. Gli ha mostrato dei porno. E lo ha costretto a fumare uno spinello," confessò. "Stava cercando di trasformarlo in uno dei membri della sua banda. Questo è soprattutto il motivo per cui ho lasciato Denver. Non volevo questa vita, per Joel. Ha subito dei traumi. Si è fatto vedere da uno psicologo qui a Castle Rock, ora sta andando molto meglio."

Gli occhi dell'investigatore si indurirono quando guardò Bailey. "Mi dispiace che lei abbia dovuto affrontare tutto questo. Gli adulti possono fare delle scelte di vita sbagliate, ma non dovrebbero avere ripercussioni su bambini innocenti."

Bailey sussultò come se quell'uomo l'avesse schiaffeggiata. Sapeva senza dubbio che parlava del suo coinvolgimento con gli Inca Boyz e Donovan. Voleva difendersi, ma non poteva. Aveva ragione.

"Questo commento è fuori luogo," ringhiò Nathan. "Non può giudicare Bailey, e se continuerà ad avere questo atteggiamento condiscendente, questo colloquio è finito."

L'ufficiale alzò una mano, in segno di resa. "Mi dispiace. La prego, continui."

Non sembrava molto dispiaciuto, ma Nathan proseguì con la storia, ovviamente volendo farla finita. "Sapevamo che Donovan mi avrebbe controllato e non mi avrebbe mai considerato come una minaccia. Io e Joel siamo entrati in casa e lui ci è piombato alle spalle. Mentre io lottavo con lui, Joel ha dato l'allarme silenzioso."

Blake si intromise nella storia. "Io e Logan abbiamo ricevuto l'allarme sui nostri telefoni, e abbiamo subito chiamato la SWAT."

Il detective tornò a guardare Nathan mentre finiva la storia. "Sapevamo che ci sarebbero voluti circa trenta minuti, prima che qualcuno arrivasse. Così abbiamo dovuto prendere tempo. Donovan mi ha sopraffatto e mi ha legato a una sedia. Avevo un coltellino nella tasca posteriore. Così ho recitato la parte della vittima patetica e spaventata, fingendo di essere ancora legato saldamente quando in realtà avevo tagliato le corde e le stavo solo tenendo in posizione. Ho lasciato che Donovan si sentisse superiore e mi pestasse, sperando di tenere la sua attenzione lontana da Bailey e Joel."

Bailey non riuscì a trattenere alcune lacrime silenziose. Dio, che male vedere la scena del pestaggio.

Mise la testa sul tavolo e pianse in silenzio. Senza fermare la sua storia, Nathan le mise un braccio intorno alle spalle e la avvicinò a sé, tenendola stretta mentre piangeva.

"Joel era la chiave per neutralizzare la minaccia Donovan. Penso che sia stato Logan a suggerire ammoniaca e candeggina."

Il detective apparve sorpreso. "Cosa?"

"Sapeva tutto sul cloro gassoso fin dai tempi dell'esercito," disse Nathan senza emozioni. "Così io e Joel ci siamo esercitati a mescolare le sostanze chimiche. Una volta pronti, abbiamo messo bottiglie di candeggina e ammoniaca sotto i lavandini del bagno di casa mia e di Bailey," spiegò Nathan.

"Allora, cos'è successo?" chiese il detective.

"Joel ha chiesto di usare il bagno. Una volta in bagno, ha tappato il lavandino, ha versato la candeggina e l'ammoniaca. Poi ha fatto lo stesso nel gabinetto e se n'è andato, chiudendosi dietro la porta."

"Gesù," imprecò a bassa voce il poliziotto.

Nathan annuì. "Poi è tornato nel soggiorno dove

Donovan stava cercando di violentare Bailey. Voleva che Joel lo guardasse. Per fortuna, da tempo mi ero liberato delle corde e gli sono saltato addosso. Cercavo di spingere Donovan in fondo al corridoio per portarlo in bagno, ma lui mi ha colpito piuttosto forte, e io ero sempre più debole. Bailey mi ha aiutato colpendo Donovan con un coltello, non per ucciderlo, ma per distrarlo. Ha funzionato. L'abbiamo spinto in bagno e abbiamo fatto in modo che ci rimanesse fino a svenire."

"Poi siamo arrivati noi," disse Blake.

"E anche la SWAT," aggiunse Logan.

"E l'ambulanza," mormorò Blake.

Il detective guardò da un uomo all'altro, poi i suoi occhi andarono a Bailey, che finalmente aveva alzato la testa. Stringeva Nathan come se lui fosse l'unica cosa in grado di tenerla sana di mente.

Infine, l'ufficiale disse: "Donovan è in condizioni critiche all'ospedale regionale di Denver. I medici pensano che abbia una polmonite chimica, che è incurabile. Se i paramedici fossero arrivati anche solo cinque minuti dopo, sarebbe annegato per il liquido nei polmoni."

Bailey si mosse e parlò. "Tutto quello che abbiamo fatto è stato per legittima difesa. Donovan stava per violentarmi davanti al mio ragazzo e al mio fratellino. Poi, molto probabilmente, avrebbe preso una fiamma ossidrica e avrebbe cercato di rimuovere il tatuaggio che mi aveva costretta a fare sulla pelle. Credo che si droghi da quando è uscito di prigione."

L'ufficiale annuì e osservò: "L'esame tossicologico ha dimostrato che aveva eroina nel sangue."

"Per favore," sussurrò Bailey, "Sapevo che sarebbe venuto a prendermi. Non mi avrebbe permesso di lasciarlo. Me lo ha detto più di una volta. Sapevo che se mi avesse trovato, mi avrebbe ucciso. L'idea di chiuderlo in bagno è stata mia. Non sapevo che il gas l'avrebbe ucciso, ma sapevo che l'avrebbe rallentato e mi avrebbe dato la possibilità di scappare."

Ignorò la forza con cui Nathan le stringeva la mano sotto il tavolo e continuò a parlare. "Se lui muore e dovete accusare qualcuno, accusate me. È colpa mia. Sono stata io ad uscire con lui. Sono stata io a lasciarlo, e sono stata io quella per cui è venuto."

L'atmosfera nella stanza era elettrica. Bailey non osava guardare Nathan, sapeva che la stava fissando. Per non parlare di Logan e Blake. Sicuramente non erano felici. Ma sarebbe stata dannata se avesse lasciato che uno degli Anderson si prendesse la colpa per Donovan. Era ora che si facesse avanti e prendesse la decisione giusta per una volta nella sua vita.

Il detective rilasciò un enorme sospiro, poi disse: "È più che ovvio che quello che è successo a casa sua stasera sia stata legittima difesa. Le prove sulla scena del crimine confermano quello che ha detto lei. Non sto dicendo che ha fatto la cosa giusta, ma è stata efficace. Abbiamo trovato l'auto di Donovan a circa un chilometro e mezzo da Wolfensberger Road. Aveva una fiamma ossidrica, corde, una pala, una scatola di sacchi della spazzatura, liscivia e una mappa."

"Ma che cazzo?" imprecò Logan, nello stesso momento in cui Blake disse: "Gesù!"

Nathan non disse una parola, ma quando Bailey lo guardò, la sua mandibola tremava da tanto stringeva i denti.

Il detective continuò. "Crediamo che il suo piano fosse quello di ucciderla e poi seppellirla in montagna. Poi avrebbe riportato suo fratello a Denver e, come ha detto lei... Voleva farne un Inca Boyz."

Bailey fissò il detective. Aveva paura di sperare.

"Da quello che lei mi ha detto qui stasera, e da quello che abbiamo appreso dalla task force della polizia di Denver, è fortunata ad essere viva. Le chiedo di non lasciare la città e di renbersi reperibile, quando abbiamo bisogno di parlare con lei. Il procuratore distrettuale si metterà in contatto con lei."

Bailey chiuse gli occhi e sospirò. Sapeva di non essere esattamente fuori pericolo, ma bastava non andare in prigione per uno come Donovan, poi tutto si sarebbe rimesso a posto. Si voltò verso Nathan e lo abbracciò.

Lui ricambiò subito l'abbraccio e la strinse con vigore.

"Sono liberi di andare, allora?" chiese Logan. "È stata una lunga serata, e tutti abbiamo bisogno di dormire un po'."

"Certo. Se dovessimo contattarla domani, ho il suo numero."

"Saremo a casa mia nel caso in cui lei abbia bisogno di vederci," lo informò Nathan.

L'ufficiale annuì, poi si alzò in piedi. "Mi dispiace per tutto quello che avete passato."

"Grazie," disse Nathan, annuendo mentre si alzava in piedi, tenendo ancora Bailey tra le braccia.

Blake e Logan strinsero la mano all'ufficiale mentre Nathan condusse Bailey a prendere suo fratello. Erano malconci e pieni di lividi, ma al sicuro.

Più tardi quella notte, mentre Bailey giaceva tra le braccia di Nathan, si voltò a guardare il fratello, che dormiva profondamente dall'altra parte. Si erano tutti ammucchiati nel letto matrimoniale di Nathan, volevano stare vicini. C'era mancato poco, lo sapevano tutti e tre.

"Sono libera," sussurrò Bailey all'orecchio di Nathan.

Lui non le rispose a parole, ma il bacio sulla tempia e il modo in cui le strinse i fianchi era la risposta di cui Bailey aveva bisogno.

EPILOGO

"TI SENTI BENE?" chiese Nathan per la decima volta quel pomeriggio. Sapeva di essere iperprotettivo, ma Bailey aveva appena fatto una seduta di quattro ore nello studio della tatuatrice, e sicuramente aveva sofferto.

Il giorno dopo la morte di Donovan, Felicity l'aveva portata a Colorado Springs per parlare con la tatuatrice che le aveva raccomandato.

Lei aveva dato un'occhiata alle orribili parole sulla schiena di Bailey e aveva arricciato un labbro. Aveva guardato Bailey negli occhi e le aveva giurato: "Farò il tatuaggio più bello che tu abbia mai visto. E offre la casa."

Bailey aveva protestato, ma quella donna non aveva voluto saperne.

Quella non era la prima volta che si faceva fare un tatuaggio, e non sarebbe stata neanche l'ultima. Le parole con cui Donovan aveva cercato di marchiarla erano scomparse, trasformate in vortici e ombreggiature di tre cime di montagna. Si intravedeva un tramonto brillante dietro le montagne e, su richiesta di Bailey, c'erano piccoli uccelli che si abbinavano a quelli che Grace e Logan avevano sulla pelle.

"Sto bene, Nathan. Davvero," disse Bailey con un sorriso.

Erano seduti sulle gradinate della palestra di Castle Rock a guardare la squadra di robotica di Joel gareggiare. Nei tre mesi successivi al loro calvario, Joel aveva continuato a vedere lo psicologo, secondo cui se la stava cavando molto bene, probabilmente perché aveva contribuito a salvare sua sorella. Con l'aiuto di Nathan, aveva fatto il provino per la squadra di robotica. Con grande sorpresa di tutti, aveva ottenuto ottime valutazioni, guadagnandosi un posto nella squadra della scuola media.

Bailey aveva avuto incubi per settimane, ma era passato più di un mese da quando si era svegliata urlando il nome di Nathan in preda al terrore.

Nathan fece una smorfia, ricordando quanto si era sentito impotente, quando non riusciva a farle cessare gli incubi, ma quando lei si rannicchiava contro di lui con tanta rapidità e fiducia, il dolore si placava subito. Ogni giorno si dicevano quanto si amavano, e tutto andava bene.

Entrambi dicevano "ti amo" con naturalezza, come se fosse qualcosa del tutto normale. La sera prima, per la prima volta, Joel aveva detto a Nathan che gli voleva bene.

Bailey aveva espresso chiaramente il suo punto di vista sul matrimonio. Non pensava di dover ottenere il permesso del governo per legarsi ufficialmente a qualcuno che amava. A Nathan non importava. Bastava che si amassero, e lui l'amava davvero, non aveva bisogno del proverbiale pezzo di carta. Aveva già cambiato tutti i suoi documenti che la indicavano come sua parente più prossima. Nathan non ebbe il coraggio di dire a Bailey che, secondo lo stato del Colorado, erano praticamente sposati.

La prima volta che avrebbero dovuto pagare le imposte sul reddito, lei avrebbe scoperto che erano legati da un matrimonio di fatto e che potevano dichiarare di essere sposati per il fisco. Poiché vivevano insieme, la gente credeva che fossero fuggiti e che si fossero sposati perché entrambi portavano l'anello e avevano certamente consumato la relazione.

Nathan sorrise a se stesso. Bailey era sua. Ma quel giorno aveva in serbo un'altra sorpresa per lei. Sperava che le piacesse. Tornando a guardarla, dopo averle chiesto se le faceva male la schiena, dopo il lavoro che aveva fatto quel giorno, le chiese: "Sei sicura?"

"Sono sicura. Ma grazie per l'attenzione."

Le sorrise teneramente. "Mi interessi più di tutto, folletto."

Nathan sapeva che fisicamente non corrispondevano esattamente. Bailey con i suoi capelli scuri e i tatuaggi luminosi sulle braccia, e lui un nerd alto e snello, ma non gli importava. Bailey lo amava. Lui amava lei. Era tutto ciò che contava.

Salì un forte tifo dalle gradinate intorno a loro, ed entrambi tornarono a concentrarsi sulla gara. La squadra di Joel diede il cinque all'altra e sorrisero. Il loro robot era immobile al centro di un cerchio, circondato da quelle che erano ovviamente le parti del robot del loro concorrente.

Bailey si alzò in piedi e applaudì insieme agli altri genitori intorno a loro. Nathan le tenne una mano dietro una delle cosce per tenerla ferma e salutò Joel. Quando Bailey si sedette di nuovo, si chinò e gli disse all'orecchio: "Immagino che tutti quei videogiochi siano serviti a qualcosa, eh? Ha una bella vena di competizione."

Nathan le sorrise e la baciò velocemente. "Direi di sì," le disse, ancora sorridendo.

"Perché sorridi tanto?" chiese Bailey, sospettosa. "Cosa mi stai nascondendo?"

Immaginando che quello fosse un momento come un altro, e non riuscendo più a tenere per sé la sorpresa, Nathan si avvicinò a lei e tirò fuori la patente di guida. La consegnò a Bailey senza dire una parola.

Lei sollevò le sopracciglia nella confusione più totale

mentre guardava il documento, che si rigirava tra le mani. "Non capisco. Qual è il grande..."

Ma le parole le morirono in gola, quando si rese conto di cosa fosse.

"Dal momento che hai ritenuto irrispettoso nei confronti di tuo padre, e di Joel, cambiare il tuo cognome in Anderson... Ho deciso che come regalo non matrimoniale per te, avrei cambiato il mio. Per quanto amassi mio padre, essere una delle tre triplette Anderson non è sempre stata una passeggiata. Sono stato paragonato a loro per tutta la mia vita, e non per colpa loro, mi sono sempre sentito come se non fossi all'altezza. Ho pensato che diventare un Hampton sarebbe stato fico."

Bailey aveva gli occhi spalancati dalla sorpresa. Si coprì la bocca con una mano, mentre il labbro superiore le tremava. Gli occhi le divennero subito lucidi.

Nathan le mise i palmi delle mani ai lati del collo e le infilò le dita nei capelli. "Ti amo, Bailey. Il giorno più bello della mia vita è stato quando hai avuto pietà di me e della mia povera macchina, e mi hai aiutato. Anzi no, il giorno più bello è stato quando mi hai permesso di passare la giornata con te e Joel per il suo compleanno. Anzi no..." scosse la testa, "...il giorno più bello è stato quando ti sei sdraiata tra le mie braccia e mi hai sussurrato che eri libera. Non possiamo guardare indietro, possiamo solo guardare avanti. E l'unica cosa che voglio vedere è una lunga vita con te al mio fianco. Ti dispiace che ora sia Nathan Hampton?"

"Dispiace?" chiese lei incredulamente prima di gettargli le braccia al collo e abbracciarlo stretto. "Sono sbalordita. Scioccata. Eccitata. Emozionata!" Si chinò all'indietro, tenendo le mani sul collo di Nathan. "Ti amo. Non avresti potuto farmi un regalo non matrimoniale migliore. Grazie."

"Prego, folletto."

"Anch'io ho qualcosa per te..."disse lei timidamente, con un sorriso compiaciuto.

Nathan non riuscì a controllare la sua erezione pulsante mentre le chiedeva: "Sì?"

"Sì. Ma dovrai aspettare fino a stasera. Dopo che Joel si sarà addormentato."

"Il mio regalo ha qualcosa a che fare con il fatto che tu sei nuda sul nostro letto e mi lasci scatenare la mia parte malvagia con te?"

"Forse," ridacchiò lei, poi tornò seria. "Non sapevo di aver bisogno di un uomo come te finché non sei entrato nella mia vita. Ti accontentavi di non essere altro che un amico, quando avevo più bisogno di un amico. Grazie per essere stato paziente. Grazie di amare Joel come fai. E grazie per avermi reso la donna più fortunata del mondo."

Si sorrisero l'un l'altro, ignorando le coppie che li circondavano, ignorando il successivo boato proveniente dalle squadre di fronte a loro, contenti di stare semplicemente l'uno con l'altra.

Il giorno dopo, un uomo uscì dalla sua elegante Mustang nera e camminò tranquillamente sul marciapiede del centro di Castle Rock. Più di una persona si voltò a guardarlo due volte. Era alto poco più di un metro e ottanta, con i capelli castano chiaro. Aveva una folta barba che gli nascondeva le labbra carnose. Indossava un paio di jeans neri e una maglietta nera. Anche se indossava stivali con la punta d'acciaio ai piedi, i suoi passi erano quasi silenziosi. Era un uomo in missione, nessuno si sarebbe azzardato a mettersi tra lui e ciò che cercava.

Si fermò fuori dalla Ace Security e sembrò esitare. Si infilò una mano in una tasca anteriore dei jeans, l'altra stretta in un pugno al fianco. Dieci minuti dopo, era ancora lì in piedi.

Grace Mason gli si avvicinò e gli disse dolcemente: "Se sta lì in piedi ancora per molto, le cresceranno le radici."

Ovviamente sorpreso dalla sua presenza, l'uomo si voltò e annuì. "Buongiorno."

"Buongiorno. Entra?"

"Sì."

"Fantastico. Anch'io."

Detto ciò, l'uomo si mosse. Aprì la porta e fece un cenno affinché Grace entrasse davanti a lui. Fece un altro respiro profondo e la seguì dentro.

"Logan!" chiamò Grace. "C'è qualcuno qui!"

Qualche secondo dopo, Logan uscì dalla stanza sul retro e salutò l'uomo.

"Salve, benvenuto alla Ace Security. Sono Logan Anderson. Come posso aiutarla?"

"Mi chiamo Ryder Sinclair. Ma i miei amici mi chiamano Ace."

Il silenzio fu così pesante nell'aria che l'uomo avrebbe potuto sentire cadere uno spillo. "Mia madre si chiamava Patricia Sinclair, e io sono il tuo fratellastro. Ace Anderson era mio padre."

"Cazzo," sussurrò Logan. Osservò la stazza dell'uomo di fronte a lui, poi disse: "Che mi venisse un colpo. Vorrei cacciarti, ma non posso negare una certa somiglianza. Presumo che tu ne abbia le prove."

"Sì," disse Ace con un cenno del capo.

"Grace? Chiudi la porta a chiave. Oggi chiudiamo prima. Chiamo Blake e Nathan. Sembra che faremo una riunione di famiglia."

———

Più tardi, quella sera, Felicity ignorò il suono del suo telefono. Sapeva che probabilmente sarebbe stata di nuovo Grace. Aveva chiamato prima con la notizia che Ace Anderson aveva avuto una relazione, e il risultato di quel flirt era arrivato in città per parlare con i suoi fratellastri. Per quanto Felicity volesse saperne di più su quello che stava succedendo, in quel momento aveva in mente cose più importanti. Sapeva che andare a Chicago all'inizio dell'anno era stato un errore, ma l'aveva fatto comunque. Si sdraiò sul suo letto a due piazze, nel suo piccolo appartamento, e fissò nel vuoto. Sembrava non curarsi di non aver acceso nessuna luce, era immersa nel buio. Era persa nei ricordi di un tempo, ricordi che aveva cercato disperatamente di lasciarsi alle spalle.

Felicity non riusciva a vedere la lettera che aveva letto ore prima, che giaceva stropicciata ai piedi del letto, ma le parole sul semplice foglio di carta si beffavano dei progressi che aveva fatto nel corso degli anni. Si beffavano della sicurezza che aveva appena iniziato a sentire con i suoi nuovi amici a Castle Rock. Tutto ciò per cui aveva lavorato si era sbriciolato con delle semplici parole. Ogni granello di pace per cui aveva lottato, ogni ricordo che aveva bandito dalla mente tornò in Technicolor.

Ehi, tesoro. Pensavi di potermi sfuggire? Ti ho detto che ero un esperto a nascondino, ma non impari mai. Ci vediamo presto.

Libro 4, *Il riscatto di Felicity*, ora disponibile!

NOTE

Salvare Bryn
Salvare Casey
Salvare Sadie
Salvare Wendy
Salvare Mary
Salvare Macie
Salvare Annie (Feb 2022)

Armi e Amori

Proteggere Caroline
Proteggere Alabama
Proteggere Fiona
Il Matrimonio di Caroline
Proteggere Summer
Proteggere Cheyenne
Proteggere Jessyka
Proteggere Julie
Proteggere Melody
Proteggere il Futuro
Proteggere Kiera
Proteggere i figli di Alabama
Proteggere Dakota

In inglese:
Delta Force Heroes Series

Rescuing Rayne
Rescuing Aimee (novella)
Rescuing Emily
Rescuing Harley
Marrying Emily (novella)
Rescuing Kassie
Rescuing Bryn
Rescuing Casey
Rescuing Sadie (novella)

Rescuing Wendy
Rescuing Mary
Rescuing Macie (novella)
Rescuing Annie (Feb 2022)

Delta Team Two Series

Shielding Gillian
Shielding Kinley
Shielding Aspen
Shielding Jayme (novella)
Shielding Riley
Shielding Devyn
Shielding Ember (Sep 2021)
Shielding Sierra (Jan 2022)

Eagle Point Search & Rescue

Searching for Lilly (Mar 2022)
Searching for Bristol (Jun 2022)
Searching for Elsie (Nov 2022)
Searching for Caryn (TBA)
Searching for Finley (TBA)
Searching for Heather (TBA)
Searching for Khloe (TBA)

Badge of Honor: Texas Heroes Series

Justice for Mackenzie
Justice for Mickie
Justice for Corrie
Justice for Laine (novella)
Shelter for Elizabeth
Justice for Boone
Shelter for Adeline
Shelter for Sophie
Justice for Erin

Justice for Milena
Shelter for Blythe
Justice for Hope
Shelter for Quinn
Shelter for Koren
Shelter for Penelope

SEAL of Protection: Legacy Series

Securing Caite
Securing Brenae (novella)
Securing Sidney
Securing Piper
Securing Zoey
Securing Avery
Securing Kalee
Securing Jane

SEAL Team Hawaii Series

Finding Elodie
Finding Lexie (Aug 2021)
Finding Kenna (Oct 2021)
Finding Monica (May 2022)
Finding Carly (TBA)
Finding Ashlyn (TBA)
Finding Jodelle (TBA)

Ace Security Series

Claiming Grace
Claiming Alexis
Claiming Bailey
Claiming Felicity
Claiming Sarah

Mountain Mercenaries Series

Defending Allye
Defending Chloe
Defending Morgan
Defending Harlow
Defending Everly
Defending Zara
Defending Raven

Silverstone Series

Trusting Skylar
Trusting Taylor
Trusting Molly
Trusting Cassidy (Nov 2021)

SEAL of Protection Series

Protecting Caroline
Protecting Alabama
Protecting Fiona
Marrying Caroline (novella)
Protecting Summer
Protecting Cheyenne
Protecting Jessyka
Protecting Julie (novella)
Protecting Melody
Protecting the Future
Protecting Kiera (novella)
Protecting Alabama's Kids (novella)
Protecting Dakota

BIOGRAFIA

L'autrice

Susan Stoker è annoverata da *New York Times*, *USA Today* e *Wall Street Journal* quale scrittrice di successo, le cui collane di libri includono Badge of Honor: Texas Heroes, SEAL of Protection e Delta Force Heroes. Sposata con un sottufficiale dell'esercito in pensione, Stoker ha vissuto in ogni dove negli Stati Uniti - dal Missouri alla California e al Colorado - e attualmente vive sotto i grandi cieli del Texas. Quale vera sostenitrice del "vissero felici e contenti", Stoker ama scrivere romanzi in cui una relazione romantica si trasforma in amore.

Per ulteriori informazioni sull'autrice e il suo lavoro, visita il sito web www.stokeraces.com